O ÚLTIMO SEGREDO

Romance de Mistério

Lynn Sholes
Joe Moore

O ÚLTIMO SEGREDO

Romance de Mistério

Tradução:
HENRIQUE AMAT RÊGO MONTEIRO

EDITORA PENSAMENTO
São Paulo

Título original: *The Last Secret.*

Publicado pela Midnight Ink, um selo da Llewellyn Publications, Woodbury, MN 55125 USA
www.midnightinkbooks.com

Dados Internacionais de Catalogação na Publicação (CIP)
(Câmara Brasileira do Livro, SP, Brasil)

Sholes, Lynn
O Último Segredo : Romance de Mistério / Lynn Sholes, Joe Moore ; tradução Henrique Amat Rêgo Monteiro – São Paulo : Pensamento, 2008.

Título original: The Last Secret
ISBN 978-85-315-1509-5

1. Bem e mal – Ficção 2. Ficção norte-americana 3. Mulheres jornalistas – Ficção 4. Stone, Cotton (Personagem fictício) – Ficção I. Moore, Joe II. Título.

07-7553 CDD-813

Índices para catálogo sistemático:
1. Ficção: Literatura norte-americana 813

O primeiro número à esquerda indica a edição, ou reedição, desta obra. A primeira dezena à direita indica o ano em que esta edição, ou reedição, foi publicada.

Edição	Ano
01-02-03-04-05-06	08-09-10-11-12-13-14

Direitos de tradução para a língua portuguesa
adquiridos com exclusividade pela
EDITORA PENSAMENTO-CULTRIX LTDA.
Rua Dr. Mário Vicente, 368 — 04270-000 — São Paulo, SP
Fone: 6166-9000 — Fax: 6166-9008
E-mail: pensamento@cultrix.com.br
http://www.pensamento-cultrix.com.br
que se reserva a propriedade literária desta tradução.

Os autores desejam agradecer às seguintes pessoas que contribuíram para dar a esta obra de ficção uma impressão de realismo.

Cap. Jennifer Faubert
Relações-Públicas
North American Aerospace Defense Command

Dr. Wayne D. Pennington, Ph.D.
Professor de Engenharia Geofísica
Michigan Technological University

Serafin M. Coronel-Molina
Departamento de Línguas e Culturas Espanhola e Portuguesa
Princeton University

Deanna Wesolowski
Departamento de Obras Clássicas
Marquette University

Um agradecimento especial a:
Harriet Cooper
Lee Jackson

Satã; assim o chamam agora, seu antigo nome
não é mais ouvido no céu.

– JOHN MILTON
PARAÍSO PERDIDO, LIVRO V, VERSO 658

Prólogo

Desde a aurora dos tempos, sempre existiram mistérios, fenômenos inexplicáveis e acontecimentos estranhos acompanhando a humanidade. Muitos podem ser atribuídos à natureza ou às ciências. Mas certos mitos – aqueles que são passados de geração em geração – persistem ainda, mesmo na atualidade. Alguns nunca foram explicados.

Um desses mitos deriva do Gênesis, no Antigo Testamento, e trata de uma raça de gigantes chamada Nefilins – os Caídos. Expulsos por Deus por terem se aliado a Lúcifer na Grande Batalha pela conquista do Céu, os Nefilins foram condenados a viver na Terra em danação eterna – impossibilitados para sempre de morrer e de algum dia retornar ao Céu. Ao longo das eras, os Caídos adaptaram-se aos modos da existência humana, tanto em aparência quanto em comportamento, até que a presença deles deixou de ser notada pelas pessoas.

Liderados por Satã, os Nefilins planejaram meticulosamente um dia tornar a atacar Deus e eliminar o que Ele mais valorizava, a sua criação mais preciosa: a humanidade.

O momento do conflito final se aproximava. Os Nefilins se preparavam, reunindo o Exército das Trevas. Mas havia um obstáculo no caminho deles. O único ser humano em todos os tempos a compartilhar o seu legado e o seu sangue. Cotten Stone já os havia detido uma vez. Os Caídos não cometeriam o mesmo erro novamente.

Abatido

00:20:15

O passageiro da poltrona 2-K da classe executiva do airbus A-340 da Virgin Atlantic olhava para a porta da cabine de comando através das grossas lentes dos óculos. Dez segundos antes, depois de ouvir um estampido seco vindo da cabine de comando, ele havia interrompido a leitura da revista que segurava.

Agora, juntamente com os que o rodeavam, ouvia perplexo do seu assento as informações dadas pelo comandante através do sistema de intercomunicação.

– Aqui fala o comandante Krull. Estamos com problemas técnicos. Permaneçam todos sentados.

O comandante havia dado outras informações durante o vôo de Londres a Nova York. Mas, dessa vez, a voz dele parecia tensa, nervosa.

Uma comissária de bordo avançou cautelosamente pelo corredor que separava a primeira classe da cabine de comando. Parou em silêncio diante do convés de vôo pesadamente reforçado, ainda segurando o pano de prato que havia usado para limpar uma mancha do avental. O passageiro da poltrona 2-K acompanhou o olhar dela até a placa no centro da porta da cabine de comando, onde se lia: Área restrita. Proibida a entrada durante o vôo.

Enquanto ele observava, a comissária de bordo puxou um comunicador da parede e pressionou um botão que, segundo ele presumiu, servia para conectá-la à cabine de comando. A comissária falou ao microfone e esperou pela resposta. O passageiro viu a expressão do rosto dela mudar enquanto ouvia. Então, vagarosamente, ela voltou a pendurar o comunicador na parede e cobriu a boca com a mão. O rosto dela empalideceu quando se voltou para encarar os passageiros.

O homem ajeitou os óculos na ponte do nariz e começou a se levantar.

– Por favor, fique sentado – ordenou ela.

– O que está acontecendo? – perguntou uma mulher em tom elevado.

– Que diabos foi aquele barulho? – interveio outro passageiro.

Apesar da ordem da comissária, o passageiro do 2-K se levantou.

– Tem alguma coisa errada com o avião? – ele quis saber.

– Não, a aeronave está em ordem – respondeu a comissária, aparentemente ainda tentando assimilar o que tinha acabado de ouvir.

– Estamos sendo seqüestrados? – insistiu o homem.

A comissária mordeu o lábio inferior.

– O comandante Krull disse que atirou no co-piloto e que está prestes a se matar. – Ela deu um passo para trás no corredor. – Não há como entrar na cabine de comando e impedir que ele faça isso.

00:12:06

– Comandante Krull, aqui fala Thomas Wyatt. – Alto e empertigado no seu *jeans* desbotado e camisa de brim, Wyatt estava na pequena varanda na frente do seu chalé com vista para as águas escuras do lago Alligator, na região remota e bravia do norte da Flórida. – O senhor pode me ouvir? – indagou ele no telefone via satélite.

Nenhuma resposta.

– Comandante, estou aqui para ajudá-lo.

Estática.

Wyatt sabia que havia pelo menos uma centena de pessoas ouvindo a ligação, que tinha sido transferida diretamente para o sistema de comunicação da aeronave. Ele visualizou grupos de militares e civis no Departamento de Segurança Interna, no Pentágono, e em outras incontáveis agências, todos inclinados sobre os alto-falantes dos seus aparelhos eletrônicos. E ele sabia que tinha pouco tempo antes que uma tragédia acontecesse. O vôo 45 da Virgin Atlantic emitia o código 7500 de seqüestro e não teria permissão para pousar e nem mesmo se aproximar de Nova York com um piloto suicida no comando.

Pressionando o fone contra o ouvido, Wyatt insistiu:

– Comandante, não importa o que o tenha levado a isso, ainda há tempo para voltar atrás. Isso não diz respeito apenas ao senhor, comandante, mas também às 280 pessoas inocentes a bordo do seu avião. Elas não merecem morrer. Seja qual for o seu problema, elas não são responsáveis. Vamos deixar o assunto nas mãos dos especialistas que podem resolver o problema para o senhor.

Wyatt olhou para o relógio. Sabia que dois Hornets F-18 tinham sido enviados em posição vetorial para interceptar o airbus. Eles obedeciam a regras explícitas de envolvimento com relação ao código 7500: forçar o avião a desviar para um local de pouso seguro ou, se necessário, atirar na aeronave e abatê-la. O airbus, grande e pesadão, não era nenhum desafio para os pilotos de caça.

00:11:04

– Comandante, o senhor é um veterano com dezessete anos de experiência – continuou Wyatt, olhando para três páginas de fax que tinha na mão. – Muitos pilotos hoje em dia gostariam de chegar à sua posição. O senhor tem família... filhas gêmeas de 10 anos de idade. Está disposto a deixá-las órfãs de pai? Tirar a vida dos passageiros inocentes a bordo afetará a vida de outras centenas, se não milhares de pessoas, com o luto de amigos e parentes. E se levar essa aeronave ao chão com o senhor, o que dizer das vidas em terra? Por que não me diz o que quer... farei tudo o que estiver ao meu alcance para ajudá-lo a conseguir. Ainda não é tarde demais.

Wyatt sabia que, normalmente, eram três os motivos para alguém tomar reféns: tortura, assassinato ou suicídio. As informações que havia recebido indicavam claramente o número três. E o número três era a especialidade dele.

00:10:19

– Comandante, o nosso tempo está se esgotando. – Ele pôs a mão na testa enquanto olhava para a superfície cintilante do lago, que refletia os altos pinheiros e os bosques cerrados de palmeiras que o circundavam. Seu chalé era o único num raio de vinte quilômetros. Wyatt ia para lá algumas vezes ao ano para relaxar e pescar. Naquele dia, porém, não haveria pescaria.

– Comandante Krull, o mundo é um lugar difícil. Eu sei. Talvez os outros não compreendam o que o excesso de tensão pode fazer a um homem. Mas eu sei.

Thomas Wyatt olhou mais uma vez para as páginas do fax. Nada no perfil de Krull indicava o que teria levado o piloto a perder o juízo. Ele não tinha problemas conjugais nem dificuldades financeiras. Não havia registro de abuso de álcool ou de drogas. E era isso o que tornava a tarefa de Wyatt mais difícil. Ele não tinha nada em que se apegar, nada a que recorrer para convencer o piloto de que era um amigo – talvez o único que ele tinha no momento. Era preciso ganhar a confiança de Krull mas, sem encontrar algo que o fizesse conversar, o comandante nunca o veria como um aliado. Essas eram más notícias. Eram poucas as chances de convencê-lo de alguma coisa.

– Comandante Krull – insistiu Wyatt, sabendo que essa era a sua última oportunidade de dissuadir o piloto de qualquer que fosse o seu plano. – Dois jatos de caça F-18 estão se aproximando da sua aeronave por trás. Um deles está prestes a se posicionar ao seu lado e sinalizar para o senhor diminuir a velocidade, descer a dez mil pés e segui-lo para um local de pouso alternativo. O senhor compreende?

O silêncio foi tão vazio quanto as esperanças de Wyatt. Novamente ele olhou para o relógio.

– Comandante?

00:09:25

– Oh, meu Deus! – uma mulher gritou algumas fileiras atrás de onde o passageiro do 2-K estava sentado. Ela apontava para a janela. – Eles vão nos abater!

Nos últimos instantes, o nível de ansiedade dentro do airbus havia passado das preocupações sussurradas ao pânico. Agora, enquanto todos olhavam em desespero para o lado esquerdo da aeronave, o passageiro do 2-K avistou a forma esguia e ameaçadora de um jato de caça militar. As barbatanas gêmeas da cauda lembravam lâminas de faca. O nariz comprido e agudo parecia o de um inseto prestes a dar uma ferroada. Sentado dentro da cabine enflechada, o piloto gesticulava, tentando atrair a atenção do comandante Krull.

Para ter uma visão melhor do caça, o passageiro do 2-K aproximou-se mais da janela e viu algo que fez o seu pulso acelerar e a respiração ser sugada dos pulmões. Preso à extremidade de cada asa do caça via-se um pequeno míssil teleguiado azul. Ele seria usado para derrubar o avião nas águas frias abaixo, depois de transformar o vôo 45 numa bola de fogo?

– Puta que pariu! – gritou um adolescente entre os passageiros.

– Fiquem todos calmos! – berrou a comissária de bordo tentando encobrir os gritos dos passageiros. – Este é um procedimento padrão. O avião está aí apenas para nos escoltar em segurança para o local de pouso mais próximo.

– Por quê? – bravejou o adolescente. – Para que precisamos de uma escolta? O que há de errado em pousar no JFK?

– Tem mais um! – alguém gritou do lado oposto da cabine.

O segundo F-18 estava tão próximo que era possível ver o rosto do piloto. O passageiro do 2-K sentiu os joelhos fraquejarem ao mesmo tempo que afundava no assento. Tirou os óculos e fechou os olhos. Procedimento padrão?, pensou. Escoltar-nos? Se o co-piloto está morto e o comandante ameaçou atirar em si mesmo, quem vai pilotar o avião?

00:04:02

– Comandante Krull, sei que neste momento o senhor já pode ver os F-18 de cada lado da sua aeronave. – Wyatt andava de um lado para o outro na varanda, o suor acumulando-se na testa. A madeira desgastada rangia sob as suas botas. Ele ouviu o chilreio dos gaios azuis sobre os amendoins que atirara na grama para atraí-los, pouco antes de receber essa ligação. Ah! Se o problema dele fosse tão insignificante quanto o daqueles pássaros naquele exato momento!

00:03:23

– Comandante, os pilotos estão ouvindo cada palavra que eu digo. Como também o comandante do NORAD.[1] Eles não hesitarão se acharem que o senhor e eu não chegaremos a um acordo. O meu dever e o desses pilotos é proteger os cidadãos americanos. Comandante, eles obedecerão estritamente às ordens, sem nenhuma hesitação ou tolerância. Uma única palavra minha e eles voltarão atrás. Sei que o senhor é um homem de bem, um bom pai, um bom marido. As vidas de todas essas pessoas estão agora em suas mãos. Por favor, me diga o que quer. Moverei montanhas para lhe

1. North American Aerospace Defense Command [Comando de Defesa Aérea Americano].

conseguir. Posso fazer isso. Já fiz isso por outras pessoas. Simplesmente, deixe-me ouvir a sua voz.

00:01:02

O som de um estalido abafado fez com que todos os passageiros da classe executiva se imobilizassem, como se alguém tivesse apertado o botão de pausa num aparelho de DVD. Um gosto amargo subiu pela garganta do passageiro do 2-K quando ele se levantou e deu um passo na direção da porta da cabine de comando. Os seus óculos caíram ao chão. A comissária de bordo estava dois passos à frente dele e outra vinha chegando pelo corredor.

– Deixe-nos entrar! – gritou a comissária, batendo na porta. – Abra!

O passageiro do 2-K empurrou a comissária para o lado e chutou a porta com toda a força. Sentiu como se tivesse batido num bloco de pedra... a perna latejou de dor. Outro passageiro veio de trás, com um extintor de incêndio nas mãos. Usando o fundo como a extremidade de um martelo, ele acertou a porta repetidamente, deixando no local apenas manchas de tinta vermelha.

De repente, o nariz do avião arremeteu para baixo, fazendo com que todos os passageiros caíssem de suas poltronas. No mesmo instante, uma mulher algumas fileiras atrás gritou:

– Nós vamos cair!

O airbus inclinou-se violentamente outra vez.

Bagagem, cobertores, travesseiros, bebidas e passageiros caíram no piso e escorregaram para a frente.

O passageiro do 2-K caiu de joelhos, o ar bruscamente expelido dos pulmões, quando o homem com o extintor precipitou-se sobre ele. O passageiro ia mandar o outro sair de cima dele quando um som como o romper do trovão atingiu seus ouvidos. Ele se virou para o corredor. Sem os óculos, a sua visão estava borrada, mas ele sabia do que se tratava. Uma parede de chamas irrompia na sua direção como uma onda furiosa prestes a arrebentar. Ele gritou quando respirou pela última vez, sabendo que o míssil teleguiado havia atingido o alvo.

00:00:00

Os Fósseis de Gilley

Somos o que pensamos. Tudo o que somos começa nos nossos pensamentos. E com os nossos pensamentos, criamos o nosso mundo.

– BUDA

Vale dos Dinossauros, Texas

– O mundo está prestes a mudar, Ted – comentava Cotten Stone no celular. Ela o segurava com uma das mãos e, com a outra, manobrava a direção do carro na Highway 67 em direção a Glen Rose, Texas. – E isso vai mexer com a cabeça de muitas pessoas.

– Estou impressionado – admitiu Ted Casselman, o som da voz começando a falhar.

Cotten olhou para o indicador de sinal do telefone. Ele oscilava entre uma barra e nenhuma. Ela não queria perder o contato com Ted, seu ex-chefe quando trabalhou para a Satellite News Network. Mesmo depois que deixou a SNN, para se tornar a principal repórter investigativa da NBC, Ted continuou sendo seu amigo e mentor.

– Tenho acompanhado a cobertura da mídia, Cotten, mas é claro que tudo continua envolto em mistério. Fizeram um ótimo trabalho na divulgação da sua exclusiva. E é isso o que eu acho que foi... exatamente um exagero. Não entendi nada. Por quanto tempo você trabalhou nessa matéria?

– Umas duas semanas. Esperei até que a cobertura da derrubada do avião da Virgin Atlantic esfriasse. Ainda não consigo acreditar que o piloto de um vôo comercial cometesse um ato tão terrível. Será que não se fazem mais testes de estabilidade mental?

– O interessante é que o piloto havia sido avaliado recentemente e não apresentou nenhum problema. Continuamos a acompanhar os aspectos de interesse humano nesse assunto. Ter de atirar num avião lotado de passageiros inocentes foi um sinal de alerta para muita gente. Mesmo depois do 11 de Setembro, não acho que alguém tenha pensado que se chegaria a esse ponto.

– Eu entendi que o avião estava transmitindo um sinal de seqüestro.

– Sim – concordou Ted. – Imagina-se que o co-piloto tenha disparado o alarme para chamar a atenção dos controladores de tráfego aéreo.

Enquanto ouvia Ted Casselman, Cotten Stone visualizava o homem alto e forte, um negro de 44 anos. Ted tornara-se grisalho mais cedo do que o normal e ela sabia que podia ser responsabilizada por muitos daqueles fios brancos prematuros. Para mudar de assunto, da tragédia com o avião para o tema da sua reportagem atual, ela disse:

– Estou realmente com um forte pressentimento em relação à minha exclusiva, Ted. Vai ser impressionante.

– Mais do que impressionante. Você vai destroçar toda uma montanha de conhecimentos científicos – Ted riu, depois suspirou. – Espero que dê certo. Você despejou uma porção de informações na matéria.

Cotten sentiu a excitação correndo nas veias quando vislumbrou o rio Paluxy, agora tão raso que não se podia nem remar nele. Mas como lhe disseram, depois de uma chuva pesada, ele se transformava numa torrente furiosa e espumante, formando as únicas corredeiras existentes no norte do Texas. Assim como a chuva que transformava o rio, acreditava ela, sua reportagem produziria, igualmente, uma mudança radical.

– Quanto você disse que a emissora pagou pelo artefato? – quis saber Casselman.

– Oito mil – respondeu ela, e ouviu Ted assoviar. – Ah, Ted, não torne as coisas ainda mais difíceis pra mim. Estou absolutamente segura de que a peça vale isso. Se a emissora não a comprasse, ela seria vendida por um preço muito mais alto no mercado negro. E outra pessoa teria ficado com a história... e com a glória. Verifiquei tudo, Ted. Os especialistas dizem que foi um bom negócio.

– Verificar um artefato e confirmar a sua autenticidade são duas coisas bem diferentes, moça. E ninguém melhor do que você para saber disso. – Ele fez uma pausa. – Só não quero que você faça papel de boba.

– Consegui que um paleontólogo examinasse o fóssil. Ele me deu o sinal positivo.

– Veja bem o que parece, Cotten... e lembre-se de que, por causa disso, está disposta a enfrentar o que der e vier. O bom e velho Gilley... esse é o nome do comerciante, certo? Deus, será que todo mundo no Texas se chama Gilley?

– Não, existem alguns Georges W. e Lyndons. Mas, sinceramente, esse foi o nome que ele deu quando se apresentou... Gilley.

– Melhor do que "Garganta Profunda", acho... – Ted se referia à principal fonte jornalística do "caso Watergate", que culminou com a renúncia do presidente Nixon. – De qualquer modo... Gilley, o texano, filho de um colecionador de bugigangas, com uma pilha de ossos de dinossauro, encontra esse fóssil no porão do pai, numa caixa com um punhado de outros fragmentos de ossos. Ele telefona para você, tudo isso sigilosamente, oferecendo-lhe a grande reportagem por um preço razoável... ou então ele venderia a coisa no mercado negro por uma pequena fortuna. Mas tudo pela boa vontade dele, sem interesse nenhum...

– Não, não foi pela boa vontade dele, nem sem interesse nenhum. Ele acha que, por causa da publicidade que vamos lhe dar com a cobertura da história, a lojinha de fósseis dele vai fazer rios de dinheiro. Ele ainda pode escrever um livro, dar entrevistas e ter seus quinze minutos de fama. Outra opção seria vender no mercado negro, e ele receberia a mesma quantia em dinheiro, mas não a popularidade. Ele disse que, para ele, tanto faz. Mas que ainda prefere ser uma celebridade.

– E quanto ao paleontólogo? De onde surgiu?

– Ora, vamos, Ted, dá um tempo. Você não pode me dar um pouco de sossego?

– Você é quase uma filha para mim. Eu me preocupo com o que está fazendo. Não quero que seja enganada com toda essa fama.

Cotten relaxou o corpo no assento e olhou para o velocímetro. Estava correndo a mais de cem por hora num trecho de estrada em que não podia passar dos oitenta, então tirou o pé do acelerador. Ted realmente se preocupava com ela.

– O nome dele é Waterman. Mas é Waterman com P-H-D no final. Eu o conheci numa festa que o Museu Nacional de História ofereceu à imprensa uns dois meses atrás. Foi mais do que perfeito. Ele se ofereceu para vir até o Texas. É claro que precisou assinar um termo de sigilo enquanto não levássemos a matéria ao ar. E deu algum trabalho para convencer o Gilley a deixar o Waterman dar uma olhada. Só estão sabendo do assunto os chefões da NBC, Waterman, Gilley, eu... e agora você. E eu seria demitida se descobrissem que estou tendo esta conversa com a concorrência.

– Waterman – repetiu Ted. – Sabe o primeiro nome?

– Henry... não, Harry – corrigiu-se Cotten. – Harry Waterman. Por quê?

– Só estou curioso. Talvez possa descobrir alguma coisinha a mais sobre ele.

– Ele escreveu uma carta à emissora dando a sua opinião de que o artefato é autêntico. Não fosse por isso, acho que eles não teriam liberado a verba.

– Quer dizer então que você vai gravar ao vivo para o noticiário noturno?

Cotten sentiu os músculos se contraírem por causa da excitação. Estaria de volta ao topo. Naquela noite, o rosto dela marcaria presença nas salas de estar de todo o país. Deus, como ela adorava isso!

– É isso aí – confirmou ela. – Hoje é o grande dia.

– Acho melhor começar a colocar o *meu* pessoal em campo.

Cotten percebeu uma dose de ansiedade na voz do ex-chefe.

– O que está querendo dizer com isso, Ted?

– Pense nas matérias de continuidade. Qual será a reação da comunidade científica e dos fundamentalistas ao ver a prova de que a Bíblia estava literalmente certa? Alguém vai engolir o maior sapo... ou talvez seja um bife de brontossauro.

– Adoro um bom churrasco – disse Cotten.

Houve pelo menos três segundos de silêncio antes de Ted responder.

– Cuide-se, menina.

– A gente se fala – disse ela e desligou o celular.

Cotten observou as espessas nuvens cinzentas que se acumulavam no céu baixo. Quem sabe ela iria testemunhar a transformação do rio Paluxy?

Logo à frente, ela avistou a placa desgastada: *Fósseis e Mercadinho do Gilley – Um quilômetro.* Aí estava. O momento pelo qual tanto esperara. A reportagem que a levaria de volta ao topo. A conspiração do Graal fora uma coisa. Mas esta agora... iria provar de maneira inquestionável que o homem tinha vivido durante a época dos dinossauros. Os quinze minutos *dela* estavam simplesmente sendo esticados.

Durante a última viagem que fez a Glen Rose, Gilley a tinha levado por cerca de três quilômetros adiante pela estrada, para visitar o Museu das Provas da Criação. Ela achou aquilo fascinante, especialmente a coleção de dinossauros e pegadas humanas. Conversou com diversas pessoas ali, que eram fervorosas a respeito de sua crença. Imagine só quando todos recebessem a torrente de informações que ela estava prestes a divulgar.

Entrando no estacionamento cujo chão era coberto de pedregulhos da rústica atração turística, Cotten Stone sentiu aquela antiga e conhecida pontada de excitação. Ela havia produzido manchetes importantes ao longo dos dois últimos anos: ao encontrar o Santo Graal – duas vezes; ao persuadir o Vaticano a abrir os seus cofres e permitir que os judeus recuperassem a menorá sagrada do Segundo Templo, levada para Roma por Tito em 70 d.C.; ao cobrir o impressionante achado dos rolos de pergaminhos mais antigos em cavernas próximas ao Mar Morto; e ao anunciar a descoberta das trinta peças de prata que Judas Iscariotes recebera em pagamento pela traição a Cristo. Mas esta agora seria a coroação das suas conquistas. Quando se tratava de sensacionalismo religioso, Cotten Stone ditava as regras. E agora ela tinha a oportunidade de desmascarar, sozinha, os fundamentos da teoria científica da evolução, ali mesmo naquela tarde quente, numa faixa poeirenta às margens de uma rodovia texana. Ela estava nas alturas, sentindo a adrenalina correr pelo rosto e pela garganta.

Cotten parou ao lado do veículo de geração e transmissão de vídeo à distância da NBC-5 de Dallas-Fort Worth, estacionada na frente do estabelecimento de Gilley. Já devia estar tudo pronto para a transmissão ao vivo via satélite da sua próxima reportagem revolucionária. Em instantes, ela revelaria ao mundo um osso de dinossauro com uma ponta de lança enterrada – a prova de que o homem tinha vivido na época dos dinossauros.

Quando saiu do carro, Cotten voltou a observar o céu nublado do Texas. *Controlem-se,* ela pensou. *Cotten Stone está prestes a abalar o noticiário noturno outra vez.*

* * *

Apenas uma semana depois do que deveria ter sido o melhor momento da sua vida, Cotten Stone estava outra vez diante das câmeras. Mas não havia o brilho de excitação no seu rosto, nem qualquer animação na sua voz. Em vez disso, seus olhos estavam pesadamente maquiados, numa tentativa de disfarçar as pálpebras inchadas. O corpo todo parecia encolhido, recurvado e, quando ela falou, a voz saiu acanhada.

– Gostaria de me desculpar com todos aqueles que se sentiram traídos ou ofendidos por mim – declarou Cotten, evitando o contato visual com a câmera. Ela olhava para baixo, para os apontamentos que tinha preparado, sentindo os olhares de toda a equipe do estúdio sobre ela; o desprezo que eles sentiam era quase palpável. – Não era a minha intenção mentir ou conspirar para enganar os espectadores da National Broadcasting Company ou as suas afiliadas. Nunca tive a intenção de decepcionar ninguém. Fui acusada de ignorar as evidências que indicavam aquilo que agora está sendo chamado de fóssil inventado, uma mentira premeditada. Nego terminantemente que tivesse algum conhecimento anterior de que se tratava de um artefato falso e nunca pretendi iludir nem confundir ninguém. Se fui motivo de embaraço para algum grupo ou pessoa, sinto profundamente que isso tenha acontecido. Espero que todos possam me perdoar.

Cotten deixou as notas escorregarem dos dedos para o chão do estúdio. Afastou-se do foco das luzes e deixou o local das filmagens dos noticiários. Ninguém a acompanhou. Ninguém se despediu. Ela pensou que nunca chegaria às portas para fugir do horrível silêncio.

Do lado de fora, na calçada apinhada de gente, os fotógrafos da imprensa bateram os seus instantâneos, disparando perguntas.

– Senhorita Stone, é verdade que foi forçada a se demitir?

– Pretende continuar tentando provar que a Bíblia estava certa com relação à Criação?

– O que pretende fazer, agora que está desempregada?

Cotten avistou Ted Casselman parado ao lado do táxi amarelo. Ele lhe acenou com a mão e, quando ela se aproximou, ele abriu a porta do passageiro.

– Achei que você não teria ânimo para chamar um táxi – comentou ele.

Ela o beijou no rosto.

– Obrigada por vir. Você sempre foi alguém em quem pude confiar.

– Já lhe disse antes, você é como uma filha pra mim.

Cotten acomodou-se no banco de trás e Ted inclinou-se para dentro.

– Tem certeza de que quer fazer isso? – indagou ele. – Sair de Nova York?

Cotten inclinou a cabeça, confirmando.

– O sul da Flórida me parece a melhor coisa pra mim neste momento.

– Lembre-se, você tem amigos aqui.

Ela dirigiu-lhe um sorriso apagado e não disse nada.

– Tudo bem, menina. Você já foi até o inferno e voltou. Pode fazer o mesmo outra vez, sei que é capaz. – Ele beijou-lhe a testa e depois fechou a porta.

Enquanto o táxi se afastava, Cotten sentiu a alma afundar no abismo.

Peru

Um Ano Depois

Cotten Stone encostou a cabeça na janela fria do avião. A superfície da Terra revelava-se em passagens rápidas, na maioria das vezes encoberta por nuvens espessas. Ela consultou o relógio. Bem na hora. Os seus ouvidos tinham sentido a pressão quando o avião começou a se aproximar do Aeroporto Internacional Jorge Chávez. Como o som de um sapato quando cai, Cotten ouviu o gemido eloqüente das rodas quando elas saíram dos seus poços. Fechou os olhos. Lima. Uma nova reportagem. Um novo começo. Depois de um ano sofrido tentando superar a depressão e alguns trabalhos desde o desastre com o falso fóssil, essa seria uma oportunidade de se redimir, ela esperava.

Ao ouvir o baque do trem de pouso acabando de ser montado, Cotten apertou os dedos contra o braço da poltrona. Intelectualmente, ela compreendia as teorias de sustentação e empuxo, mas instintivamente continuava tendo dificuldade em confiar que aquelas forças pudessem fazer voar algo tão imenso e pesado quanto um avião. E depois, controlar a descida sem se projetar contra o chão e se espatifar num milhão de pedaços era outra coisa. Essa apreensão era o que fazia os seus dedos apertarem a borda do descanso de braço. A decolagem e a aterrissagem eram momentos de oração para ela.

Quando a palavra *oração* se insinuou entre os seus pensamentos, um arrepio tão frio que pareceu mais uma agulhada na base do pescoço a fez estremecer. As lembranças se revolviam nas profundezas da sua mente. Rezar não era algo que fizesse muito. Cotten inspirou fundo pelo nariz e expirou pela boca. Ainda bem que não tinha se esquecido de se reabastecer de tranqüilizantes antes de partir de Fort Lauderdale... só por precaução. Controlar a ansiedade por meio da visualização e de exercícios respiratórios sempre funcionava, mas naquele momento a combinação do pouso do avião com a repentina torrente de lembranças corroía a sua capacidade de concentração.

Cotten remexeu-se no assento, pousando a mão entre o cinto de segurança e o peito. O aperto do cinto aumentava a inquietação. A vontade era de arrancá-lo... para que não a tocasse nem a prendesse. A ânsia para se levantar e caminhar borbulhava dentro dela e, caso não a mantivesse sob controle, chegaria ao ponto de explodir.

Cotten encolheu-se no assento e, ao fazê-lo, viu de relance o brilho de luzes tremeluzindo lá embaixo. Apenas fiapos de nuvens passavam pelo avião enquanto se aproximavam do solo. *Quase pousamos. Quase pousamos.* Se tivesse o maldito tranqüilizante no bolso, poderia tomá-lo. Mas havia deixado os comprimidos na bagagem de mão guardada no compartimento acima. Caso se levantasse e pegasse a bolsa, todo mundo olharia para ela... alguém poderia até mesmo reconhecê-la.

Cotten fechou os olhos de novo, concentrando-se em respirar e relaxar o corpo, começando pelos dedos dos pés, pensando em cada músculo, subindo pelo corpo até o couro cabeludo. Respirações profundas, lentas, iguais. Inspirando pelo nariz, expirando pela boca.

As rodas guincharam ao tocar o solo. O avião balançou duas vezes antes de taxiar suavemente sobre a pista. O ruído da redução da potência dos motores soou quase como uma serenata maravilhosa para ela. A respiração de Cotten voltou ao normal e os dedos relaxaram sobre o braço da poltrona. A região da nuca refrescou-se com a umidade do suor. Ela afundou no assento, agradecida por ter passado o "encantamento" – ela preferia essa palavra a "ataque" –, mas sem saber se o vencera ou se o pouso seguro é que havia reduzido a tensão a um nível mais controlável. Agora não importava. Estava no chão.

Esse trabalho não era grande coisa, mas era pago como *freelance*, e a ajudaria a escalar mais um degrau na escada da respeitabilidade. O desastre no Texas no ano anterior não lhe havia custado apenas o emprego na emissora, a imagem e a credibilidade, mas também havia lhe tirado o respeito próprio. Não havia restado quase nada que pudesse ser aproveitado.

Finalmente, ela ouviu o suave toque do sinal de Apertar os Cintos sendo desligado. Depois de se levantar e pegar a bagagem de mão do compartimento superior, esperou até o corredor se esvaziar e todos terem deixado o avião. Pensou em pegar o remédio contra a ansiedade, mas resistiu a abrir a bolsa.

Na saída, a tripulação dirigiu-lhe os obrigatórios cumprimentos de despedida quando ela passou pela porta de desembarque. Cotten inclinou a cabeça educadamente e exibiu o que sabia tratar-se de um sorriso falso. Mas, no momento, era o máximo que conseguia fazer.

Abrindo caminho para o terminal de bagagem, Cotten tirou o celular do bolso. Abriu-o e correu os olhos pela lista de contatos em busca do nome de Paul Davis. Assim que ligou o aparelho, viu o sinal de uma chamada não atendida. Pressionou o botão para consultar a relação de ligações recentes.

John Tyler. Só de ver o nome dele seu coração acelerou. Fechou momentaneamente os olhos e, naquele mesmo instante, pôde ver mentalmente aqueles olhos intensamente azuis. Deus, sentia tanto a falta dele! Se ele não fosse padre, com certeza a vida deles seria diferente.

Cotten pressionou o botão para responder à ligação de John, mas antes que a chamada se completasse, cancelou-a. Queria conversar com ele só quando pudesse pensar com calma e sem pressa. No aeroporto, caminhando em meio a toda aquela agitação, não era o momento nem o lugar.

Voltando à lista de contatos armazenados na memória do telefone, encontrou o número de Paul Davis. Ele era o cinegrafista com quem havia trabalhado na última reportagem, uma mixaria de artigo discutindo se a detecção de fluoreto numa relíquia supostamente antiga deve ser considerada no processo de autenticação. O argumento era que o fluoreto é um complemento atualmente acrescentado à água dos reservatórios e, caso fosse detectado num artefato, isso deveria provar que se tratava de uma fraude. O oposto a essa teoria era que, quando alguém encontra um artefato, o que normalmente faz? Lava-o com a água da torneira – portanto, *voilà*, o fluoreto. O resultado final era que ninguém realmente se preocupava com isso, a não ser um grupinho seleto na comunidade arqueológica que adorava discutir e ironizar sobre picuinhas, um se esforçando para provar que era mais brilhante do que os outros. Simplesmente, era um assunto sem muito interesse para o público em geral. Ela e Paul deram boas risadas ao cobrir a história. Assim, quando surgiu essa nova oportunidade, ela o convidou para ser seu cinegrafista de novo, e ele, por sua vez, convocou Nick Michaels, um amigo e profissional de áudio em tomadas externas, para encontrar-se com eles em Lima.

Cotten estava prestes a apertar o botão do telefone para completar a ligação quando ouviu uma voz familiar.

– Cotten!

Ela ergueu a cabeça e viu Paul Davis acenando enquanto atravessava a aglomeração próximo ao portão de desembarque. Cumprimentou-o com um abraço.

Paul era alto e magro, de cabelos castanho-escuros. Ele trazia consigo o equipamento de vídeo numa caixa prateada que Cotten reconheceu como sendo a mesma do trabalho anterior, e tinha ao lado um tipo interessante.

– Este é o Nick Michaels de quem lhe falei – disse Paul, apresentando o companheiro. – O melhor profissional de som ao sul de Auburn, no Alabama. Ele faz um delicioso feijão com *chili* também.

Mais baixo e atarracado que Paul, Nick tinha cabelo castanho e fortemente untado com gel, para lhe dar uma aparência desalinhada e espetada. Ele exibia um brilho intrigante e misterioso no olhar.

– Um Tigre – comentou Cotten, apertando a mão de Nick. – Eu mesma sou uma Lince, nascida e criada no "Estado dos Campos Gramados".

– Eu não usaria isso contra você, Cotten – retrucou Nick com um sorriso.

– É justo – admitiu ela. – Quanto tempo temos até o nosso vôo para Cusco?

– O suficiente para encarar alguns dos famosos aperitivos *pisco sours* de Lima – esclareceu Paul, acenando na direção de um bar e restaurante no saguão do aeroporto.

* * *

Depois de um vôo rápido para Cusco, o trio embarcou num trem para o começo de uma viagem de quarenta quilômetros até Machu Picchu, a cidade-fortaleza dos antigos incas, construída no século XV. A subida íngreme e ziguezagueante levou-os primeiro a Aguas Calientes. Cotten desejou que tivessem gastado um pouco e tomado o trem de luxo – o *Hiram Bingham*. Mas as paisagens eram de tirar o fôlego, mesmo não conseguindo parar de bater os dentes de frio.

Em Aguas Calientes, eles tomaram um ônibus que seguiu por uma estradinha que acompanhava o leito do rio Urubamba antes de subir a montanha por uma série de curvas fechadas até o destino final a 2.400 metros de altitude entre as nuvens.

– E aí? Vamos apreciar a paisagem enquanto estivermos por aqui? – perguntou Paul quando desceram do ônibus próximo a Machu Picchu.

– Acho que não teremos tempo – disse Cotten, enquanto seguiam pelos degraus íngremes até a área de recepção aos turistas. – Um guia estará nos esperando no Pavilhão do Templo por volta das duas e meia. E dali até o nosso destino deve dar umas duas horas de caminhada árdua.

Pelo menos, conseguiram encontrar algum tempo para fazer o que Nick chamou de "tomadas para faturar alguma grana", uma filmagem da área em que ficava a cabana do zelador. Cotten pegou a sua câmera digital automática e pediu a um turista de passagem que tirasse uma foto dos três juntos com a vista de Machu Picchu abrindo-se ao fundo.

– Gostaria que tivéssemos mais tempo – observou Cotten antes de partirem para o Pavilhão do Templo.

– Quem sabe na viagem de volta – lembrou Paul. – Seria uma pena fazer toda essa viagem e não passar nenhum momento aqui. – Ele correu os olhos pelo local com uma expressão curiosa. – Como acha que os incas construíram tudo isso?

– Folhas de coca – arriscou Nick.

– Esse era um privilégio da realeza e dos sacerdotes incas – interveio Cotten.

– Ainda aposto que os camponeses mascavam uma folha ou duas – insistiu Nick.

– Na verdade, devíamos tomar um pouco do chá que vendem aqui, feito com as folhas de coca – sugeriu Paul. – Dizem que ajuda contra o mal das alturas. – Virou-se para Cotten: – O que você sabe sobre o local para onde estamos indo?

Cotten deu de ombros.

– Só que acabou de ser descoberto e ainda está sendo explorado. Não se sabe quem o construiu nem o que aconteceu aos seus habitantes.

– Parece horripilante – observou Nick.

Ótimo, pensou Cotten. *Era só o que me faltava.*

Ripple

No banheiro masculino do Departamento de Física da Universidade de Illinois, em Chicago, Lester Ripple piscava em meio a uma torrente de lágrimas que lhe escorriam pela face. Não conseguia colocar as malditas lentes de contato nos olhos sem provocar uma irritação e um derramamento de lágrimas. Apoiou o dedo indicador sobre uma narina e fechou-a, assoando, em seguida, a outra na pia. Depois fez o mesmo do outro lado. Colocar as lentes de contato causava sempre aquele sofrimento. Por que não podia ser uma coisa simples?

Lester acomodou a lente sobre a extremidade do dedo outra vez. Afastou para trás o cabelo loiro sujo e olhou para o espelho à medida que ia aproximando a lente cada vez mais. Pensava na lente de contato como um minúsculo aquário redondo. Sem peixes, é claro. Quando a lente chegou a pouco mais de um centímetro do olho, ambos os olhos arderam e o nariz escorreu. Lester apertou os lábios grossos, esticando as faces carnosas e arregalando os olhos azul-claros. Ao primeiro toque, finalmente, a lente foi sugada pelo globo ocular. Ele piscou de novo, então enxugou os olhos com o lenço, que tinha dobrado na lateral da pia.

Lester semicerrou os olhos, assoando o nariz. Finalmente conseguia enxergar. O olho esquerdo apresentava uma visão de 20/20, mas o direito só 20/200. A deficiência de visão de um olho não era causada por um acidente ou lesão; sempre fora assim. A vida inteira, ele havia sido desequilibrado, tropeçando repetidamente, o alvo perfeito para os meninos malvados quando ainda era criança. No início, os óculos melhoraram a sua visão, mas as lentes acrescentavam mais um elemento de tormento para os meninos se aproveitarem. O pai queria que o garoto fosse forte, que revidasse, que não fosse tão delicado. Mas a mãe o compreendia; então, foi guardando algum dinheiro escondido, que depois usou para lhe dar de presente as lentes de contato, quando ele completou 11 anos de idade.

– Não conte para o seu pai – advertiu.

Isso havia acontecido dezessete anos antes e ele ainda não tinha se acostumado com a maldita coisa. Mais estranho ainda, seu pai nunca havia percebido.

Lester consultou o relógio. Estava adiantado. Eram duas horas e a entrevista estava marcada para as duas e quarenta e cinco. Mas tudo bem. Ele precisava de algum tempo. Isso lhe dava uma sensação de segurança. Afinal de contas, o ônibus da cidade podia ter-se atrasado. Quem sabe acontecesse um acidente ao longo do trajeto. Ele poderia ter tido um ataque de diarréia ou de urticária ou de febre do feno, e então precisaria de tempo para que o remédio que tomasse fizesse efeito. Muitas coisas poderiam ter dado errado e então ele chegaria atrasado. Não seria possível conseguir um emprego se começasse dessa maneira.

Lester dobrou o lenço em quatro. Colocou-o na beira da pia e deu-lhe três tapinhas, depois virou-o do outro lado e bateu de novo, contando em voz alta:

– Um, dois, três.

Então guardou o lenço no bolso esquerdo da frente da calça.

Em seguida, molhou as mãos, batendo três vezes na saboneteira e, em seguida, ensaboou-as. Enxaguou-as, mergulhando as mãos embaixo da torneira.

– Um, dois, três.

Secou as mãos no secador a ar, balançando e agitando as mãos acima da cabeça, com um mergulho final pelos lados das calças.

Lester Ripple pegou a mochila – estava pronto.

Entrando pelo saguão, encontrou a sala onde lhe indicaram para se apresentar. O prédio era antigo, tinha portas de madeira escura da cor de café e o reboco das paredes era visível em alguns pontos. A porta de madeira da sala era quase tão escura quanto o piso. A luz brilhava através do vidro fosco embutido e também através da bandeira basculante no alto.

Lester deteve-se diante da porta e pensou se deveria bater ou se deveria entrar sem um anúncio formal.

Ele bateu.

– Entre – respondeu uma voz feminina.

Lester girou a maçaneta e abriu a porta.

– Boa tarde – disse ele. – O meu nome é Lester Ripple. Tenho hora marcada com o doutor Osborne.

A secretária nem se deu ao trabalho de erguer os olhos.

– Sente-se – disse. – Você está adiantado.

– Eu sei – retrucou Lester, sentando-se na cadeira de vinil na parede oposta. Enfiou a mão na mochila e procurou entre diversas revistas e livros. Acabou escolhendo a *Physics Review*, ajeitou-a sobre o colo e abriu-a no artigo "Ondas Gravitacionais no Espaço Plano de Sitter", o qual já tinha lido pelo menos uma dezena de vezes. Mas gostava dele. O artigo tinha sido escrito por Stephen Hawking com Thomas Hertog e Neil Turok. Deus, ele poderia ler Hawking o dia inteiro. Stephen Hawking era o seu ídolo e, independentemente de Hawking saber ou não, era também o seu mentor. Quantas vezes Lester perguntou a si mesmo: "OQHF" – "O que Hawking faria?" Eles tinham muita coisa em comum, era impressionante. Ambos nasceram no dia 8 de janeiro. Ambos tinham William como nome do meio. Os pais de ambos queriam que estudassem medicina, mas Lester e Stephen preferiram matemática e, finalmente, física, mais especificamente física teórica. Ambos tinham deficiências físicas – a esclerose lateral amiotrófica de Hawking mais radical que a visão deficiente de Lester.

Leu o artigo com tanto interesse quanto o fizera da primeira vez. Quando terminou, consultou o relógio, então olhou para a porta fechada do escritório atrás da secretária e imaginou o que Osborne estaria fazendo ali dentro. Correu os olhos pela saleta por um instante, antes de decidir ler outra coisa. Escolheu a revista *Lanterna Verde: Renascido*, uma história em quadrinhos da editora DC Comics da sua coleção. Considerava a leitura das histórias da Mulher-Gato, do Super-Homem e do Lanterna Verde tão interessantes quanto a leitura de Hawking, Bohr e Einstein.

– Doutor Ripple? – A voz partira do homem que abrira a porta do escritório.

– Doutor Osborne? – respondeu Lester, levantando-se, e a revista de quadrinhos caiu no chão.

Osborne olhou para a capa. Em caracteres tremidos, escorridos, o título declarava: "TRINDADE PROFANA".

Lester soube naquele momento que não conseguiria o emprego.

Descoberta

Chami, esse era o nome quíchua do guia, um inca nativo, o qual se traduzia por "pequeno" ou "miúdo". E ele era isso mesmo. Devia ter um metro e meio de altura, calculou Cotten – magro, com a pele de um castanho-avermelhado recobrindo os músculos enxutos. Ele não perdeu tempo em informar-lhes que falava três idiomas e que preferia ser chamado de José. Cotten imaginou que isso simplificava as coisas. Quase todas as pessoas no Peru comunicavam-se em espanhol, ou no quíchua falado pelos incas, e geralmente tanto em quíchua quanto em espanhol.

José trouxe consigo um outro homem de grande estatura que se encarregou da bagagem, mas esse aparentemente não falava inglês.

Uma trilha que fora aberta na selva levou-os através da encosta da montanha. Às vezes, a densidade da folhagem fazia-os sufocar.

Não muito longe do destino final, eles tomaram uma trilha lateral indicada por um bloco de madeira pintado de vermelho pregado a uma árvore. Cerca de quarenta passos depois de uma descida pela trilha irregular e parcialmente encoberta, eles pararam.

– Rimancu – informou José.

Ele explicou que aquele sítio tinha passado por apenas uma investigação preliminar, mas que o doutor Carl Edelman, o chefe das escavações, queria que Cotten e a equipe pelo menos vissem um pouco do lugar quando passassem por ali.

– O que significa "Rimancu"? – quis saber Cotten.

– Significa "eles falam" – explicou José.

Depois de um breve descanso e alguma exploração do sítio, o grupo continuou em direção ao local do acampamento onde, finalmente, chegaram no final da tarde. A luz do dia já esmaecia, com o Sol caindo rapidamente abaixo das montanhas. Cotten, Paul e Nick estavam cansados e respiravam com dificuldade por causa da altitude.

– Não admira que este lugar tenha passado despercebido por tanto tempo – comentou Nick, deixando cair a mochila e respirando mal. – Acho que escalei o caminho todo até o maldito céu. Aqui até que se parece mesmo com o céu... as nuvens são tão baixas e espessas!

José fez um sinal com a mão e os conduziu à presença do doutor Edelman.

Em pé, ao lado de uma mesa desmontável do lado de fora da barraca, Edelman apertou as mãos dos recém-chegados.

– É um prazer conhecê-lo – disse a cada um.

Edelman pareceu a Cotten um tanto presunçoso e distante, mas talvez fosse apenas pelo fato de ser britânico. Ou quem sabe ele simplesmente se sentisse mais à vontade entre livros, rochas e a poeira do que com as pessoas.

Edelman se encaixava na imagem estereotipada do arqueólogo acadêmico, não o tipo aventureiro dos filmes. Era alto, magro e de pele clara, o cabelo escuro precisando ser aparado, com uma mecha pendente do lado esquerdo da testa. O jeito britânico o dominava.

Depois das apresentações e da conversa trivial de costume, Edelman pediu que José mostrasse a Cotten e à equipe os seus alojamentos – pequenas barracas com abas como portas. Dentro, via-se uma cama de campanha de lona, um lampião, um travesseiro de espuma pequeno e duro, um rolo de papel higiênico e um balde plástico branco com um pouco de água dentro.

– A latrina fica nesta direção – apontou José, indicando o lado oposto do acampamento. – Se quiserem privacidade, usem o balde.

– Está tudo bem – observou Cotten, deixando uma das sacolas que levava num canto da barraca. *Então você está disposta a fazer qualquer coisa por um trabalho, Cotten Stone,* murmurou ela. *Esta vai ser uma grande experiência.*

Enquanto a escuridão se adensava entre as montanhas, Cotten explorou o acampamento. Edelman tinha uma barraca exclusiva, um pouco maior do que as demais. "O chefe", pensou ela, "entre os seus nativos". Via-se uma barraca vazia ao lado da de Edelman, que José explicara pertencer a Richard e Mariah Hapsburg, o lado americano da expedição, os quais haviam retornado recentemente aos Estados Unidos para conseguir financiamento para dar continuidade às explorações e escavações daquele sítio e de Rimancu. Nick e Paul tinham barracas independentes ao lado da dela. No centro do acampamento ficava a barraca do rancho e havia uma outra para o alojamento do pessoal da escavação, que era separada do acampamento principal por uma barreira de árvores. Na extremidade oposta do acampamento iniciava-se a trilha que levava ao sítio propriamente dito. Ela seguiu o caminho, uma passagem estreita cortada e pisoteada no meio da floresta. Logo, a primeira das ruínas surgiu diante dos seus olhos. Raízes grossas, como os tentáculos de um antigo monstro marinho, serpenteavam entre as paredes desmoronadas e repletas de entalhes fortemente desgastados produzidos pelos artesãos incas.

Cotten olhou para aquilo fascinada, tentando imaginar como teriam sido 550 anos antes, quando a realeza inca passeava pelo mesmo caminho. Sentada numa protuberância rochosa, ela ficou admirando a vista maravilhosa, até que tudo foi tomado pela noite.

* * *

Nos dias seguintes, Cotten ficou sabendo como a equipe arqueológica anglo-americana havia descoberto os restos da cidade real, uma jóia da civilização inca perdida, por muito tempo escondida pela vegetação praticamente impenetrável no alto da floresta peruana, constantemente coberta pela neblina. Desde o início das escavações, a equipe havia descoberto um complexo considerável de templos, observatórios astronômicos, estruturas residenciais e artigos têxteis preservados.

Lutando contra o mal das alturas, o frio e a umidade penetrantes, Cotten, Paul e Nick trabalharam tirando fotografias e registrando imagens em videoteipe da equipe de escavação, incluindo entrevistas com Edelman,

José e alguns dos outros nativos. Foram feitas horas de gravações sobre as diversas partes da cidade revelada pela expedição.

Depois de ter concluído a lista de tomadas e de entrevistas necessárias para a reportagem, Cotten disse a Paul e Nick que tinham material suficiente para levar de volta a Lima e entregar aos cuidados da emissora de televisão peruana. Não havia necessidade de ficar mais tempo ali. Eles concordaram com ela que já sentiam falta de comida de verdade, assim como de camas e ares da cidade – no mínimo, um ar com mais oxigênio.

Na tarde que antecedeu o dia da partida, Cotten fez uma caminhada por fora da área do acampamento para pensar e fazer uma avaliação. Aquele era um trabalho secundário e pagava pouco. Nada de que pudesse se vangloriar ou incluir no currículo. Ela nem mesmo editaria a matéria, apenas faria as filmagens e voltaria para casa.

Cotten encontrou uma rede pendurada entre duas árvores na borda do acampamento e deitou-se nela. O que faria quando voltasse para casa? Tudo o que parecia conseguir era um trabalho insignificante após outro. E até mesmo esses eram raros.

Cotten ergueu os olhos para o céu.

– O que o senhor quer de mim?

Ela não estava rezando – não acreditava em orações. Mas, à sua própria maneira, precisava de respostas de alguma coisa – de alguém – maior do que ela mesma.

– Me diga o que quer de mim. – As nuvens pareciam tornar-se mais escuras. – Que tal me enviar um sinal? Qualquer coisa serve. – Ela fechou os olhos, pensando que poderia tirar uma soneca.

– Venham depressa! – uma voz gritou do outro lado do acampamento. – Encontramos alguma coisa. *Haku! Haku!*

Isso tirou Cotten Stone dos seus pensamentos e ela sentou-se e logo se levantou.

Alguns metros adiante, avistou o doutor Carl Edelman, que deixou sobre a mesa desmontável um artefato que estivera examinando.

– O que foi que aconteceu, José? – perguntou ele.

Cotten viu José entrar correndo na clareira do acampamento. Ela havia descoberto que o índio não era apenas um guia, mas também o chefe da equipe de escavação, que supervisionava os trabalhadores.

– *Utqhay*. Depressa. O senhor precisa ver isso. Venha. *Haku*. – José escorregara de novo para o seu quíchua nativo, talvez pensando que, assim, todos os que poderiam ouvi-lo entenderiam. Acenando com as mãos, ele gritou: – *Mana ininan kay*. É incrível. Ordenei que ninguém tocasse até o senhor chegar, doutor Edelman.

José deu meia-volta e saiu correndo, seguido por Edelman. Cotten, juntamente com Paul e Nick, foram atrás deles. O que quer que havia deixado José em tamanha excitação poderia ser o destaque de que ela precisava para valorizar as filmagens e impressionar a emissora peruana a ponto de lhe oferecer um outro trabalho.

Cotten sentiu o pungente aroma da folhagem em decomposição ao longo do caminho agora bem definido. Naquela altitude, as nuvens ao redor da montanha deixavam tudo perpetuamente úmido.

Logo, a primeira das ruínas projetou-se de dentro da neblina. Ao longo dos últimos dias, Edelman pensava ter descoberto uma estrutura cerimonial. José entrou correndo no sítio, seguindo de costas, falando sem parar, e encaminhou-se para a nova locação.

Quando Edelman apareceu, o grupo de trabalhadores fez silêncio.

– Ali – indicou José, gesticulando para o círculo de homens de pele acobreada alinhados ao redor de uma vala. – Afastem-se! – ele gritou. – *Kutitiy*. Abram espaço para o doutor Edelman.

Edelman ajoelhou-se ao lado da vala.

– Pincel – ele ordenou, estendendo a mão.

A exemplo de um assistente médico, José passou-lhe um pincel de cerca de dez centímetros de largura.

Delicadamente, Carl Edelman afastou uma camada fina de poeira avermelhada.

Cotten postou-se ao lado dele, inclinando-se para a frente para ver o que havia no fundo da vala. Ela ouviu Edelman prender a respiração, acocorando-se.

– O que é isto? – quis saber Cotten. Sobre o ombro, ela perguntou a Paul: – Você está pegando isto?

Paul acenou-lhe afirmativamente e então acionou o botão de gravação da câmera digital de alta precisão. O ruído suave da fita girando misturava-se com o do vento que soprava entre as copas das árvores.

Quando Cotten virou-se de novo para Edelman, um espectro de luz radiante atingiu-lhe os olhos em cheio. Mesmo em meio àquele solo barrento, ela viu alguma coisa fora do lugar – algo que não parecia pertencer àquele sítio antigo. O objeto captava a luz do Sol que se filtrava através de um espaço entre as nuvens espessas e emitia um reflexo ofuscante de cores estonteantes.

Edelman tirou uma pequena colher de pedreiro do bolso e cavou delicadamente ao redor das bordas do objeto.

Vidro?, pensou Cotten.

Quando Edelman conseguiu afastar a poeira, ele testou a parte inferior do objeto e retirou a terra.

– Me dê alguma coisa para embrulhá-lo.

José traduziu a ordem e um dos trabalhadores trouxe uma toalha para o arqueólogo.

Com a destreza acumulada em anos de experiência, Edelman extraiu o objeto da terra, envolvendo-o com o tecido.

– Impressionante – sussurrou. – Quando Richard e Mariah voltarem, eles nem vão...

– O que é isto? – perguntou Cotten.

Edelman levantou-se, embalando o artefato como um bebê enrolado numa coberta. – Em toda a minha carreira, nunca vi nada igual.

A Placa de Cristal

A temperatura caiu bastante quando a escuridão envolveu a cordilheira. Durante o dia, o Sol brilhava e o ar era quente, mas, à noite, a temperatura baixava para cerca de dez graus Celsius ou menos. Tremendo de frio, Cotten apertou o casaco fortemente ao redor do corpo. Em noites como essa, a floresta enevoada do Peru envolvia-se em neblina e mistério. José disse que alguns nativos acreditavam que havia uma passagem para um outro mundo dentro das nuvens.

Do outro lado do acampamento, Cotten ouvia as vozes abafadas da equipe de escavação composta por nativos, enquanto ela, Paul e Nick reuniam-se com Edelman sob a luz do lado de fora da barraca dele. Um gerador vibrava na escuridão.

Edelman apontava para duas conchas grandes, com orifícios na superfície e incrustadas de terra, que estavam sobre a mesa.

– Instrumentos musicais... trompas... usadas pelos chavín – explicou Edelman. – Os chavín são conhecidos como os primeiros peruanos. – Do lado das conchas, Edelman ergueu uma pedrinha que era côncava no centro. – Um almofariz. Provavelmente usado para triturar sementes de *vilca*.

– O que é *vilca*? – quis saber Cotten.

– É uma árvore. Eles assavam as sementes, que são alucinógenas, depois as trituravam até se transformarem em pó. Usavam pequenos ossos tubulares como canudos e inalavam o pó, ou alguém o soprava nas narinas da pessoa.

– O que foi que eu lhes disse sobre eles mascarem por aí as folhas de coca? – interveio Nick. – Esses caras vivem nas alturas há milhares de anos.

Edelman ignorou o comentário.

– Não havíamos encontrado nada verdadeiramente extraordinário neste sítio até hoje – informou o arqueólogo. – Antes de convidá-los, dei uma boa examinada no objeto recuperado na trincheira.

Paul ligou o facho de luz da câmera de vídeo e começou a filmar enquanto Nick ajustava os níveis de áudio no seu sistema de gravação digital portátil. Ele segurava uma haste curta com um microfone acima da cabeça de Edelman. Cotten tentava conseguir uma visão melhor, caminhando ao redor da mesa, mas Edelman mantinha o objeto coberto por um pedaço de camurça.

– Tivemos outras sugestões e evidências de que há alguma coisa diferente neste lugar – continuou Edelman, bebericando um uísque escocês, puro. Ele era o único que possuía um copo de vidro em todo o acampamento, tendo declarado que, pela sua formação britânica conservadora, considerava inadmissível tomar uísque de qualidade num copo plástico. Não combinava.

– Que evidências? – quis saber Cotten.

– O fato mais notório, e o primeiro que se observou, foi que havia uma grande lacuna de tempo entre as primeiras habitações incas e este local. As primeiras habitações incas parecem ter saído do local abruptamente. Desapareceram. E os estratos permanecem estéreis entre essas habitações e as mais recentes.

– Por que será que eles partiram assim? – indagou Cotten.

– Boa pergunta.

– Talvez tenham sido destruídos por uma outra tribo – sugeriu Paul.

Edelman deu de ombros.

– Pode ser, mas não há sepulturas, túmulos, nem resquícios humanos... ao menos nenhum que tenhamos encontrado além daqueles que habitaram o local recentemente.

– Não é um pouco estranho para uma cidade tão grande? – indagou Cotten.

– Não ter sepulturas, sim. Mas desaparecer é estranho, mas não incomum. Isso aconteceu diversas vezes ao longo da história. Uma grande cultura ou civilização simplesmente desaparece da noite para o dia. Talvez nunca venhamos a saber o que fez com que as pessoas abandonassem essa cidade. Um bom exemplo com que vocês podem estar familiarizados é o dos seus índios do sudoeste americano, os anasazi.

– Os que viviam nos penhascos? – sugeriu Paul.

– Sim. A exemplo de outras civilizações antigas, eles eram um povo habilidoso e adaptável, mas que desapareceu de repente sem deixar vestígios. Pode ter acontecido uma escassez de alimentos ou inundação, doenças, conflitos. – Ele acenou com a cabeça para Paul. – A verdade é que ninguém sabe realmente por que algumas dessas civilizações desapareceram. Não há evidências de declínio, algo que se poderia encontrar em relação a uma escassez de alimento ou inundação. Um dia eles estavam ali, no outro haviam sumido.

– É um caso para se pensar que, com toda a nossa tecnologia moderna, esses mistérios deveriam ter sido resolvidos – observou Cotten.

– Sim, é mesmo – concordou Edelman. – De vez em quando, acontece a dispersão de alguns extraviados, mas, na maioria das vezes, todos desaparecem sem deixar vestígios. Pense no caso da Atlântida, por exemplo. Platão escreveu sobre a existência da ilha, mas, se ela existiu, o que aconteceu com ela?

Edelman mexeu a cabeça e massageou o pescoço, enquanto o objeto continuava encoberto pela camurça dobrada.

– Alguns dos outros artefatos que encontramos aqui poderiam indicar que este local é anterior à época dos incas e dos chavín... talvez milhares de anos antes – continuou Edelman. – Alguns dos artefatos indicam uma cultura totalmente diferente... ainda desconhecida. Agora aparece isto. Este objeto inacreditável agrava a nossa imprecisão sobre os habitantes deste local. Quando Richard e Mariah voltarem, precisaremos rever a nossa linha de raciocínio.

– O senhor conversou com eles? – indagou Cotten antes de tomar um gole da cerveja local.

A cerveja peruana não lhe satisfazia o paladar. Em lugar dela, preferiria a sua adorada vodca sueca e se arrependia de não ter pego algumas garrafinhas em miniatura do vôo de Fort Lauderdale para Lima. Muito embora a preferisse diretamente do congelador, ficaria satisfeita em bebê-la resfriada à temperatura da noite fria na montanha.

– É claro! – confirmou Edelman. – Liguei para eles pelo telefone via satélite e, assim que conseguirem fechar a proposta de financiamento, pegarão o primeiro jato de volta para Lima. Richard não se conforma por não estar aqui quando encontramos este artefato. Vocês sabem que ele trabalha por prazer e não por obrigação.

Richard Hapsburg era um antropólogo da Yale, e a esposa, Mariah, uma negociante de objetos de arte e escritora profissional subvencionada. Ao estudar os apontamentos da expedição de 1911 do famoso explorador Hiram Bingham nos arquivos da Yale, Richard descobriu referências a um segundo sítio, que Bingham havia considerado sem importância e sobre o qual não publicou informações suficientes para que outros o seguissem. Usando a última palavra em termos de reconhecimento térmico de imagens, Hapsburg e o seu grupo da Yale identificaram a mais provável localização do sítio misterioso. Depois de semanas abrindo caminho a facão por entre a grossa parede de vegetação, Hapsburg e Edelman, juntamente com a equipe de escavação, finalmente viram a cidade perdida.

– Aqui está o que me traz tantos questionamentos sobre este local – disse Edelman. – Com um movimento rápido, ele ergueu o tecido e voltou a sentar-se na cadeira. – Deleitem os seus olhos.

Cotten examinou o objeto sobre a mesa e o assombro a deixou de queixo caído.

Era um objeto de cristal – transparente, brilhante, de aparência líqüida. Tinha cerca de 15 centímetros de largura e 23 de comprimento, e com uma espessura de um pouco mais de dois centímetros.

– Maravilhoso – sussurrou ela. – Absolutamente maravilhoso.

O cristal captava o facho de luz da câmera e refletia-o na forma de um brilho diáfano iridescente.

– Filme por este ângulo, Paul – sugeriu Cotten sem desviar os olhos do artefato. Marcas intrincadas cobriam a superfície. No alto, distribuíam-se umas gravações... uma espécie de símbolos ou glifos... e, na metade inferior, via-se uma série de pontos e linhas. Cotten indagou: – Posso tocar?

Edelman assentiu, depois continuou.

– As evidências antropológicas nos mostram que no passado, assim como nos nossos dias, os cristais de quartzo desempenharam um papel importante nas cerimônias xamânicas do Peru. Mas isto... isto não se parece com nada que eu possa imaginar. Talvez explique o fascínio que os cristais exercem sobre eles. Sabe alguma coisa sobre cristais, senhorita Stone?

– Na verdade, não. Só o básico, que aprendi no colégio. – Ela passou o dedo pela superfície polida. – É finíssimo. – Tirou a câmera fotográfica do bolso e bateu várias fotos bem de perto.

– Sim, é mesmo – concordou Edelman, saindo do caminho para que Paul pudesse obter um ângulo melhor. – Pesa pouco mais do que quatro quilos. Acredito que tenha sido esculpido a partir de um único cristal de quartzo. Com uma lente de aumento, percebi que foi esculpido contra o eixo natural do cristal. Quem trabalha com cristais, especialmente escultores em cristal, tem plena consciência desse eixo... a simetria molecular do cristal. Quando esculpido na direção oposta, ao revés, como neste caso, o cristal se estilhaça. Até mesmo a tecnologia mais moderna para escultura em cristal... *lasers* de alto desempenho e assemelhados... ainda não conseguiram vencer o desafio.

– Mas este objeto não foi produzido centenas de anos atrás? – perguntou Cotten.

– Observando as marcas, sou capaz de apostar que é mais provável que sejam milhares – disse Edelman.

Edelman tamborilava sobre o queixo. Ele fitou a placa.

– Conversei com Richard Hapsburg mais cedo e perguntei-lhe que tipo de ferramenta ou técnica teria sido usada para criar esta placa. Ele me ligou cerca de meia hora atrás e me informou que, depois de uma conversa preliminar que teve com os colegas, a teoria inicial é de que o cristal e os glifos teriam sido produzidos com diamantes, e os detalhes mais delicados produzidos com uma solução de areia e água. É claro que tudo isso se baseia na minha descrição verbal, uma vez que não tenho como enviar imagens daqui. – Ele fez uma pausa, tomando outro gole do malte finíssimo. – E o verdadeiro enigma é que, se ele estiver certo, seria preciso a vida inteira de um artesão envolvido no processo para obter este resultado... seria preciso até mesmo uma centena de anos ou mais para chegar a este tipo de trabalho. – Ele apontou para a placa de cristal com uma expressão de perplexidade. – Por incrível que pareça, não consigo encontrar até mesmo uma minúscula marca como evidência do tipo de ferramenta que tenha sido usada.

– Então o que o senhor está dizendo é que este tipo de trabalho é simplesmente impraticável – concluiu Cotten.

– Exatamente. Hapsburg está convocando alguns colaboradores de confiança para vir até aqui – afirmou Edelman. – Precisamos de uma junta de especialistas para estudar este artefato.

– Ele já falou com a imprensa a respeito desse assunto? – quis saber Cotten.

– Não. Precisamos de uma verificação mais apurada antes de dar qualquer declaração. – Ele olhou atentamente para ela – Não precisa se preocupar, senhorita Stone. Terá a sua exclusiva.

Cotten imaginou se talvez essa fosse a reportagem que salvaria a sua carreira. Precisava aproveitar qualquer oportunidade.

– Tire algumas fotos também – disse a Paul.

Paul deixou de lado a câmera de vídeo e começou a usar uma câmera fotográfica digital. Depois de ter tudo de que precisava, ele acenou para Cotten, que estendeu a cada um deles uma garrafinha de cerveja peruana.

– Agora estamos conseguindo alguma coisa – comentou Nick enquanto eles brindavam com suas garrafas.

Cotten virou-se para Edelman e o encontrou em profunda concentração. Ele tinha aproximado a cadeira da mesa e olhava intensamente para a placa, balançando a cabeça.

Cotten ficou de pé ao lado dele e perguntou: – O que foi? – Tem mais alguma coisa?

Ele tomou mais um bom gole do uísque escocês, seguido de um segundo gole, que esvaziou o copo. – Se estou compreendendo estes glifos...

– Quer dizer que sabe o que eles dizem?

– Mais ou menos – admitiu ele, marcando com o dedo o perímetro superior da placa. – E estou baseando a minha interpretação no fato de que os glifos guardam alguma semelhança com as primitivas inscrições zapotecas e maias. Todas as escritas primitivas da Mesoamérica usavam imagens complexas com formas quadradas.

– Mesoamérica? Mas estamos na América do Sul – rebateu Cotten.

– Sim, estamos, mas a mais recente corrente de pensamento considera que todos esses povos antigos migravam com muito mais freqüência do que se acreditava. O cristal foi criado aqui ou será que foi trazido para cá de outro lugar? Esta é a pergunta que não consigo responder ainda.

– Então, não acha que foi feito pelos incas ou pelos chavín? – perguntou Cotten.

– Eles não tinham uma língua escrita como esta – observou Edelman.

– Mas algum grupo mais antigo do que os chavín tinha? – perguntou Cotten. – Pensei que tivesse dito que eles não tinham uma língua escrita.

– Parece uma charada, não é mesmo? – comentou Edelman.

Paul bebeu um gole e depois disse:

– O senhor quer dizer que os sujeitos que construíram Machu Picchu e esses palácios e observatórios complexos não tinham uma língua escrita?

Edelman esboçou um sorriso tolerante.

– É ingenuidade nossa pensar que *escrita* significa anotar palavras com caneta e tinta, da maneira como fazemos. Os egípcios usaram pedra e papiro, os sumérios e babilônios escreveram sobre barro. E os incas usaram um método e um meio totalmente diferentes. Eles são famosos pelos têxteis, portanto isso faz sentido perfeitamente. Eles usavam o quipo: um sistema de cordões coloridos com nós. Acreditava-se que o quipo fosse apenas um instrumento de cálculo, mas análises recentes indicaram que poderia ser uma língua escrita tridimensional, num código binário de sete bits. Muito complicado. Lembrem-se, os computadores modernos atuais também se baseiam em códigos binários.

– Os incas usavam a mesma tecnologia dos computadores atuais? – perguntou Paul.

Edelman concordou.

– Quando escrevemos mensagens por e-mail, por exemplo, eles existem dentro do computador na forma de uma seqüência de oito dígitos... um código binário constituído apenas de uns e zeros. A mensagem codificada é enviada para outro computador, que a traduz ou decodifica na forma de escrita digitada pelo emissário. Os incas inventaram um sistema parecido pelo menos quinhentos anos antes de Bill Gates fundar a Microsoft.

– Talvez não sejamos tão inteligentes quanto pensamos – observou Nick.

– Não, certamente que não – continuou Edelman. – Arrogantes é mais o caso. Os espanhóis registraram a captura de um inca que estava tentando esconder um quipo, no qual havia registrado tudo o que aconteceu de bom ou de mal na sua terra natal. E, devido ao fanatismo religioso, em vez de ficar com o objeto para estudá-lo e aprender com ele, os conquistadores o queimaram como um objeto de idolatria e puniram o pobre nativo por tê-lo produzido. O que foi feito, em nome de Deus, a essas culturas do Novo Mundo é uma atrocidade que tendemos a ignorar. Essas culturas foram destruídas.

Edelman inclinou-se de novo para examinar os símbolos no cristal e, ao mesmo tempo, ia escrevendo num computador portátil, o tempo todo balançando a cabeça como se não conseguisse acreditar no que estava transcrevendo.

Paul cutucou Cotten com o cotovelo.

– O que está acontecendo?

Cotten deu de ombros.

– O que acha que está escrito aí? – ela perguntou.

Edelman não respondeu de imediato, mas continuou escrevendo. Paul olhou para Cotten como se não estivesse entendendo o que estava acontecendo enquanto esperavam pacientemente.

Finalmente, Edelman os encarou.

– Se alguém, milhares de anos atrás, assumiu a tarefa incrivelmente difícil de produzir este objeto admirável, devia ter algo muito importante a dizer. Vocês concordam?

Cotten olhou para cima ao perceber a névoa da montanha tornar-se mais espessa ao redor deles.

– Imagino que sim.

Edelman continuou.

– Como eu disse, tenho apenas uma tradução grosseira baseada em glifos semelhantes que estudei, mas a coisa mais impressionante que me ajuda a entender essas inscrições é que conheço a mensagem. Eu já a ouvi antes, e vocês também. O cristal em si é um enigma inacreditável. Mas, vejam vocês, não se trata apenas da impressionante mensagem inscrita sobre o cristal, mas do fato de o autor ter conhecimento antecipado *desse* acontecimento em particular.

– Que acontecimento? – Paul não se conteve.

– A Arca de Noé e o Grande Dilúvio.

Venatori

– Senhor Wyatt, quero agradecer-lhe por ter vindo tão rápido – disse o arcebispo Filipe Montiagro, o núncio apostólico do Vaticano junto aos Estados Unidos.

– Fiquei intrigado com o seu telefonema, Vossa Excelência – Thomas Wyatt respondeu. Ele apertou a mão do arcebispo, um homem alto, trajando um terno preto com um colarinho romano simples... sem nenhuma indicação da sua posição diplomática ou na Cúria romana.

Wyatt havia pensado muito sobre o motivo pelo qual um diplomata de tão alto nível pediria para ele comparecer à embaixada do Vaticano para uma oferta de emprego junto ao que ele presumia ser a Guarda Suíça. Desde a perda do avião da Virgin Atlantic um ano antes, ele havia se perguntado mais de mil vezes se deveria ou não deixar aquele trabalho. Durante semanas depois da derrubada do avião, ele acordava no meio da noite refletindo sobre o que mais poderia ter feito para convencer o piloto a desistir do suicídio. Ele havia passado por outros fracassos no passado, mas, na maioria deles, lidando com um único suspeito ou terrorista. Nada se comparava à perda dos 280 inocentes do vôo 45.

Montiagro fez sinal para Wyatt sentar-se enquanto contornava a escrivaninha.

– Não é sempre que temos uma necessidade dessa natureza e podemos encontrar um homem da sua envergadura e experiência.

Os dois homens estavam num escritório moderno mas modestamente decorado no segundo andar da embaixada do Estado do Vaticano na Massachusetts Avenue, em Washington. A sala espaçosa tinha as paredes forradas de madeira e sem janelas, e na parede atrás de Montiagro via-se uma grande fotografia do papa.

– Exatamente quais *são* as suas necessidades especiais? – quis saber Wyatt. – Pensei que para ser um integrante da Guarda Suíça fosse preciso ser católico romano ou possuir a cidadania suíça.

– O senhor está certo, senhor Wyatt. E se estivéssemos recrutando formalmente o senhor para a Guarda, é claro que não estaria qualificado. Há outros níveis na segurança do Vaticano – completou ele.

Wyatt observou-o com curiosidade, imaginando onde Montiagro pretendia chegar. Com formação em psicologia criminal e direito internacional, Wyatt havia passado os últimos sete anos como analista de alto nível, especializado em comportamento humano, para a Agência de Segurança Nacional em Fort Meade, Maryland. Ele havia recebido o telefonema de Montiagro um pouco antes do fim do expediente no escritório. Talvez esta fosse a sua oportunidade de finalmente mudar de vida e sair da sombra do desastre com a Virgin Atlantic. Imaginou se talvez um cargo junto à segurança do Vaticano fosse a mudança de que estava precisando.

– Então, se não está me oferecendo um emprego na Guarda, o que seria? – quis saber Wyatt.

– O senhor conhece o Venatori? – indagou Montiagro.

– Mas é claro, Vossa Excelência. Juntamente com o FBI e a CIA, a Agência de Segurança Nacional troca informações com o setor de informações do Vaticano regularmente.

– Muito bom – disse Montiagro. – O Venatori é a agência de coleta de informações da Santa Sé e é responsável pelo fornecimento de informações ao papa sobre assuntos internacionais. A agência processa os dados que vocês enviam diariamente. Como deve saber, também temos um relatório diário que é enviado à Agência de Segurança Nacional americana além de outras agências ocidentais.

Wyatt concordou com um movimento de cabeça, percebendo que pouco se sabia sobre o Venatori além de que era uma das mais antigas organizações de espionagem do mundo.

– Achamos que precisamos contratar um analista de campo excepcional para conduzir esse trabalho. Ao contrário da Guarda Suíça, um agente do Venatori não precisa ser católico. Em alguns casos, temos agentes em outros países que não são nem mesmo cristãos. Veja, senhor Wyatt, a Santa Sé é governada pelas leis dos homens *e* de Deus. Às vezes, ficamos presos aos nossos interesses e nos esquecemos de que existem coisas que podem e devem ser explicadas pela lógica e pelos fatos. Valorizamos uma pessoa como o senhor para manter os nossos pés no chão enquanto analisamos dados e informações.

Sem dúvida nenhuma, a proposta era curiosa, pensou Wyatt. O que os fizera procurá-lo?

– Por mais que respeite a sua posição e o lugar que a Santa Sé ocupa na comunidade internacional, não estou certo se realmente precisam de alguém como eu.

Montiagro entrecruzou os dedos e descansou as mãos sobre a escrivaninha.

– Temos observado o seu envolvimento com as negociações de seqüestros e fanáticos suicidas ao longo dos últimos anos. Acompanhamos o seu trabalho em cerca de dezenas de situações nacionais e internacionais nas quais participou na negociação com terroristas. Salvar vidas é importante para o Vaticano.

– Bem, agradeço pela sua confiança, mas nem sempre sou bem-sucedido. Tive a minha cota de fracassos.

– Nós compreendemos – disse Montiagro. – E sabemos que considerou a perda do vôo da Virgin Atlantic como algo pessoal.

O peito de Wyatt se enrijeceu. Ele esperava que Montiagro parasse de falar no assunto.

– O que nos impressiona é que o governo dos Estados Unidos confia no senhor o bastante para convocá-lo nas situações mais críticas.

Se era para deixar o emprego por outro, Wyatt precisava ao menos compreender melhor do que se tratava o novo trabalho.

– Ainda não entendi muito bem que benefícios eu posso oferecer ao seu grupo. Os senhores não estão em guerra. Não têm um exército de prontidão, não estão sofrendo ameaças físicas além dos fanáticos religiosos com os quais lidamos diariamente.

– Pode ser que sim – disse Montiagro. – Pode ser que não. – O arcebispo apoiou as mãos na mesa. – Infelizmente, o senhor está errado em relação a todos os problemas que levantou sobre a guerra, exércitos e ameaças materiais contra a Santa Sé. Por exemplo, do ponto de vista da guerra, nós...

O telefone celular de Wyatt tocou. Ele ergueu a mão para o arcebispo enquanto o retirava do cinto e verificava o identificador de chamada.

– Minhas mais profundas desculpas, Vossa Excelência, mas preciso atender a esta ligação. É da agência.

– Eu compreendo – disse Montiagro.

Wyatt levantou-se e afastou-se da escrivaninha antes de apertar o botão para falar. Ouviu atentamente por um instante antes de se voltar para o arcebispo.

– Excelência, o senhor tem uma televisão disponível? Há um noticiário a que, penso, nós dois deveríamos assistir.

– É claro – disse Montiagro. Ele se levantou e abriu um grande armário, revelando um televisor de tela plana. Depois de ligar o aparelho com o controle remoto, a imagem e o som da Satellite News Network apareceram.

A primeira imagem foi de uma imensa bola de fogo expandindo-se no céu noturno. Embora não houvesse nenhum ponto de referência, Wyatt presumiu que algo grande tivesse se incendiado e queimado durante o vôo.

O locutor informou:

– Esta é a imagem de vídeo da costa leste da África enquanto a Estação Espacial Internacional caiu fora de controle e se incendiou na atmosfera. A visão espetacular no céu noturno pôde ser testemunhada a milhares de quilômetros. A terrível tragédia começou com o relato da Agência Espacial Russa de que a tripulação de três homens – um comandante da Marinha dos Estados Unidos, um coronel da Força Aérea russa e um cosmonauta russo –, todos se suicidaram logo depois de tirar a estação da órbita terrestre. Pouco tempo depois, ela se espatifou no oceano Índico.

O arcebispo Montiagro parecia imobilizado, o olhar transfixado nas imagens enquanto Wyatt se aproximou e parou ao seu lado.

– Isso é inacreditável – comentou Wyatt.

Montiagro voltou-se para Wyatt.

– Na verdade, não é – disse pousando a mão no braço de Wyatt. – Foi por causa disso, senhor Wyatt, que mandamos chamá-lo.

Campo de Batalha

Montiagro baixou o som da televisão.

– Não compreendo, Vossa Excelência – disse Wyatt.

– Vai compreender logo, logo. Thomas, estamos em guerra. A cada momento, a cada segundo e a cada respiração nossa, estamos lutando pelas nossas vidas... nossas almas. Trata-se de uma guerra tão real como aquelas outras terríveis, dolorosas, sangrentas que estão sendo travadas em dezenas de outros lugares neste planeta. A guerra em que estamos envolvidos começou muito tempo atrás. E não vai terminar enquanto um dos lados... aqueles que acreditam na bondade do homem ou aqueles que vêem apenas o negrume nos corações humanos... vencer.

O núncio fixou o olhar na tela da televisão, que fazia a cobertura ao vivo.

– Isso nunca chegaria ao seu conhecimento, mas estamos no meio de um campo de batalha. A Igreja é o centro da guerra pelas almas humanas. – Ele olhou para Wyatt. – Precisamos de alguém como o senhor para nos ajudar a enfrentar essa batalha. O senhor compreende o comportamento humano. Uma maneira pela qual o nosso inimigo vence uma batalha é fazer com que uma alma cometa o maior dos pecados contra Deus... o pecado do suicídio. O exército contra o qual nos batemos é comandado por Satã. Os Nefilins se prepararam meticulosamente para o dia em que se voltariam contra Deus e eliminariam a coisa que Ele mais valoriza, a sua criação mais importante... a humanidade.

– Nefilins?

– Os descendentes dos Anjos Caídos, os anjos rebeldes expulsos do Paraíso depois da Batalha do Céu.

– O senhor acha que todos os suicídios são uma espécie de possessão demoníaca? – perguntou Wyatt. Na realidade, ele gostaria de pensar que essa fosse a explicação, muito embora diabos e demônios ocupassem um lugar periférico em relação a tudo em que ele acreditava. Mas aliviaria o peso do fracasso que sentia sobre o incidente com o Virgin Atlantic. Dissuadir um homem de cometer suicídio parecia completamente diferente de dissuadir um demônio.

– Não todos – continuou Montiagro. – Mas acreditamos que a guerra esteja aumentando progressivamente.

– Por quê? – quis saber Wyatt.

O arcebispo Montiagro apontou para a televisão.

– Porque, senhor Wyatt, os sinais também estão aumentando.

A Profecia

– A Arca de Noé? No Peru? O senhor só pode estar brincando – surpreendeu-se Cotten, espirrando cerveja da garrafa quando gesticulou reagindo ao que Edelman havia dito.

– Isso não faz o menor sentido! – disse Paul enquanto Nick balançou a cabeça concordando.

Edelman esboçou aquele mesmo sorriso tolerante nos lábios e olhou para Paul antes de se voltar para Cotten.

– Não, senhorita Stone, não estou brincando. Mas talvez tenha lhe confundido. Permita-me explicar. A história do Grande Dilúvio é comum entre muitas culturas, geralmente transmitida de geração em geração por meio da tradição oral e convertendo-se mais tarde para a língua escrita. Até mesmo os incas tiveram um mito do dilúvio. As lendas incas sustentam que o povo primitivo dos Andes provinha de sobreviventes do Grande Dilúvio e que se disseminaram pela região. Existem, literalmente, centenas e centenas de mitos do dilúvio em todo o mundo... escandinavos, asiáticos, africanos, australianos, do Oriente Médio, entre as ilhas do Pacífico. Nenhum canto do planeta é imune à história do dilúvio.

Edelman fez uma pausa e continuou: – Os teólogos gostam sempre de apontar esse fato porque as lendas culturais e os textos primitivos corroboram o acontecimento registrado nas escrituras bíblicas. – Edelman olhou para o artefato. – Mas as inscrições neste cristal não relatam os acontecimentos de um Grande Dilúvio.

– Mas o senhor não acabou de dizer que sim? – indagou Paul.

– Não exatamente – corrigiu Edelman. – Vejam, as inscrições nesta placa *prevêem* um dilúvio colossal. Elas revelam que um dilúvio *vai* acontecer e dão orientações específicas sobre como se preparar.

– Quer dizer, coisas como construir um barco e reunir os animais dois a dois? – insistiu Cotten.

Edelman correu o dedo por alguns dos glifos enquanto falava.

– Elas dão instruções específicas sobre a construção de uma embarcação, sim... uma arca, se quiserem.

– Veja bem, eu cresci no Cinturão da Bíblia – disse Paul. – E lá nós tendemos para o lado fundamentalista. Lembro-me que me ensinaram que a questão fundamental do Dilúvio era Deus limpar a Terra dos pecadores... todo mundo menos Noé e a família dele.

Cotten pousou sua garrafa.

– Mas isso significaria que houve mais de um Noé.

Paul estalou os lábios depois de tomar um grande gole da sua cerveja.

– O senhor disse que aquelas pessoas passaram por todo o mundo. Como sabe que este cristal não foi dado a Noé? Ou talvez ele o tenha criado ou conseguiu que alguém o fizesse. Como um manual de instrução ou algo semelhante. Então alguém o trouxe para cá.

– Os glifos – disse Edelman. – Estes não faziam parte da escrita ou da leitura ao alcance de Noé.

Paul deu de ombros, com um toque de embaraço na expressão.

– Se a inscrição mostra ser uma *profecia* do Grande Dilúvio aqui no Peru – interveio Cotten –, essa coisa de vários Noés contradiz a história do Noé da Bíblia.

– Os fundamentalistas não ficarão felizes se isso acabar com o Gênesis – disse Paul. Ele se voltou para Cotten. – Isso é exatamente o contrário da sua reportagem com o fóssil falso. – Com um sorriso preocupado, ele concluiu: – Tem certeza de que quer seguir esse caminho?

– Essa é a única opção que tenho no momento. – Cotten olhou para Edelman. – Paul tem razão quanto à questão dos vários Noés, não é mesmo?

– Tem – admitiu Edelman. – Mas muito mais do que isso. Não se trata do *que* está escrito aqui. Temos um objeto de milhares de anos de idade, com inscrições numa língua que abrange uma variedade de símbolos, nenhum dos quais é natural de nenhuma cultura. Na melhor das hipóteses, seria considerado como uma inscrição antiga que requer, ao menos, o tempo de toda uma vida para ser produzida, e isso se houvesse ferramentas precisas à base de diamantes e outras semelhantes. E a mensagem dessa peça prediz um acontecimento que a tradição diz ter ocorrido há mais de cinco mil anos. – Ele apontou para a placa de cristal. – Desse modo, a grande questão não é o que ela diz, mas quem a redigiu.

Cotten sentiu o coração parar.

– Talvez estejamos olhando para a escrita de Deus.

A Neblina

Estava escuro como breu e frio quando Edelman, Cotten, Paul e Nick sentaram-se em volta da grande mesa desmontável para o jantar de despedida na barraca do rancho.

– Devíamos ter contratado um cozinheiro americano em vez de um nativo – comentou Paul. – Não sei se serei capaz de comer porquinhos-da-índia.

– Não pense neles como porquinhos-da-índia – sugeriu Cotten. – Chame-os de *cuy*, como fazem os peruanos ... isso pode ajudar. Na verdade, eu acho bem saboroso.

– Isso depende do costume – comentou Edelman antes de servir-se de uma garfada de batata. – Vocês sabem que as mulheres são mais sensíveis do que os homens para perceber quando algo é desagradável. A repulsa é um meio pelo qual a natureza nos protege das doenças. Segue-se disso que as mulheres teriam maior sensibilidade... são elas que geram e criam os filhos. Um fato interessante provado por uma pesquisa feita no Reino Unido: à medida que a capacidade para a reprodução declina com a idade, diminui também a sensibilidade à repulsa.

Paul tocou com o garfo o seu *cuy* aberto como uma borboleta, hesitando em dar a primeira mordida.

– Se estivéssemos na Coréia, você tomaria uma sopa maravilhosa chamada *bosintang* – comentou Edelman.

– Tenho medo de perguntar – retrucou Paul.

– Au, au – fez Cotten, imitando o som de um latido.

Paul gemeu.

– Posso lhe dar as páginas de alguns arquivos da Internet que apresentam receitas de comidas exóticas – disse-lhe Edelman.

– Eu passo – disse Paul, cutucando o *cuy* com o garfo.

Nick inclinou-se sobre Cotten e sussurrou-lhe ao ouvido.

– Você já não está tão cansada desse sabe-tudo quanto eu?

Ela concordou com um leve inclinar de cabeça. Cotten também estava cansada da constante postura enciclopédica de Edelman, mas sabia que devia respeitar o anfitrião. Voltou-se para Paul.

– Vamos lá. Não seja tão sensível. Dê uma mordida.

– É, cara, faça isso – disse Nick. – Quanto a mim, estou morrendo de fome. Caramba, eu comeria até o rabo de uma lhama agora mesmo. – Ele arrancou um bom naco de carne que lhe encheu a boca. – Hum, hum, hum...

Paul ergueu o garfo.

– Vai me dizer que tem gosto de frango, certo?

– Mas tudo não tem? – interveio Edelman.

– Talvez eu tenha sido... como você disse, uma mãe e criado filhos... numa outra vida – defendeu-se Paul. – Não passo nem perto do maldito *tofu* e agora querem que eu coma... *cuy*. – Ele cortou um pedacinho e o levou vagarosamente até a boca.

Nick ria até não poder mais enquanto mastigava outro pedaço, que depois engoliu e ajudou a descer com um bom gole de água.

– Finja que está num *Reality Show* e que esteja em jogo um milhão de pratas.

Paul passou o pequeno pedaço de carne pelos lábios. Manteve o garfo na entrada da boca por um instante de indecisão antes de prender a carne do porquinho-da-índia com os dentes. O nariz se inflava e encolhia, os músculos da mandíbula agindo lentamente.

– Não é tão ruim, acho – disse, ainda mastigando. Finalmente, ele engoliu.

Edelman ergueu a sua garrafa de água.

– Não se pode viver em cima do muro, rapaz.

Cotten ouviu um grito agudo vindo da direção da fogueira do acampamento da equipe de escavação, muito embora o brilho do fogo mal se distinguisse em meio à neblina sempre espessa da montanha. Ela sabia que os homens também estavam confraternizando, como faziam todas as noites, mas com algo mais forte do que água – uma mistura fermentada artesanalmente todos os dias.

– Eu gostaria de propor um brinde – disse Nick. – À descoberta do artefato de cristal do doutor, e também ao novo sentido da aventura culinária do Paul. – Ele ergueu a garrafa de água, recitando: – Um pouco de cerveja caiu sobre o chão do bar quando este foi fechado naquela noite, e então um minúsculo camundongo marrom esgueirou-se furtivamente da sua toca e parou sob o clarão do luar. Em seguida lambeu a superfície espumosa que se acumulara no chão e depois se sentou. E durante todo o resto da noite podia-se ouvir o ruído que o camundongo fazia... tragam o maldito gato!

Paul e Edelman riram enquanto Cotten balançava a cabeça.

– Saúde – disse ela, erguendo a garrafa de água.

– O que precisamos é de um pouco daquela coisa que os nossos amigos bebem toda noite – disse Nick, apontando na direção das risadas e da gritaria da equipe de escavação.

– Então vá pedir um pouco ao José – sugeriu Paul. – Ele me disse que eles acabaram de receber um novo carregamento.

– Acho que vou mesmo – disse Nick, levantando-se. Ele limpou as calças com as mãos e encaminhou-se para dentro da neblina.

Cotten pegou a câmera fotográfica e tirou algumas fotos de Paul terminando de comer o seu porquinho-da-índia.

– Agora você tem mesmo alguma coisa de verdade para mandar para casa pelo correio – comentou com ele, voltando a guardar a máquina no bolso da calça. – E eu tenho a prova.

Alguns instantes depois, Nick voltou com uma garrafa semelhante à de uísque, protegida por um invólucro de couro escuro. De um lado, via-se a inscrição *"Lineas de Nazca"* e vários dos famosos desenhos de Nazca – um macaco, uma aranha e um pássaro. Viam-se também imagens de uma montanha distante, com o cume coberto de neve, e uma mulher nativa vestida com uma roupa colorida.

– Exatamente o que o médico receitou – comentou Nick, com um sorriso largo. Ele distribuiu copos de papel, arrancou a rolha da garrafa e despejou uma pequena quantidade do líquido em cada um. – Doutor, o José disse que esta droga vai tornar aquelas inscrições na placa cristalinas. Pegou? *Cristalinas.*

Depois que todos já estavam servidos, Paul ergueu o seu copo.

– Brindo ao Grande Dilúvio. Ah!, e ao Noé... um construtor de barcos danado de bom.

– Saúde – exclamou Edelman. – A todos os Noés.

Cotten experimentou um golinho e imediatamente recuou com uma reação de nojo exagerada. Ao contrário do sabor suave da sua vodca sueca preferida, beber aquilo era como se estivesse engolindo lâminas de barbear. O primeiro gole foi difícil, mas ela saboreou um vestígio característico de pimenta que era, de certo modo, agradável. E a bebida era forte, aquecendo o corpo por onde ia passando.

– Devo dizer que não é tão ruim... depois do choque inicial, diga-se de passagem – confessou Edelman. Em seguida, ele esvaziou o copo.

– Tem mais aqui, doutor – lembrou Nick, segurando a garrafa.

– Bem – disse Edelman –, mais um copinho não vai fazer mal.

– Sim, a todos os Noés – concordou Cotten, erguendo o copo. Ela se voltou para Edelman. – E quanto ao que está inscrito na placa, depois da profecia do Dilúvio... aquelas linhas e pontos? Qual o significado daquilo?

– Só consigo arriscar um palpite confuso sobre a metade superior da placa – respondeu Edelman. – Tive sorte com os glifos mais ou menos reconhecíveis, e é claro que conhecer a história do Dilúvio ajudou. Mas os glifos param no meio do caminho; na parte inferior da placa, há um comentário de que Deus faria a limpeza da Terra uma segunda vez, mas não por meio de um dilúvio. Então a língua toda da placa muda... não há mais glifos. Aqueles pontos e linhas parecem mais uma forma gráfica de um tipo de quipo, e esse não é o meu campo de estudo, se for essa a linguagem usada. Mas imagino, uma vez que a primeira metade descreve o Grande Dilúvio e como sobreviver a ele, que a outra metade faça o mesmo... talvez algo radical sobre como impedir o Armagedom. O máximo que posso entender do que os glifos parecem significar é que algo como uma segunda limpeza ainda está para acontecer e será conduzida pela filha de um anjo.

* * *

Cotten Stone entrou cambaleante na barraca, achando difícil ficar de pé e quase impossível respirar. Depois de apenas um copo da infusão nativa, a cabeça girava. Mas o que Edelman tinha acabado de dizer sobrepujava os efeitos da potente beberagem alcoólica local.

Conduzida pela filha de um anjo.

Uma sensação de ardor começou no abdome e espalhou-se em ondas crescentes por todo o corpo. A visão toldou-se e as pontas dos dedos latejavam como se ela tocasse um soquete de luz. Cotten fechou as mãos sobre o nariz e a boca e inspirou e expirou, numa tentativa de superar a hiperventilação. Concentrou-se em respirar devagar e relaxar para diminuir os batimentos cardíacos.

Mesmo em pânico, ainda conseguia ouvir Edelman, Paul e Nick à distância... as risadas e os comentários deles soavam mais como uma confusão de palavras do que como uma conversa.

Cotten vasculhou a sacola, encontrando finalmente o frasco de plástico. Fez um esforço para abrir a tampa à prova de crianças, maldizendo-a. Ao abri-la, despejou algumas pílulas do tranqüilizante na palma da mão. Em seguida, separou uma e atirou no fundo da língua. Engoliu com dificuldade, fazendo a pílula descer pela garganta. Em seguida, devolveu o resto das pílulas ao recipiente e deixou-se cair na cama de campanha. Pressionou as palmas das mãos contra as têmporas, que ribombavam como tambores. Pensou se o aperto crescente no peito significaria a iminência de um ataque cardíaco.

Cotten ficou deitada, imóvel, pelo que pareceu ser uma hora, até que as têmporas pararam de latejar. Mesmo no ar frio da montanha, estava banhada em suor... incapaz de conter as palavras de Edelman.

– Conduzida pela filha de um anjo.

Ouvia Edelman à distância, o sotaque britânico perfeito, agora distorcido e borrado. Será que os homens continuavam acordados? Ainda festejando?

Edelman a chamou pelo nome – perguntando se era Cotten quem se aproximava em meio à neblina.

Então ele gritou.

Vaga-lumes

Sede sóbrios, vigiai. O vosso adversário, o Diabo, anda em derredor, rugindo como leão, e procurando a quem possa tragar.

– 1 PEDRO 5:8

Cotten sentou-se na cama de campanha e pousou os pés no chão de terra, cega na escuridão. Teria mesmo ouvido Edelman gritar? Devia estar enganada, pensou.

Levantou-se e passou a mão pelo rosto – sentiu a pele fria e pegajosa, o cabelo escorrido; faltava-lhe equilíbrio.

Tateou embaixo da cama à procura da lanterna. A luz dela revelou a neblina espessa que invadia a barraca. O facho mal chegava à fenda da entrada, a pouco mais de um metro. Parecia envolvida por uma nuvem – gotas de umidade moviam-se no raio de luz como o plâncton nas profundezas do oceano.

Cotten estendeu a mão para a aba da abertura da barraca. Andou para fora e sentiu um frio mais intenso do que poderia ser atribuído à altitude.

– Doutor Edelman? – chamou. – Paul? Nick?

Nenhuma resposta.

Os idiotas deviam ter-se embebedado tanto que chegaram ao ponto de querer lhe pregar uma peça. Não achou nada engraçado. É claro que eles não sabiam até que ponto a tradução de Edelman a havia traumatizado. Se soubessem, não estariam promovendo essa cena estúpida. Ela havia feito o máximo possível para ocultar a reação, desculpando-se por ausentar-se da festinha, sob a alegação de que havia bebido demais e não se sentia bem. Provavelmente, eles estavam embriagados demais para que pudessem perceber alguma outra coisa de errado com ela.

Viu um brilho fraco se aproximando à distância. Os idiotas queriam caçoar dela, mas as lanternas os desmascaravam. Ela não queria que percebessem o quanto a brincadeira a tinha incomodado.

– Tudo bem, rapazes – disse em voz alta. – Sei que o que estão pretendendo.

O brilho aumentou de intensidade, mudando de alaranjado-claro para um rosa intenso e para um vermelho brilhante. E com a luminosidade cada vez mais intensa cresceu um alarido perturbador como de panos batendo – como as velas de um barco numa ventania.

De repente, José surgiu da neblina espessa da montanha – ao menos ela pensou tratar-se de José, muito embora as chamas que o envolviam tornassem difícil afirmar ao certo.

– José! – gritou quando ele passou correndo à sua frente, desaparecendo outra vez na noite. Aquilo não parecia brincadeira. – Oh, Jesus, o que está acontecendo? Paul? Nick? – Onde eles estavam?

Então ouviram-se outros gritos pelo acampamento. Um pareceu ser de Nick, mas ela não pôde ter certeza.

De novo, do meio da neblina, Cotten percebeu que alguma coisa se aproximava – uma radiação emergindo da parede escura de nuvens.

Vaga-lumes.

Ali no alto das montanhas, Cotten viu milhares de vaga-lumes. Numa massa bruxuleante, eles se aproximaram e a contornaram, envolvendo-a com a sua luz. Espiralando, eles se adensaram ainda mais, enovelando-se, tão próximos dela que ela podia sentir o ar agitando-se contra a sua pele. O movimento deles parecia irradiar calor. Ela sentiu um odor característico do enxofre e tapou a boca e o nariz. Freneticamente, bateu com a mão nos minúsculos pontos de luz, que giravam como se quisessem penetrá-la, encontrar um caminho através dela. Embora quisesse fugir, seus pés não se moviam, e as mãos de repente penderam ao lado do corpo e a lanterna caiu no chão. Nem mesmo as pálpebras tiveram força para se fechar. Paralisada. Será que os vaga-lumes haviam causado aquilo, ou ela teve tanto medo que ficou imóvel? Por um momento, imaginou se estaria respirando.

Então, num instante, eles se foram – um facho de luz na escuridão.

Cotten piscou como se acordasse de um transe, os sentidos voltando ao normal.

Mais gritos de terror – um homem gritando em quíchua. Alguém da equipe de escavação?

Pegando a lanterna do chão, Cotten arrastou-se como pôde pelo acampamento, receosa de correr, tropeçar e cair. Como se estivesse cumprindo sua própria profecia, Cotten prendeu o pé em alguma coisa e caiu de bruços no chão, a boca de encontro à terra, enquanto tentava se apoiar nos braços, os joelhos golpeando o chão. Quase imediatamente, endireitou-se sobre o cotovelo esquerdo e dirigiu o facho de luz para o que lhe prendera o pé. O corpo de Paul jazia no chão, a garganta cortada e aberta. Na mão dele, via-se um facão ensangüentado.

– Oh, Deus! Oh, droga! – Ela se debateu para se livrar do corpo de Paul, arrastando-se para trás. Teria ele cortado a própria garganta?

Cotten levantou-se, procurando enxergar desesperadamente algo em meio à neblina. Logo adiante, dentro da barraca do rancho, avistou a mesa onde tinha feito junto com os amigos a última refeição. No centro da mesa, dentro da bandeja de alumínio, ainda se viam os restos de *cuy*. A garrafa da bebida nativa achava-se ao lado.

– Nick? – sussurrou ela. – Você está aí?

Cotten desligou a lanterna e foi envolvida pelo negrume da noite. O facho da lanterna a transformava num alvo fácil. A única luminosidade partia da barraca de Edelman. Cautelosamente, ela se encaminhou naquela direção.

– Edelman? – sussurrou, afastando a aba da entrada. Ouviu um zumbido suave e sentiu um movimento sutil no ar. Olhou para trás ao sentir uma luz forte brilhar. Um enxame de vaga-lumes entrou na barraca, trazendo consigo um calor insuportável e aquele cheiro asfixiante de enxofre. Dessa vez os animaizinhos a ignoraram, reunindo-se e pousando sobre a mesa.

Eles desceram e envolveram a placa de cristal. Ao lado dela, os papéis de Edelman incendiaram-se e se converteram em cinzas, desmanchando-se e pairando no ar.

Cotten encolheu-se na parte de trás da barraca. Batendo num engradado, ela olhou para o chão e reprimiu um grito quando viu o que estava aos seus pés.

As Ruínas

Cotten fitou o corpo de Edelman estendido no chão. Parecia que ele tinha se chocado contra o engradado e depois rolado no chão de terra. Uma pistola jazia junto ao corpo. Uma mancha escura de pólvora na têmpora direita circundava um pequeno orifício de entrada de bala, quase sem sangue. Cotten ajoelhou-se e levantou-lhe a cabeça. Ele estava com os olhos abertos, as pupilas fixas e dilatadas. A cabeça pendeu para o lado, revelando o ferimento de saída.

– Oh, meu Deus! – ela sussurrou, cobrindo a boca. O lado esquerdo da cabeça dele havia desaparecido.

Um som suave de alguma coisa pingando fez com que ela olhasse para cima. Um acúmulo de resíduos do cérebro de Edelman desprendeu-se da lona e despencou no chão. O conteúdo do estômago de Cotten subiu-lhe à garganta. Ela estremeceu e fez um grande esforço para controlar a ânsia de vômito. José – queimado vivo. Paul – a garganta cortada. E Edelman tinha estourado os miolos. Que diabos estava acontecendo?

De repente, o brilho dos vaga-lumes se intensificou. Cotten olhou transfixada quando a placa de cristal levitou alguns centímetros acima da mesa, suspensa por uma camada de insetos brilhantes. Ela ficou fascinada pela visão surreal, incapaz de desviar os olhos. Um sentimento de ruptura apoderou-se dela – a sensação de que estava na presença de algo sobrenatural, que também era uma parte dela. Então, de repente, a náusea se intensificou, ao perceber que o que quer que estivesse com ela dentro da barraca era o puro mal.

Recorrendo a todas as suas forças, Cotten obrigou-se a levantar-se e sair dali, desviando-se cuidadosamente do corpo de Edelman, contornando a mesa com o artefato e esgueirando-se através dos vaga-lumes até chegar à entrada da barraca e arremessar-se para fora.

Rapidamente, Cotten tomou a decisão de evitar o acampamento da equipe de escavação, aterrorizada com a possibilidade de encontrar mais pessoas mortas. Apontando o facho de luz da lanterna para o chão, ela correu na direção oposta, a caminho do local das escavações. Ela tropeçava ao longo da trilha irregular, pois as raízes expostas dificultava-lhe manter o equilíbrio. A umidade da montanha a atingia em ondas – espessa em alguns pontos, rareando em outros. A luz da lanterna mal penetrava a névoa.

Cotten tentou afastar as imagens da morte de sua mente, mas era impossível pensar em outra coisa. Parecia que seus amigos tinham se suicidado ou matado uns aos outros.

– Oh, Deus! Oh, Deus! Oh, Deus! – As palavras acompanhavam o ritmo que os pés marcavam no chão.

Cotten olhou para trás uma vez e pensou ter visto minúsculos pontos de luz – os vaga-lumes.

E o que eles eram? Alguma forma de insetos agressivos, como as abelhas assassinas? Teriam feito a faca de Paul levitar como fizeram com a placa? Teriam ateado fogo em José assim como queimaram os apontamentos de Edelman? Forçaram-no a atirar em si mesmo? Talvez fosse apenas produto da sua imaginação, provocado pela bebida nativa – alucinógenos de alguma droga local misturados ao seu medicamento – ou uma conseqüência do ataque de pânico anterior.

Não, ela tinha caído sobre o corpo de Paul, sentido o calor das chamas engolindo José e segurado a cabeça de Edelman, ainda quente. Embora não tivesse visto Nick, um dos gritos assemelhara-se à voz dele. Aquilo não tinha sido alucinação.

Sem fôlego, em razão da altitude elevada, Cotten empenhou-se em seguir a trilha. Nos últimos dias, ela se familiarizara com as curvas intrincadas do caminho que levava às ruínas.

De repente, a primeira das enormes estruturas surgiu da escuridão, uma parede de pedras de granito branco. Desviou-se das trincheiras e das ferramentas espalhadas sobre o sítio e subiu pela passagem íngreme que levava à estrutura abobadada sobre a qual havia indagado Edelman. Um observatório inca, ele lhe havia dito. Embora não pudesse ver através da escuridão e da pesada neblina, lembrava-se claramente da construção. Olhando para trás, não viu nada que a seguisse enquanto subia até o observatório.

A parede exterior arredondada apareceu e o caminho converteu-se em degraus. Cotten abanou o rosto para ganhar fôlego, os pulmões estavam estourando e as pernas ardendo. Lembrava-se do caminho estreito que contornava a trilha, que haviam seguido ao chegar no primeiro dia.

Rimancu não ficava longe dali, pensou Cotten. Se conseguisse encontrá-lo, poderia esconder-se lá até o dia clarear – até descobrir o que havia acontecido. Então voltaria a Machu Picchu e entraria em contato com as autoridades.

A neblina que pairava ao redor parecia ter vida própria, movendo-se em ondas revoluteantes como se um enorme invertebrado passasse nadando lentamente ao lado dela. No interior da selva, longe do acampamento, ela finalmente parou, apoiando as costas no tronco de uma árvore. Rimancu devia estar próximo. Esperou até recuperar o fôlego e depois continuou. Dirigindo o facho de luz da lanterna para a frente, Cotten avistou, afinal, o bloco de madeira pintado de vermelho.

Em pouco tempo, localizou a entrada de uma das estruturas de Rimancu. Inclinada com as mãos sobre os joelhos, ela chorou de alívio. Um pouco aliviada, enxugou o nariz com as costas da mão, sentindo a sujeira espalhar-se pelo rosto. Dentro da ruína, encontrou um aposento cheio de entulhos de uma parede desmoronada misturados com a espessa vegetação. Um tronco de árvore preto, retorcido como um cordão de alcaçuz, erguia-se do chão de pedra e desaparecia na escuridão acima – sua base tão volumosa quanto um homem corpulento.

Num canto distante atrás do tronco de árvore, Cotten acomodou-se sobre um tapete de plantas vivas e em decomposição, e ali permaneceu acocorada. Girou o facho de luz da lanterna para examinar o local reclinando-se, enfim, contra uma pedra caída de uma parede em ruínas. Então desligou a lanterna para economizar a bateria.

A sua própria pulsação latejante era o único som que ouvia. Os aromas fortes da mata, a umidade perpétua, as pedras antigas e o cheiro de terra encheram as suas narinas.

Cotten fechou os olhos, esforçando-se para encontrar algum sentido para o que havia acontecido.

Durante o vôo de Lima, Paul e Nick tinham brincado sobre experimentar a droga local, pois tinham ouvido falar que ela era capaz de enlouquecer. Teria sido isso o que aconteceu? A culpa seria da bebida nativa? Será que o efeito colateral da bebida era transformá-los em suicidas? Então, por que ela tinha sido poupada? Mas os vaga-lumes...

Os vaga-lumes.

Cotten abriu os olhos e saltou de costas de encontro à parede.

Milhares deles encheram o que havia restado do aposento antigo. A massa luminescente adotou, primeiro, um padrão, como uma tempestade rodopiante de pó no deserto, depois assumiu um desenho mais complicado – uma hélice dupla, a tal ponto brilhante que lançou uma sombra da árvore retorcida contra a parede de pedra.

Cotten levantou-se e esgueirou-se colada à parede, chegando a uma abertura grande o bastante para se enfiar por ali. Fazendo uma pausa, ela empurrou uma planta que lhe impedia a passagem e, finalmente, saiu outra vez para a selva. Correu como pôde, procurando um caminho. De repente, um cipó prendeu-lhe o tornozelo e ela caiu, batendo a cabeça contra uma pedra no chão, uma pedra que havia mais de quinhentos anos tinha sido lavrada pelas mãos dos incas.

Eli

Richard e Mariah Hapsburg estavam sentados no seu Cadillac Escalade no acostamento da North Racebrook Road, próximo aos portões da propriedade de Eli Luddington, em Woodbridge, Connecticut. Mariah olhava pela janela quando um Mercedes prateado passou por eles. Provavelmente, imaginou ela, os ocupantes iriam ao jantar na casa de Luddington. Sentado atrás da direção do utilitário esportivo, estava o marido dela, Richard, de mau humor, e aquilo a irritava. Ela sabia que era capaz de obter tudo o que quisesse de Richard, e até mesmo conseguir que ele fizesse o que ela queria desde que o persuadisse da maneira certa. E essa era a função dela... mantê-lo na linha.

Naquela noite, depois de muitas reclamações, ela havia perdido a paciência com ele. Ele teria preferido ficar em casa e trabalhar num projeto de pesquisa, em vez de ir a uma festa. E ele reclamou durante todo o caminho até que ela finalmente explodiu, demonstrando seus sentimentos com toda a raiva. Agora ela precisava voltar atrás e agradá-lo...

Mariah virou-se para o lado e colocou a mão no joelho do marido.

– Richard, me perdoe. Eu devia respeitar mais os seus sentimentos. Sei que você não gosta dessas reuniões, mas elas são boas para os negócios. Essas pessoas comandam fundações que alimentam os cofres da galeria. Além disso, elas oferecem financiamentos particulares. Precisamos aprofundar a nossa amizade.

Richard tirou a mão dela do seu joelho e a colocou no assento de couro.

– Richard – insistiu Mariah, sussurrante, inclinando-se tão perto dele que os seus lábios tocaram-lhe a orelha. – Vamos, querido. Eu pedi perdão, não pedi? – Ela mordeu-lhe a curva da orelha ao mesmo tempo que cruzava as longas pernas sobre o assento.

Richard encolheu-se contra a porta do motorista.

– Mariah, estou bem consciente do motivo pelo qual precisamos bajular essa gente.

– Então por que dificultar as coisas?

Richard balançou a cabeça.

– É por causa do Luddington.

– Mas você sabe que precisa falar com o Eli. Não há como evitar isso. – Gostasse ou não, Richard e a sorte dela dependiam de Luddington. Muito embora, no seu caso, ela houvesse feito a escolha por si mesma. E diariamente era grata por isso. Eli era o seu salvador.

Ela só precisava de um pouco mais de tempo para convencer Richard e ele ficaria bem. Mariah conhecia as fraquezas do marido. Ela escorregou a mão pela perna dele até atingir-lhe a parte interna das coxas.

– Deixe eu me desculpar – ela sussurrou, respirando contra o pescoço dele antes de dar uma suave mordida logo abaixo do queixo. – Você sabe o quanto quero agradá-lo – continuou, acariciando-o entre as coxas com uma das mãos enquanto abria-lhe o cinto com a outra.

Richard inclinou-se para o lado, escondendo a cabeça contra o encosto do assento e suspirou.

– Este é o meu garoto – ofegou ela. – Deixe-me fazer todo o trabalho. Você gosta quando eu peço desculpas, não gosta? Acho que gosta que eu seja malvada só para depois consertarmos as coisas.

O cinto caiu de lado e, com a ponta dos dedos, ela começou a desabotoar o cós da calça de Richard.

– Mariah – gemeu ele com a voz rouca –, nós...

– Psiu! – ela sussurrou, abrindo o zíper e esgueirando a mão para dentro. Quando Richard ofegou, ela sorriu.

Tão fácil!

– Recline o banco para trás – pediu, delicadamente.

Richard apertou o botão e o assento elétrico recuou silenciosamente, afastando-se da direção.

– Alguém pode ver – advertiu ele. Mas seus olhos já estavam vidrados de desejo, e ele não fez nenhuma tentativa para impedi-la.

Mariah tirou-lhe as calças ao mesmo tempo que chutava para o lado as próprias sandálias de salto alto.

Richard fechou os olhos quando ela começou a beijá-lo carinhosamente. Os seus músculos abdominais tremiam contra o rosto dela. Quando ele estava pronto, Mariah levantou o vestido, acomodou-se em cima dele e afastou a calcinha para o lado. Olhando-o intensamente no rosto, foi se abaixando devagar.

Observou quando o desejo lascivo o dominou, a expressão de intenso abandono ao êxtase, o olhar vazio e a mandíbula contraída. Movendo-se suavemente, ela sentiu o calor aumentar enquanto o provocava. Agarrando as mãos de Richard, colocou-as em seus seios.

– Tire – pediu Richard. – Tire o vestido.

Ela gemeu, conduzindo as mãos dele para baixo do vestido, colocando-as sobre os quadris. Não seria preciso tirar o vestido. Aquilo não demoraria muito tempo.

– Oh, meu Deus! – ele suspirou. – Você está tão gostosa. O que está fazendo comigo?

Essa era uma pergunta retórica e não havia necessidade de responder. Ela segurou-lhe a cabeça suada entre as mãos, subindo e descendo num ritmo vibrante.

– Sim, querido. Oh!, sim, Rumjal – ela choramingou, sabendo que o nome verdadeiro dele o eletrizava. Ela era uma profissional em matéria de falar durante o sexo, e sabia exatamente o que ele gostava de ouvir. Deixou o longo cabelo louro cair sobre o rosto enquanto se embalava. Estava ciente de que ele sentia o perfume do cabelo, do seu sexo. – Rumjal, Rumjal! Oh, Deus!, estou quase... – Mariah sabia que as suas palavras o levariam ao êxtase. Quando o deixou acreditar que a excitava, conduzindo-a ao orgasmo, isso o levou ao clímax. Afinal de contas, já era tarde. Precisavam chegar à festa.

Mariah gemeu e fez o corpo estremecer.

Richard moveu-se embaixo dela, a respiração entrecortada, e ela o sentiu ejacular dentro dela.

Então acabou.

Richard amoleceu quando ela se inclinou sobre ele.

– Meu docinho – disse ela. – Empreste-me o seu lenço. Preciso me limpar.

Ele passou os braços em volta dela, apertando-a contra si.

– Isso foi de matar – confessou ele. – Espere eu recuperar o fôlego.

Mariah sentou-se.

– Não posso. Estamos atrasados. – Ela saiu de cima dele e tirou o lenço do bolso de dentro do paletó. De joelhos, enxugou-se entre as pernas.

– Pronto – declarou, atirando o lenço sobre o tapete do assoalho antes de ajeitar a calcinha e voltar a acomodar-se no assento.– Você se arrume também. Não pode ficar parecendo que acabou de transar no banco do carro.

Mariah calçou as sandálias e alisou o vestido. Abriu a bolsinha de mão, de onde tirou uma escova pequena antes de acender a luz do carro e olhar-se no espelho.

– Não foi tão ruim assim – disse ela escovando o cabelo e depois afofando-o com as pontas dos dedos. – Ainda bem que não fiz nenhum penteado, senão teria problemas para arrumá-lo novamente.

Inclinou-se para a frente, inspecionando a maquiagem no espelho. De repente, dobrou-se e retorceu-se.

– Qual é o problema? – surpreendeu-se Richard.

Ela sabia que o que via refletido no espelho era obra da sua imaginação – um pesadelo do passado. A face hedionda com as horríveis cicatrizes de quelóide atravessando-a como túneis disformes, o orifício do olho que faltava, a desfiguração – o monstro – não eram realidade ali.

– Tudo bem? – insistiu Richard, inclinando-se para tocar-lhe o braço.

Devagar, Mariah voltou a olhar-se no espelho e tocou a face com a ponta dos dedos. Estava linda – a pele lisa e sem marcas, os lábios carnudos, a boca sedutora, os olhos azuis-topázio cativantes com as sobrancelhas pretas como carvão.

– Sim, estou bem.

Eli Luddington era mesmo o seu salvador.

* * *

Richard e Mariah Hapsburg estavam sentados no sofá italiano de estofamento escuro no escritório de Eli Luddington. Richard tamborilava sobre uma das tachas de cobre do braço do sofá. Na frente deles, sentado numa outra poltrona, Luddington segurava um copo de conhaque, a intensa cor de caramelo irradiando-se sob a luz da enorme lareira. Os outros convidados já haviam se retirado e os três estavam a sós. Como sempre, Eli estava impecavelmente vestido. Nessa noite, ele usava um terno de caxemira azul-marinho e uma camisa branca muito bem engomada, com punhos passados à francesa – os vincos impecáveis, as unhas perfeitamente manicuradas, o cabelo penteado com esmero.

Richard sentia-se desmazelado e maltrapilho na presença de Eli.

– Excelente trabalho – dizia Luddington. – Vocês agiram muito bem.

Embora a voz fosse controlada e bem-articulada, ainda assim soava estranha aos ouvidos de Richard Hapsburg. Ele não gostava de Luddington, mas não tinha escolha. Ao contrário de Mariah, Richard nascera para essa servidão – estava no sangue dele.

Richard esfregou a mão no alto da cabeça calva, sentindo o resto de cabelo aparado com a palma. Ele gostaria de ter-se barbeado naquela manhã.

– Não vai dizer obrigado? – Mariah disse para o marido. – O Eli acabou de lhe dirigir um cumprimento.

– Mas é claro – admitiu Richard, com um esforço para disfarçar a irritação. Sabia que não deveria exibir o mínimo sinal de desagrado porque, de um modo geral, Eli Luddington o considerava dispensável.

– E o Edelman traduziu a placa? – quis saber Luddington.

Richard se recompôs.

– Não temos certeza. Não achamos que o Edelman ou qualquer outra pessoa ali presente fosse capaz de decifrar alguma coisa além dos glifos.

– Você não conversou com Edelman? – insistiu Luddington. – O que foi que ele lhe disse?

– Ele me pareceu mais preocupado com o modo *como* a placa foi produzida – respondeu Richard. – Disse que tinha uma vaga idéia do que estava inscrito na parte superior, mas que não tinha estabelecido o significado de todas as inscrições. Ele pediu para que levássemos outros especialistas até lá, de preferência alguém capaz de traduzir a linguagem do quipo, o que me fez pensar que não conseguiu decifrar toda a mensagem. Ele não faz a menor idéia do que viu. As câmeras, as fitas de áudio e os apontamentos... tudo foi destruído. Não sobrou ninguém para dizer o que eles viram. As autoridades vão supor que eles morreram depois de beber um preparado em forma de aguardente dos nativos. É uma teoria aceitável. Recentemente, tem havido muitas pesquisas sobre o suicídio induzido pelo consumo de drogas. E, é claro, com o elemento adicional dos alucinógenos nativos, a bebida completou o trabalho. Eles ingeriram um preparado feito com uma série de drogas que não só os levaram a ter alucinações e experimentar uma paranóia, mas também levaram a cometer suicídio. No fim, essa é a prova que vão encontrar.

Luddington levantou-se e caminhou na direção de Richard e Mariah.

– Então parece que vocês cuidaram de tudo. – Ele parou na frente de Mariah, estendeu a mão e acariciou-lhe o rosto. Depois disse, erguendo o copo. – A Richard.

Richard recusou o conhaque, mas Mariah já estava no segundo e brindou com Luddington.

– Sim, a Richard.

Richard olhou para a esposa enquanto ela bebericava o conhaque. Como ele podia ter tanta sorte? Quando entrava numa sala levando-a pelo braço, sabia que todas as pessoas presentes faziam-se a mesma pergunta. Ela não era apenas linda. Mariah tinha uma elegância tão refinada que era de tirar o fôlego. Não era glamourosa, nem vistosa. Essas palavras eram por demais insuficientes. A simplicidade da beleza dela era o que a destacava. Ela era a perfeição. E era dele.

Richard sorriu para a esposa.

Terminado o brinde, Luddington aproximou-se da lareira e deixou o copo de conhaque sobre o consolo. Pegou ali uma caixinha atada por uma fita.

– E, para você, Mariah... algo especial. Uma pequena preciosidade árabe.

– Oh, Eli – disse Mariah. – O que você fez?

Eli atravessou o aposento a passos largos e estendeu o presente a Mariah.

Ela lhe sorriu enquanto desfazia o laço e abria a caixinha.

– Oh, minha nossa! – ela engasgou ao ver o conteúdo. – Amouage!

– Dizem que é o perfume mais caro do mundo – comentou Eli.

Mariah ergueu o frasco de cristal com a tampa dourada à altura do pescoço.

– Assim você me deixa mimada – disse ela. – Obrigada, Eli. – Estendeu o perfume para o marido. – Você pode acreditar no que Eli fez?

Richard não disse nada.

Quando Mariah abriu o frasco, o aroma dos ingredientes encheu o ar. Rosa, jasmim, lírio-do-vale, sândalo, olíbano prateado...

– Você merece ser mimada – observou Eli antes de voltar sua atenção para o marido. – Agora, Richard, o que vamos fazer a respeito daquela mulher, Stone?

Richard Hapsburg sentiu o suor inundar-lhe o couro cabeludo.

– Parece que não podemos nos livrar dela. Você disse isso várias vezes.

A voz dele soou em espasmos nervosos e, no mesmo instante, ele se arrependeu do próprio nervosismo. Girou o relógio de luxo para a parte interna do pulso e olhou-o. Não estava interessado na hora, e não a registrou nos pensamentos. Precisava mostrar-se descontraído e não perturbado, e nada naquele momento podia dar essa impressão.

O mais calmamente e com o máximo de controle que conseguiu aparentar, Richard acrescentou:

– Ela está fora de cena, pelo menos por ora. Já a desacreditamos, e agora a deixamos traumatizada. Ela testemunhou um terror indizível e viu algo que não era deste mundo. Não vai contar a ninguém... quem lhe daria crédito? Poderia parecer mais uma tentativa sensacionalista de ganhar as manchetes e se recuperar do último fracasso. No momento, ela não pode ter certeza de nada, ela nem imagina que tudo foi causado pelas nossas mãos. – Richard ajustou os punhos da camisa, satisfeito com a resposta.

– Você sabe onde ela está agora? – quis saber Luddington.

– Ela fugiu pela mata, como estava previsto. – Richard escolheu a palavra "previsto" de propósito. – Até onde sabemos, ainda não tornou a aparecer.

Luddington caminhou vagarosamente de um lado para outro sobre o tapete turco do final do século XIX, parando finalmente e girando a cabeça para um tigre-de-bengala empalhado que parecia congelado para sempre em posição de ataque.

– Teremos de nos preocupar com ela sempre, Richard. É para isso que ela foi criada.

Richard estava perfeitamente a par não só de quem era aquela mulher mas também do fato de que ela não iria a lugar nenhum no momento. Por causa do seu plano bem-executado, no entanto, poderia haver ao menos uma trégua. Será que Luddington mostraria alguma gratidão por isso?

Richard engoliu a raiva que ameaçava aparecer.

– Só quero dizer que podemos tê-la assustado o bastante, e está tão aterrorizada que vai preferir continuar escondida. Ela não vai querer procurar a placa nem a nós.

Luddington voltou para junto da lareira para pegar o conhaque. Bebericou mais um gole.

– Por enquanto, talvez – disse ele, saboreando o líquido aveludado. – Richard, você precisa se concentrar. Seja como o joalheiro com o seu óculo de aumento no olho e a pedra sob a sua observação. Você vai documentar cada movimento, cada passo e cada respiração dela. Ela é o nosso calcanhar-de-aquiles, Richard. Cotten Stone é a nossa nêmesis.

O Xamã

Primeiro Cotten sentiu os braços latejantes, pendendo soltos, uma pressão na cabeça. Em seguida, lutou para abrir os olhos.

Fez um esforço enorme para focar a vista.

Calcanhares. Olhou para baixo, concentrando-se nos calcanhares grossos e nus que caminhavam pela trilha na selva. Alguém a carregava, um ombro ossudo espetado no seu abdome. Ela pendia com a cabeça para baixo, o queixo batendo contra a pele suada.

Pensamentos desencontrados e imprecisos tomaram conta da sua mente, mas nada fazia sentido. Ela gemeu.

Um zumbido soou-lhe nos ouvidos, depois se converteu numa campainha, e ela sentiu-se desfalecer.

* * *

Fumaça.

O nariz ardia. Cotten virou-se.

Então ouviu um canto.

Baixo, rítmico. Que língua seria aquela?

Algumas palavras, umas após as outras, incessantes, e a fumaça áspera incomodando as narinas.

Cotten virou a cabeça e gemeu.

Alguma coisa úmida, um tecido talvez, umedeceu-lhe os lábios. Ela quis mais. Uma bebida. A língua estava presa no céu da boca e a garganta tão seca que parecia queimar.

Um pouco mais da umidade do tecido respingou através dos lábios.

Água. Doce, doce água.

O canto parou e o cheiro de fumaça diminuiu.

Os pensamentos pareciam começar a se coordenar. Finalmente, ela se forçou a abrir os olhos.

Um homem de olhos pretos, encerrados num rosto oliváceo, escuro, sulcado de rugas, olhava do alto para ela. Ele arqueou uma sobrancelha.

– Remédio bom – disse ele.

Cotten piscou.

Um outro rosto entrou no seu campo de visão, perscrutando por trás do ombro do homem. Um rosto de mulher, duro como couro, os olhos pretos faiscantes e o cabelo preto comprido preso firmemente na nuca.

Quem eram eles? Para onde a tinham levado? Cotten tentou pensar nas respostas. Será que aquelas pessoas tinham passado pelo acampamento? Ela se encolheu quando o homem inclinou-se na sua direção.

– Remédio bom – repetiu ele. Então disse alguma coisa para a mulher.

A mulher concordou e sorriu, falando numa língua que Cotten pensou tratar-se de quíchua. O tom não era ameaçador. Talvez eles não pretendessem fazer-lhe mal.

O homem também sorriu. Os dentes brancos perfeitos.

– Ah! – disse a mulher, afastando o rosto e saindo do campo de visão.

A cabeça de Cotten doía, especialmente o lado direito da testa, logo acima do olho. Ela tocou ligeiramente o local com a ponta dos dedos. Sentiu uma espécie de curativo, grosso e pegajoso.

– Remédio bom – repetiu o homem outra vez.

A mulher reapareceu e levou uma panelinha aos lábios de Cotten.

– Beba – disse o índio velho.

Ela bebeu e a mulher sorriu, murmurando palavras que obviamente queriam encorajar e aprovar o esforço de Cotten.

O gosto mostrou a Cotten que o líquido não era apenas água. Ela sentiu um sabor ácido e frutado, mas não desagradável. Cotten engoliu e o elixir aliviou-lhe a garganta. Um pouco dele escorreu-lhe pelos cantos da boca e pelos lados do pescoço.

A mulher falava sem parar enquanto mudava de posição para manter a cabeça de Cotten erguida e oferecer-lhe um pouco mais do seu preparado.

Cotten tomou um bom gole e a mulher baixou-lhe a cabeça sobre a esteira.

– Obrigada – disse Cotten, a boca finalmente úmida. Olhou ao redor e compreendeu que estava numa cabana feita de pedra, folhas de palmeira e madeira. Suspensos por fios acima dela pendiam centenas de... como poderia chamá-los... ornamentos? Coleções de penas de cores extravagantes, vermelhas, amarelas, verdes, azul-esverdeadas; plantas, secas e frescas; e cordoalhas.

O homem, percebendo sua curiosidade, levantou-se e pegou uma para lhe mostrar. Parecia feita de um material de planta fresca, algo como pendão do milho, e presa na base por um fio retorcido. Arrastando o polegar através da corda, obrigou-a a abrir-se, de modo que Cotten pudesse ver o que havia dentro.

Demorou um instante para ela registrar o que via. Amarrado no meio dos pendões de milho via-se um longo e fino osso branco, oco no centro.

– Condor – explicou o homem, afastando-se.

Cotten o acompanhou com o olhar enquanto ele se aproximava de um pequeno poço cavado no chão de terra. Uma fina coluna de fumaça espiralava-se de dentro dele, erguendo-se e filtrando-se na palha do teto.

O homem agachou-se e segurou os pendões no poço até que eles pegassem fogo. Ele os abafou, apagando as chamas, deixando que ardessem sem chama e soltassem fumaça.

Ele balançou aquilo embaixo do nariz inspirando e soltando a fumaça. Depois voltou para junto dela e gesticulou para que inspirasse a fumaça também. Um tanto relutante, Cotten o fez. Aquilo tinha o mesmo cheiro, era a mesma fumaça que estava no ar quando havia despertado.

– A fumaça espanta os maus espíritos. O condor os afugenta. – Então ele tomou-lhe a mão e pressionou-a contra o curativo da testa. – Eles vão com o condor.

Fetiches e talismãs, pensou ela. Eram isso todas aquelas coisas penduradas acima da sua cabeça. Fora um curandeiro, um xamã, quem tratara os seus ferimentos.

De repente, ela se lembrou da fuga do acampamento para Rimancu e a queda. Ela bateu a cabeça e devia ter perdido os sentidos.

– Por quanto tempo estive lá? – perguntou.

O homem remexeu com um bastão dentro de um cesto, depois aproximou para que ela visse. Três entalhes estavam marcados no bastão com listras na casca.

– Três dias? – indagou ela.

O xamã tocou cada entalhe com o longo, enrugado e escuro dedo indicador. Ele abriu o sorriso branco para ela, aparentemente orgulhoso de ter registrado o período.

– Rimancu – disse ele. – Não é um bom lugar para você. Eles não deixam ninguém ficar.

– Quem?

O homem recuou, o rosto solene.

– *Mahorela*... descendentes do céu escuro.

Pela sua expressão, ela supôs que havia tocado em algum mito ou teologia nativa. Não era um assunto a ser discutido com alguém de fora.

– Eu tropecei e caí. Você me encontrou lá... em Rimancu?

Ele concordou.

– Acho que foi sorte minha você estar por perto.

– Disseram para ir lá e encontrar você. – Ele se levantou, encerrando a conversa.

– Espere – pediu ela. – Quem disse? Como poderiam... – Cotten ergueu-se apoiando-se nos cotovelos e tentou sentar-se, mas a tontura a impediu.

O homem virou-se e deixou a cabana.

Cotten quis fazer-lhe mais perguntas – especialmente sobre os amigos dela. Mas caiu de costas sobre a esteira tecida de lã. As perguntas disparavam na sua cabeça, como uma metralha.

O mal-estar a dominou. Precisava sair. Voltar para a civilização. Assim que pudesse, pegaria uma trilha para fora da selva, entraria em contato com as autoridades, levaria ajuda até o acampamento.

Quando fechou os olhos, a mente encheu-se com a visão do sangue quente e pegajoso escorrendo da cabeça aberta de Edelman, o contorno das chamas engolindo José e o corpo sem vida de Paul no chão.

Mas a visão que dominava todas as demais era a da luz ofuscante da coluna de vaga-lumes.

E da placa levitando.

O Curandeiro

Na manhã seguinte, Cotten acordou sentindo-se mais bem disposta e com os sentidos mais aguçados. Com o Sol brilhante da manhã iluminando a cabana, ela teve uma clareza de pensamentos que lhe provocou uma série de dúvidas.

Olhou por baixo da manta para o que vestia. As suas roupas tinham sido substituídas por uma túnica larga de tecido suave, enrolada em torno do corpo. Era presa na cintura por um cinto de tecido e no ombro por um alfinete de gancho, com uns sete centímetros de comprimento, o qual tinha uma cabeça quadrada decorada com desenhos geométricos. Parecia ter sido feito de cobre. Cotten reajustou o vestido e olhou para a porta.

Como ela esperava, seus visitantes diários logo apareceram e ela se sentou.

– Ah, você está se sentindo bem esta manhã – observou o xamã, entrando na cabana. A roupa dele era diferente da de Cotten – usava um poncho com franjas que pendiam bem abaixo dos joelhos, indo até os tornozelos.

A mulher entrou depois dele, sorrindo como sempre. Ela estava vestida como Cotten.

– Sinto-me como se finalmente tivesse acordado de um pesadelo – comentou Cotten. Tocou o ferimento na cabeça... não havia mais curativo, apenas a pele áspera.

– O remédio é bom – comentou o homem – e o condor é bom.

Cotten não achava que lhe tivessem dito os seus nomes, e estava certa de que não tinha perguntado, nem lhes dito o seu.

– Não sei por onde começar, o que perguntar primeiro.

Ela decidiu começar com o seu nome e, em troca, perguntar o deles. O nome do homem era Yachaq, que significa "homem sábio e curandeiro". A mulher chamava-se Pilpintu, que significa "beija-flor".

– Ela recebeu esse nome depois que se tornou uma mulher – explicou Yachaq. – Porque anda de um lado para outro.

Yachaq gostou do nome de Cotten.

– O seu nome vem de *Pachamama*... a Mãe Terra – comentou ele.

Embora ela explicasse que o seu nome não era o mesmo da planta do algodão, ele ainda pareceu aprová-lo e ligá-lo à natureza.

Yachaq instruiu Pilpintu a ajudá-lo a colocar Cotten de pé.

Cotten sentia o corpo extremamente pesado e as pernas fracas, como se tivesse acabado de nadar. Ao se levantar, sentiu-se um pouco zonza, o que a fez agarrar-se nos antebraços de Yachaq e de Pilpintu para se equilibrar.

– Uau! Acho que em poucos dias esqueci como se anda...

A cabeça girava e as pernas começavam a ceder.

Eles deram vários passos, guiando-a para fora. Na luz clara da manhã, Cotten teve a primeira visão do lugarejo – cabanas de pedra com tetos de palha, ruas com calçamento de pedras arredondadas, lhamas e alpacas pastando, homens e mulheres de pele bronzeada fazendo suas tarefas diárias, crianças brincando. Havia terraços de agricultura escavados na montanha acima dela e o rio corria abaixo do vilarejo. Ela estava mais próxima do vale do que esteve no acampamento de Edelman. Sentia-se como uma viajante no tempo, depois de levar uma pancada na cabeça e sendo transportada para uma época anterior a Pizarro e os seus conquistadores. Não havia camisetas, nem tênis modernos, nada de carros ou bicicletas e motos, nenhum sinal de civilização para todos os lados.

Yachaq e Pilpintu guiaram-na para perto de um assento de pedra. Depois que se sentou, Cotten sentiu-se mais à vontade, e perguntou:

– Onde fica Rimancu?

Assim que pronunciou a palavra, Pilpintu tossiu e cobriu a boca, cerrando as sobrancelhas.

– Lá – indicou o homem, apontando para o alto da montanha. – A meio dia de caminhada.

Ela se lembrava de ele contar que lhe disseram para buscá-la. Quem poderia ter dito?

– Quem lhe disse para me encontrar?

Yachaq fixou os olhos pretos nos dela.

– Você ainda não está pronta – afirmou. – Talvez amanhã ou no outro dia.

– Não estou entendendo. E como é que você fala a minha língua: alguém mais aqui fala inglês?

– Você tem pressa... como a sua vida, desconfio. Deixe como está, Cotten Stone. Se se apressar, vai passar por limiares e atalhos sem mesmo vê-los. Todas as coisas... todas as respostas... são dadas a nós quando estamos prontos para recebê-las.

– Você nunca morou em Nova York – disse ela rindo.

Ele olhou para ela com a cabeça ligeiramente inclinada para o lado. Depois fechou os olhos e respirou fundo por três vezes antes de encará-la outra vez.

Cotten pensou que a encarava porque não tinha compreendido o comentário sobre Nova York. Mas quando ele falou em seguida, ela percebeu que não era o que estava pensando.

– Cotten Stone, eu recebi o seu nome. Para mim, para nós, para Viracocha, o deus criador, você é Mayta. Mayta... a única.

Cotten ficou chocada, sentindo falta de ar como se estivesse sendo mantida embaixo da água.

Luz Líquida

Durante os dias que passou em recuperação, Cotten conheceu a fundo a rotina diária dos habitantes do vilarejo. Observou o seu sistema de cultivo e o modo como trabalhavam nas lavouras. As mulheres mastigavam os grãos de milho, juntamente com sementes ou frutas, e cuspiam a polpa em jarros com água quente para fermentar, produzindo a *chicha* – a versão inca da cerveja. Eles criavam patos e porquinhos-da-índia para a alimentação, tosquiavam alpacas e, ocasionalmente, uma ou outra vicunha selvagem para produzir lã e preparavam os fios de lã em fusos e rodas rudimentares. Todos praticavam rituais e seguiam tradições que Cotten descobriu remontarem a séculos.

Nenhum dia começava sem orações.

Yachaq passava um tempo considerável ao lado dela, mas não tinha revelado muita coisa sobre si mesmo. Ele, por outro lado, a tinha incitado, induzido e guiado, até que ela, finalmente, acabou confessando o que tinha acontecido no acampamento de Edelman naquela noite terrível. Yachaq acompanhou a narrativa com o máximo de atenção mas, para o espanto dela, não se mostrou chocado com o que ela contou. Ele não contestou nada do que ela lhe disse, nem sequer esboçando um mínimo arquear de sobrancelhas.

Uma tarde, Cotten testemunhou o ritual de passagem para a fase adulta de dois adolescentes. Enquanto observava os rostos deles untados com sangue, ela pensou na Páscoa dos judeus. A sua fraca formação religiosa, naqueles dias da infância na escola bíblica de verão, a fez evocar a história da noite em que Deus lançou a décima praga sobre o Egito – a noite em que todos os filhos primogênitos foram mortos, com exceção dos filhos dos israelitas. Deus os instruíra a assinalar as suas portas com o sangue de um cordeiro e eles seriam *poupados*. Como ela poderia compreender ou explicar por que fora poupada naquela noite terrível no acampamento de Edelman?

Cotten correu o olhar pelo vilarejo. Seria capaz de aprender a viver ali – misturar-se com eles, tornar-se invisível. Se permanecesse ali, escondida no vilarejo remoto, ficaria segura. Ela era uma causa perdida e queria continuar sendo assim.

Sentando-se ao pé de uma árvore de tronco vermelho a que chamavam *coloradito*, Cotten assistiu à cerimônia enquanto lutava contra as lágrimas. Cobriu o rosto com as mãos, sentindo-se incapaz de tomar uma decisão sobre o que fazer em seguida. De repente, sentiu um toque suave no ombro.

– Venha – disse Yachaq. – Vamos dar uma caminhada. Acho que agora você está pronta para ver certas coisas.

Enquanto passavam pelo perímetro do vilarejo, Cotten perguntou:

– Por que você nunca fala de si mesmo? Não sei nada a seu respeito, ao passo que lhe contei quase tudo sobre mim.

Quase.

– Não tenho muito o que contar.

– Você responderia, se eu lhe fizesse perguntas?

– Talvez – admitiu Yachaq. Sorriu para ela. – O que quer saber?

– Quem é você? E como aprendeu a falar tão bem o inglês?

Yachaq olhava diretamente à frente enquanto caminhavam.

– Quando eu era criança, a minha mãe me levou para freqüentar o Monasterio del Cusco, um velho mosteiro jesuíta. A nossa vida era muito difícil e ela não queria que eu crescesse na pobreza. Então me deixou com os monges, fazendo-me prometer que ficaria lá e que não a seguiria de volta para casa.

– Que triste! – comentou Cotten.

– No final das contas, fui dado para adoção, e uma família americana me tratou como um filho. Eles me levaram para o Oregon, onde cresci. Eu os adorava, mas no fundo do coração ainda sentia saudades da minha terra natal e do modo de vida do meu povo. Nunca me acostumei com o estilo de vida americano... a falta de espiritualidade, a falta de respeito por *Pachamama*, eu não conseguia entender isso. E assim, depois que os meus pais adotivos morreram, voltei para o Peru.

– Todos o consideram um homem sábio e curandeiro – observou Cotten.

– A maioria porque sou dos dois mundos... o antigo e o moderno – explicou ele.

Yachaq conduziu-a para uma trilha que fazia uma curva na direção do rio Urubamba.

– Este caminho é muito antigo – ele contou. – Várias gerações do meu povo deixaram as suas pegadas por aqui.

– Tenho uma outra pergunta.

Yachaq inclinou a cabeça, concordando em ouvi-la.

– Você disse que lhe disseram para ir me encontrar em Rimancu. Quem lhe disse?

O xamã abriu os braços, abarcando os arredores.

– Os seus gritos me chegaram trazidos pelo vento, o seu medo corria por entre as águas escuras do rio abaixo de nós, e eu senti seu sofrimento brotar da própria terra.

– Isso é impossível – disse Cotten. – Como pode ser?

– Paciência, Mayta, você está prestes a entender. – Ele fez um movimento com o braço e os dois enveredaram pela trilha.

Depois do que Cotten pensou tratar-se de uma meia hora de caminhada, Yachaq parou junto a uma grande formação rochosa com degraus escavados de um lado.

– Que lugar é este? – quis saber Cotten, tocando o paredão de rocha.

– Para o *Runa*, o povo... que é como nos chamamos... este lugar é uma *huaca*, um lugar sagrado, místico. Suba pelos degraus – disse ele. – Quando chegar lá em cima, sente-se e fique em silêncio.

No alto da rocha, Cotten encontrou um nível plano e liso. Quando se sentou com as pernas cruzadas sobre a pedra fria, Yachaq acomodou-se ao lado dela.

– Feche os olhos. – A voz dele se misturava com a brisa que atravessava as árvores.

Cotten obedeceu.

– Primeiro, afaste os pensamentos que obstruem a sua visão. Quero que se imagine flutuando num lago de luz sagrada e pura. Luz líquida. Uma luz tão brilhante que bloqueia qualquer coisa. Coloque-se ali, no meio da luz líquida, clara e brilhante. Ela banha você com o calor próprio dela... cintilando, refulgindo, banhando você com o seu brilho.

Yachaq esperou que ela seguisse as instruções que havia dado antes de continuar a falar.

– Permita que a luz flua para dentro de você. Deixe que ela entre por toda a superfície do seu corpo. Acolha a luz no centro do seu ser, onde ela se reúne e gira... uma luz pura girando.

Cotten sentiu a intensidade da luz que imaginou e sentiu minúsculas vibrações enquanto visualizava a luz girando no seu íntimo. Era uma sensação diferente de tudo o que já tinha experimentado.

– Não deixe a luz sair – disse Yachaq com voz suave. – Liberte os pensamentos de modo que eles fluam sem esforço, não se detendo em nenhum pensamento, viajando através do espaço e do tempo em silêncio absoluto. A luz gira dentro de você, brilhante, clara. Energia pura, primordial, energia virginal. Ela gira dentro de você, o movimento vai se amplificando, até formar uma oval desde a base das suas costas até a coroa no alto da cabeça. Você apenas existe neste momento perfeito.

Cotten não falava. Ela estava dominada por aquela sensação. Ela bloqueou todos os pensamentos, concentrando-se apenas na pureza da luz.

– Agora, deixe-a girar para baixo – instruiu Yachaq. – Ela vai ficando menor. Ainda menor. Cada vez menor. A luz vai desaparecendo aos poucos. – Ele se calou.

Cotten sentiu a diminuição da luz, o brilho não mais tão intenso, o giro tornando-se lento.

– Liberte-a – sussurrou Yachaq. – Sinta o calor deixado para trás. – Ele fez uma pausa, depois acrescentou: – Você está pronta, Mayta?

Cotten sentia-se totalmente em paz, completamente purificada e saciada pela experiência.

– Não diga nada. Escute. A sua mente tem a clareza da energia pura. Não há interferência. Escute.

Ela continuou sentada em silêncio, imaginando o que deveria escutar.

– Diga-me – falou Yachaq –, que sons está ouvindo?

– Não estou ouvindo nada – respondeu Cotten. – Apenas a correnteza do rio... o vento passando pela grama e pelos arbustos... o canto distante e sonoro de um passarinho.

– O que mais?

Pouco a pouco, mais sons chegaram até ela, sons que a despertaram... muitos sons.

– O sussurro das minhas roupas contra a pele... um animalzinho correndo na grama... ouço a respiração dele... a água chocando-se com um seixo no fundo do rio... um inseto voando entre as flores.

– Você aprende depressa – comentou Yachaq. – Mais depressa do que todos os meus outros alunos. O espírito da natureza habita em você, não é?

Ele sabia, pensou ela. Ele sabia quando a chamou de Mayta... *a única*. Mais do que isso, ele sabia quem ela era.

A filha de um Anjo Caído.

Ela ainda podia ouvir a voz dele na primeira vez que a chamou pelo seu nome inca. Estava tão claro quanto a água empurrando o seixo pelo rio abaixo.

Cotten Stone abriu os olhos e fitou a mata ao redor, o vale cavado pela força do rio, as montanhas mais adiante. Era como se ela estivesse sentada no topo do mundo.

– A sua primeira aula – informou Yachaq. – Como lhe disse, permaneça aberta. Com a prática, todas as respostas virão de dentro. Você criará um mundo no qual poderá viver. Mas no tempo certo. Isto é apenas o começo.

Cotten voltou-se para ele.

– Como você sabe quem eu sou?

– Somos todos feitos da mesma energia – respondeu ele. – Em tudo o que fazemos, devemos respeitar o universo inteiro. Nós *somos* o que pensamos. Usar a energia da luz líquida é o começo... a primeira lição para ajudar você a se abrir, a se reconhecer como parte da fonte primordial, da energia única que constitui tudo. Será importante para você quando voltar ao seu mundo. – Ele levantou a mão. – Pegue isto. Guarde sempre com você. Isso vai lhe lembrar que assim como o condor tem asas para planar nas alturas, você também tem o seu espírito. – Yachaq estendeu-lhe um fetiche feito de penas e um osso oco de condor.

Cotten olhou para Yachaq.

– Pegue – insistiu ele, colocando-o na mão dela. – O *cuntur*, o condor, como vocês o chamam, não se alimenta de seres vivos. Ele depende de carcaças. E assim você pode livrar-se do que está morto dentro de você nas asas do *cuntur*.

Cotten segurou o objeto junto de si, depois afastou o cabelo do rosto.

– Mas eu acho que decidi ficar aqui. Poderia continuar a aprender os seus costumes. Você poderia ser o meu mentor – disse ela, esperando agradá-lo.

– Por que você acha que a luz líquida apareceu para você com tanta facilidade? Você é uma pessoa especial. Ainda assim não admite que tenha sido escolhida?

– Eu não sei. Tentei não pensar mais nisso. E se eu não quiser ser especial, ser a escolhida? Não tenho nada a ver com essa vida a que estou sendo conduzida. E se não acreditar nisso?

Yachaq olhou para ela com curiosidade.

– Todos nós tomamos decisões conscientes sobre a nossa vida. Você pode viver a sua vida como quiser. Mas, inconscientemente, pode abrir as portas que pensava que tinha fechado.

Cotten desviou o olhar.

– Isso foi decidido por mim, pelo que me contaram... um contrato sem a minha assinatura.

– Você tem um destino, Mayta. Todos temos. A sua força depende do que você faz com ele.

– Mas eu não escolhi o meu destino. Foi o meu pai... e Deus.

– Na realidade, você não é diferente de todos nós. Todos temos o nosso lugar. Assim como existem muitos caminhos na floresta levando a lugares diferentes, todos os caminhos da vida se abrem para nós todos os dias, o tempo todo. Todos os caminhos existem ao mesmo tempo... nós simplesmente escolhemos qual vamos seguir. Depois de compreender a força da luz líquida, você vai ver os caminhos à sua frente e escolher aquele que resultar num benefício maior.

– É que parece que quase toda a minha vida já foi escolhida para mim... especialmente nos últimos três anos.

Yachaq permaneceu sentado em silêncio, observando-a retorcer as mãos enquanto tentava encontrar as palavras.

– Você duvida de si mesma? Da sua grandeza?

– Não tenho nada de grande. E sim, estou em dúvida, não tenho certeza sobre as minhas decisões. Às vezes, imagino se realmente tenho controle sobre as minhas ações. Será que depende mesmo de mim decidir se devo voltar para a minha vida? Isso é o que vai acabar acontecendo, não é? Se escolher não voltar, alguma coisa fora do meu controle vai aparecer e me forçar.

– Nada irá forçá-la. Você vai abrir a porta que a levará de volta à sua vida, esteja consciente disso ou não. Mayta, ficar aqui não irá aliviá-la do seu fardo.

Yachaq estava certo. Ela sabia disso – fazia tempo que sabia. Era para isso que tinha nascido, o motivo da sua existência. Ela sabia que os inimigos de Deus – os inimigos de Viracocha – eram responsáveis pela mentira do fóssil inventado, por fazê-la mostrá-lo e desacreditá-la. Mas era mais fácil culpar a si mesma por não fazer a lição de casa. E talvez não tivesse feito. Facilmente eles a tinham conduzido a um ponto muito alto só para aumentar o tamanho da queda. Desacreditá-la significava que ela não poderia denunciá-los. Aterrorizá-la produziria o caos, o medo e a insegurança – e, no caso de Paul, Nick e Edelman, a morte.

Cotten repeliu o medo. A vida que imaginava pela frente era mais do que poderia suportar.

– Eu não posso – disse com a voz clara e resoluta. – Quero ser confiante e corajosa e... – A convicção vacilou. – Mas, na verdade, sou apenas uma repórter que foi muito além da sua competência. Não estou pronta para nenhum papel heróico. Vou fracassar. Não está vendo? O mundo não confia mais em mim. Deus não confia em mim.

Peter Pan

Lester Ripple cortou a banana em pequenos discos, três em rápida sucessão, e então uma pausa antes dos próximos três.

– Um, dois, três.

Os círculos amarelo-claros caíram sobre o pão, no qual já havia espalhado a manteiga de amendoim Peter Pan. Lester deixou a ponta da banana na casca e atirou-a na lixeira.

Ele compôs o seu jantar – o sanduíche, uma conserva *kosher* à base de endro e um copo de leite desnatado, que estava difícil de encontrar ultimamente, e encaminhou-se para o sofá diante da televisão. Já tinha ouvido o programa na rádio da NPR e agora era a vez do *Science Friday* – o máximo em matéria de programa científico.

Lester ajustou os óculos. A fita adesiva que ele havia prendido ao redor da dobradiça ficou com um pedacinho de adesivo exposto que se grudava nos pêlos da sobrancelha. Fez uma careta quando alguns pêlos foram arrancados pela raiz e os óculos descansaram nivelados sobre a ponte do nariz.

Próximo a ele no sofá estava um teste que tinha encontrado na Internet para determinar o "fator *nerd*" de uma pessoa. Até o momento estava com uns mil pontos – bem, quase.

Você é socialmente desajeitado?

A sua visão é menor do que 20/40?

Você sabe além da quinta casa decimal do pi?

Alguma vez participou de uma equipe de xadrez?

Conhece mais do que três linguagens de programação?

Ele respondeu 99 perguntas como essas e então veio a última, que o fez desconsiderar a pesquisa toda. Na verdade, por causa dela, mais do que desconsiderar a pesquisa, a última pergunta o deixou irado por causa da maneira como ela demonstrava o total desrespeito pela inteligência por parte da sociedade.

Alguma vez você atingiu um clímax sexual enquanto programava um computador depois das quatro horas da madrugada?

Aquilo simplesmente não comprovava as observações dele sobre a sociedade vigente? Eram os atletas e os artistas que ganhavam milhões e ficavam com todo o respeito. E eles nem precisavam de nenhum tipo de cérebro na cabeça. E quem devia ser culpado por isso? As pessoas comuns. Eram elas que determinavam o que e quem devia ser valorizado. A humanidade tinha perdido a sua integridade.

Deixe estar, pensou Lester.

Deu uma mordida no sanduíche e concentrou a atenção no *Science Friday.* Ouviu atentamente. A discussão era sobre o futuro dos computadores. A pessoa entrevistada era o doutor Benjamin Faigel.

Lester tomou um grande gole de leite desnatado para ajudar a engolir o sanduíche enquanto registrava o diálogo na memória. Faigel estava deixando alguma coisa de fora. Alguma coisa importante. Lester precisaria telefonar para o programa.

Mastigou outra mordida do sanduíche três vezes – um, dois, três –, esfregou as mãos na parte da frente da camisa para limpá-la de quaisquer resíduos de manteiga ou de banana, então levantou-se e foi até a cozinha, onde ficava o telefone de parede.

Discou o número do *Science Friday,* que tinha anotado numa prancheta sobre o balcão. Não poderia deixar o programa continuar sem mencionar que já tinha demonstrado a operação de um qubit num circuito de silício, com técnicas tradicionais de fabricação. Ele provou que poderia ser feito. O segredo era ter um alto número de operações dentro do tempo característico de coerência de qubits para controlar o acoplamento entre os qubits...

– Sim, aqui é Lester Ripple – disse quando a telefonista da NPR atendeu. – Preciso falar com o seu entrevistado.

Nascer do Sol

As orações são a chave com que se abre a manhã e o ferrolho com que se encerra a noite.

– MOHANDAS GANDHI

Cotten não conseguia dormir. A experiência com a luz líquida a tinha intrigado, fazendo-a querer tentar outra vez. Se praticasse, talvez lhe trouxesse paz, como Yachaq havia prometido. Aquilo com certeza funcionava com ele – e naqueles breves momentos aquilo lhe deu alguma tranqüilidade. Não estava certa sobre o que ele queria dizer quando falou que ela poderia criar o próprio mundo. Aquilo tinha de ser um tipo de meditação bem próximo do que tratava a cultura nova era, mas parecia ir além de tudo o que tinha visto e ouvido a respeito, concluiu. Talvez a causa de tudo fossem os Andes, o misticismo da cultura inca, a distância da civilização e, é claro, a orientação de Yachaq, que a tinha cativado. Ela queria experimentar de novo – dessa vez sozinha – e ver se conseguiria atrair aquela mesma harmonia que tinha sentido com *Pachamama*. Queria recriar a serenidade, fazê-la durar mais tempo e aprofundá-la.

Cotten sentou-se na cama de lona. O nascer do Sol seria o momento perfeito.

O vilarejo estava em silêncio. Um leve cheiro de fumaça de lenha de um fogão da vizinhança, havia muito transformado em brasas, era todo o cheiro que ela sentia. À distância um cachorro latiu. Ela poderia dar uma fugida até a *huaca* e chegar lá antes do amanhecer.

Para se proteger do frio, Cotten vestiu um poncho inca que tinha ganhado das mulheres do vilarejo. Saindo da cabana, ergueu os olhos para a Lua cheia. Havia bastante luz. Ela só precisava acompanhar a trilha. Hesitou por um instante, imaginando se deveria esperar pelo nascer do Sol e pedir para Yachaq acompanhá-la. Não. Queria ver se era capaz de realizar a mesma experiência sozinha. Sentia-se atraída por isso – quase compelida a isso.

Atravessando o vilarejo em silêncio, Cotten procurou o caminho que Yachaq havia lhe ensinado. Do lado oriental, o céu já mudava do total negrume para um tom mais claro – o amanhecer seria dentro de uma hora ou menos. Dava para ver um leve contorno das montanhas contra o céu.

Cotten estava determinada a sentar-se outra vez no alto daquela rocha, pronta para a passagem para a extraordinária luz líquida, quando o Sol avançasse pelo céu e produzisse a silhueta dos grandes picos dos Andes. Ela queria estar presente quando o mundo sentisse o calor do novo dia.

Encontrar o caminho foi mais fácil do que ela esperava. Caminhou devagar e com cautela, temendo uma queda, pois poderia ficar várias horas sem ser encontrada. Já tinha passado tempo suficiente em recuperação depois da última queda – não estava disposta a repetir a experiência.

Finalmente chegando à *huaca,* ela olhou para a protuberância rochosa e rapidamente escalou os degraus esculpidos até o topo.

O brilho do leste estava mais intenso quando ela inspirou profundamente. O ar frio da manhã era revigorante, dando energia e excitação ao espírito.

Cotten lembrou-se da maneira como Yachaq a ensinara. De novo, imaginou-se flutuando num lago de luz líquida. Esta tornou-se tão brilhante que bloqueou até mesmo a luz do amanhecer. Cotten sentiu-a inundar o centro do seu corpo, girando para baixo por dentro, purificando-a de tudo que não fosse a mais pura essência da luz.

Ela deixou que o corpo se banhasse totalmente. Logo, escutava os sons do rio e da floresta, alguns animais movendo-se sob os arbustos, o sussurro do vento, o canto dos pássaros à distância, o...

De repente, uma voz a interrompeu.

– *Es ella*?

Cotten voltou a si subitamente. Arregalou os olhos, ficando cega por causa de uma luz brilhante. Levantou a mão para proteger os olhos daquela luz. À medida que a visão se ajustava, viu três figuras em pé à sua frente. Uma segurava um papel na mão, levantando-o e parecendo comparar o que via nele com a imagem dela. O outro homem mantinha a luz da lanterna dirigida para o seu rosto.

– *Sí* – disse um outro, olhando para o papel e de novo para ela. – *Se parece a ella.* – Ele olhou bem para Cotten. – *Sií*

– *Párate* – disse um dos homens. Então, com um forte sotaque, ordenou. – Levante-se.

Levantando-se, ela viu que os três homens estavam com suas armas – metralhadoras – apontadas para ela.

Um deles acenou para que ela descesse os degraus, enfatizando a ordem com o cano da arma.

Cotten fez o que lhe foi ordenado.

Assim que os pés dela tocaram o chão, mãos fortes torceram os braços dela para trás, fazendo-a girar. Os pulsos dela foram amarrados e os olhos vendados com um pano. Com um empurrão, ela foi obrigada a seguir pelo caminho.

Ela sentia o rio à esquerda e percebia que a levavam para longe do vilarejo. De alguma maneira, ela sabia que não voltaria mais para lá.

Sendero Luminoso

Depois de caminhar durante horas com a venda nos olhos, Cotten sentiu as primeiras gotas de chuva no rosto. Em outro minuto, a chuva gelada da montanha caiu com força, ensopando-a e fazendo com que o caminho lamacento se tornasse traiçoeiro.

Os homens que a levaram prisioneira pouco falaram depois de surpreendê-la no alto da *huaca.* Ela sabia tão pouco espanhol que não teria entendido de qualquer maneira. Mas captou uma palavra – *recompense,* recompensa. Quem quer que fossem aqueles homens, eles a haviam aprisionado para reivindicar uma recompensa. O papel que tinham com eles quando a viram devia conter uma foto dela com uma descrição. Isso definitivamente significava que as autoridades estariam procurando por ela. Aquilo lhe dava esperança de que a manteriam viva até receberem a recompensa.

Numa de suas conversas, Yachaq tinha falado de grupos rebeldes – remanescentes da organização revolucionária Sendero Luminoso que ainda podiam ser encontrados pela região. Eles não perderiam a oportunidade de receber alguns *nuevo soles* para pagar por alimentos, roupas e munição, pensou Cotten.

Ela estava arrepiada com a chuva gelada que caía sobre o grupo enquanto eles avançavam lentamente pela floresta. Mais de uma vez ela escorregou, mas então era colocada bruscamente de pé pelo homem que a segurava fortemente pelo braço.

De repente, Cotten foi atirada ao chão. Ainda conseguia ouvir a chuva, mas não podia senti-la. Eles deviam ter encontrado um refúgio embaixo de algum tipo de formação rochosa ou na entrada de uma caverna.

Ela ficou deitada de lado, os joelhos encolhidos contra o peito, tentando se manter aquecida. Embora não pudesse ver os homens, ouvia-os ao redor numa conversa sussurrada. Eles tinham se afastado dela. Ela queria poder entender o que estavam dizendo.

Cotten esperava que tivesse razão quanto às intenções deles. Então de novo eles poderiam querer matá-la. Talvez tudo o que precisassem para receber a recompensa fosse exibir o corpo dela.

Escutou, tentando captar uma palavra ou frase que lhe desse uma pista. Ouviu um rápido ruído de estática e uma conversa, provavelmente por rádio. Um dos seus seqüestradores falou ao radiocomunicador, obtendo uma resposta breve.

Ela ouviu um homem rir como se estivesse satisfeito. Aquilo lhe deu calafrios. Mas então as vozes se tornaram mais altas, parecendo agitadas. Ela sentiu o odor do que poderia ser rum e também detectou o cheiro de maconha. Em seguida, alguns dos homens começaram a discutir. Talvez estivessem preocupados e não cuidassem dela. Cotten torceu os pulsos, vendo se conseguia afrouxar a corda. Ela já estava mais frouxa do que quando a amarraram, provavelmente por causa dos seus movimentos ou então pelo efeito do frio. Finalmente, ela afrouxou uma volta da corda sob o polegar e começou a passá-la por cima da palma. Quanto mais perto ela aproximava a corda das pontas dos dedos, mais profunda a parte oposta da volta entrava na pele do pulso. Ela mordeu o lábio inferior. A corda moveu-se de maneira constante. Por fim, ela forçou a ponta dos dedos e uma volta da corda caiu frouxa sobre as costas das mãos. Cotten agitou as mãos para a frente e para trás, sentindo o aperto diminuir. Se conseguisse ver exatamente onde os homens estavam e o que estavam fazendo!

De repente, as vozes silenciaram.

Droga, pensou Cotten. Eles tinham percebido o que tinha feito. Permaneceu deitada em silêncio total, com medo até de respirar.

Passos. Alguém se aproximava.

Um dos homens chamou, os passos se detiveram. Então outro falou. Houve um instante de silêncio, seguido por gritos. Os passos seguiram o caminho inverso. Mais gritos. Por que aquele homem tinha vindo na direção dela? Obviamente, ele não notou os pulsos dela ou teria feito alguma coisa a respeito. Será que planejava estuprá-la e os outros não concordaram – ou talvez eles quisessem ser os primeiros?

Ela precisava fugir. Livrou uma das mãos da corda e vagarosamente levou-a até o rosto, baixando a venda.

Três homens estavam em pé a cerca de cinco metros e à direita dela na extremidade de uma proteção rochosa. Se conseguisse se levantar depressa o suficiente, poderia fugir na direção oposta e correr depressa para despistá-los na mata. Ela tinha de acreditar que eles precisavam dela... precisavam dela viva para receber a recompensa, então não atirariam. Ao menos não atirariam para matar. Ela não conseguia pensar em outra coisa, além de que tudo de que precisavam era do seu corpo.

Permaneceu deitada imóvel, procurando juntar coragem para fazer o movimento súbito. *Simplesmente faça o que precisa fazer,* pensou. *Basta se levantar e correr.*

As vozes dos homens pareceram mais comportadas e a escuridão havia caído. Ela precisava tomar a iniciativa enquanto eles estavam envolvidos na discussão. A chuva parecia estar diminuindo. Tudo trabalhava contra ela, minuto a minuto. Se realmente pretendia fazer alguma coisa, tinha de ser naquele momento. Assim que a chuva parasse, eles viriam até ela e perceberiam, imediatamente, que seus pulsos estavam desamarrados.

Agora!

Cotten levantou-se e correu. Ela ouviu gritos enquanto corria do abrigo na rocha e entrava no meio da mata.

Instantaneamente, as vozes foram abafadas pelo disparo de uma arma de fogo.

A Toca

As folhas úmidas e frias feriam o rosto e as mãos de Cotten, batendo contra a sua pele enquanto ela corria. As balas zumbiam ao redor dela, arrancando plantas e borrifando-a com minúsculos fragmentos de vegetação. Depois que saiu do abrigo e deixou o caminho, ficou impossível correr. As trepadeiras e as raízes grossas cobriam o chão da floresta e ela precisava abrir o caminho à força entre a parede de árvores e os arbustos. Ela não estava conseguindo ir longe depressa o bastante, mas não tinha coragem de se arriscar a voltar à trilha, onde seria um alvo fácil.

Cotten fazia tanto barulho que sabia que segui-la não seria difícil. Cada passo exigia um esforço enorme e sem um facão para abrir caminho estava ficando exausta. Precisava ganhar distância dos bandidos e ficar fora da vista deles.

Olhando para trás, viu que a floresta era tão espessa que se fechava atrás dela, mal deixando sinais da sua passagem. Continuou se arrastando em frente, sentindo os espinhos e gravetos do chão se agarrarem ao poncho e no vestido estilo sári que usava e arranharem a sua pele. Os rebeldes conheciam a selva e nos poucos momentos que teve antes de ser vendada pôde ver as bainhas pendentes dos cintos deles onde deviam carregar facões. Desse modo, eles poderiam abrir caminho facilmente, vindo diretamente atrás dela. Ela não conseguia controlar os soluços e os gemidos enquanto a selva e o medo a atormentavam.

Continue em frente. Continue em frente. As palavras na mente dela constituíam um mantra, forçando um pé a seguir na frente do outro.

Estava difícil respirar – o cansaço e o *stress* naquela altitude eram sufocantes. Ela morreria nas mãos de uns rebeldes sem importância no interior das selvas do Peru. E ninguém saberia disso. Estava desaparecida por quase duas semanas até o momento.

Se a capturassem, será que a estuprariam primeiro antes de cortá-la em pedaços... a brutal marca registrada do Sendero Luminoso usado contra os inimigos? Se tivesse sorte, eles apenas atirariam nela e acabariam com a sua vida rapidamente.

Esgotada pela fadiga, Cotten sabia que tinha poucas chances de continuar. Ela não tinha resistência física – o efeito da altitude em si a estava matando. Para os rebeldes, essas montanhas, essa selva, era a casa deles. Ela não conseguiria escapar deles, mas ainda não estava disposta a desistir.

– É preciso ter um plano – disse em alta voz em meio à respiração ofegante. – Pense, Cotten, pense!

De repente, ela teve uma idéia e parou por um momento para pensar a respeito. Então seguiu em frente, pisoteando a folhagem intencionalmente, agarrando as trepadeiras e arrancando-as, amassando os arbustos com os pés. Metodicamente, deixou para trás uma trilha cada vez menos evidente, tentando apagar o seu rastro até que ele parecesse simplesmente desaparecer na floresta. Mas precisava se apressar.

Finalmente, retornou para onde tinha visto um amontoado denso de vegetação rasteira. Da maneira mais delicada possível, levando o tempo necessário para não amassar os montículos de grama ou quebrar os galhos, ela seguiu até o lugar que havia marcado momentos antes e caiu de joelhos. Agachou-se entre as folhas acumuladas e galhos caídos. Aterrorizada ante a idéia de encontrar uma cobra ou aranha na sua toca, ela se encolheu.

No entanto, precisava fazer isso. Esconder-se era sua única chance. Os rebeldes esperavam que ela continuasse fugindo, ainda que vagarosamente, tentando se distanciar deles. Eles pensavam que ela continuaria correndo, tentando ganhar alguma dianteira.

Cotten formou uma bola e ajustou o bolo de mato ao redor do corpo, de modo a ficar inteiramente coberta. Se permanecesse em silêncio e parada, eles não poderiam localizá-la, a menos que tropeçassem nela. Quais eram as chances de eles pisarem exatamente nesse ponto? Se seguissem o seu rastro, eles perceberiam que a trilha que ela tinha deixado para trás estava ficando cada vez menor até desaparecer por completo. Eles poderiam desistir.

Ela rezou para que desistissem.

O solo úmido e a folhagem em decomposição estavam frios e pegajosos. Aquilo lhe deu vontade de tossir, mas ela lutou contra essa sensação, apertando a mão contra a boca. Depois de vários minutos, a necessidade imperiosa de simplesmente limpar a garganta tornou-se insuportável. Ela queria gritar mas sabia que isso apenas aumentaria o problema.

Quando a escuridão finalmente se abateu sobre os Andes como veludo pela sua escuridão espessa e impenetrável, Cotten sentiu-se totalmente impotente. E com a escuridão veio a neblina. Exatamente como na noite terrível de morte, ela avançava pela selva, envolvendo cada folha, graveto e galho com as suas garras.

As roupas de Cotten estavam ensopadas assim como a terra em que ela estava deitada. Cada fibra e osso do seu corpo estavam impregnados pelo frio que vinha com a noite. Ela se sentia mais segura em relação aos homens e mais indefesa contra a natureza – o ar frio e as criaturas noturnas que habitavam a selva.

Cotten imaginou em que altura decidiria que preferiria estar morta.

Se ao menos pudesse ver as estrelas, poderia sentir-se menos ansiosa. Ela se encolheu, tiritando a cada hora que passava, física e emocionalmente esgotada. Queria dormir mas tinha medo, precisava fazer xixi mas não o fez.

Onde estavam os rebeldes? Será que estavam por perto? Não saber era pior do que pensar que estavam ao lado dela. Pensou sobre a experiência com a luz líquida. Talvez conseguisse repeti-la mesmo sem estar num local sagrado, nem num estado de paz ou calma. Mas, se conseguisse, talvez seus sentidos se elevassem a ponto de ela poder ouvir os seus perseguidores, saber onde estavam e o que estavam dizendo.

Cotten concentrou-se em afastar todos os pensamentos, conduzindo-os para longe de modo que não pudessem interferir na sua visão interior. Mentalmente, dirigiu a concentração a cada parte do corpo, começando pelos pés e subindo gradualmente – relaxando, acalmando-se, confortando-se. O frio e a umidade do ar da montanha diminuíram, vagarosamente a princípio, como porções de um castelo de areia sendo desfeitas aos poucos a cada onda que vinha.

Ela tentou visualizar a si mesma num lago de luz, flutuando na superfície. Mas a luz vinha apenas em estilhaços que entravam e saíam dos seus pensamentos.

Sem aviso, ela perdeu a concentração. Era como se estivesse vagando sob a água e então de repente surgisse na superfície. A luz e o seu calor desapareceram. Ela não seria capaz de fazer aquilo. A idéia era tola de qualquer maneira. Magia inca.

Enquanto as horas passavam e o frio aumentava, ela decidiu tentar de novo. Ela não tinha nada a perder.

Cotten seguiu a seqüência para encontrar a serenidade e a harmonia. Imaginou o brilho e a pureza da luz, convidando-a a entrar nela. Dessa vez a luz fluiu para dentro dela como se o corpo dela fosse um condutor perfeito. A sua comunhão com ela encheu Cotten de tranqüilidade e calor. Ela a imaginou começando a girar, desejou que ela girasse imaginando-a girar, fazendo, a princípio, pequenos círculos e, depois, aumentando em faixas de pureza cada vez mais largas, da coroa no alto da cabeça para o fundo do seu abdome. Com isso surgiu uma calma crescente, o medo diminuiu, e ela sentiu-se aquecida.

Ela escutou atentamente os arredores como Yachaq lhe havia ensinado.

Os sons até então perdidos no ruído da floresta tornaram-se mais aguçados. A respiração de um animal – profunda e intensa. O delicado ruído dos insetos se alimentando. Um escorregão. Até mesmo o som da decomposição.

Então ouviu mais alguma coisa.

Um batimento cardíaco. Um grito. O azedume do suor humano.

Alguém se aproximava.

O medo tomou conta dela, fazendo a luz líquida evaporar. Os ouvidos de Cotten encheram-se com as batidas da própria corrente sangüínea.

Os bandidos estavam perto. Despertos, assim como ela. Esperando pela luz do dia.

* * *

Parecia ter passado uma eternidade antes de ela perceber um traço de luz cinzenta no céu acima da coberta de folhagem. O amanhecer surgia devagar e atingindo tudo.

Cotten olhou ao redor com apenas o movimento dos olhos. Não se atrevia a mover o corpo, muito embora os músculos implorassem para se esticar. O pescoço estava rígido, e o ombro sobre o qual se apoiava doía querendo se aliviar do peso constante. A bexiga estava tão cheia agora que doía intensamente. Mas ela não se atrevia a se levantar. Com uma careta ante o que precisava fazer, Cotten sentiu o calor da urina correr-lhe sobre a coxa e para a terra.

De repente, ela ouviu um som – alguma coisa, alguém avançando vagarosa e cuidadosamente pela floresta ao lado dela. Ainda que fracamente, as folhas e a terra encharcada gemiam, e a folhagem silvava e se quebrava.

E assim de repente, a chuva chegou, caindo em torrentes como no dia anterior. Ela se esforçou para escutar em meio à chuva, mas o som da água caindo sobre as folhas e a terra era forte demais.

Um cutucão de surpresa de alguma coisa fria e dura examinou o arbusto e acertou a lateral do seu corpo. Ela soube, mesmo sem olhar, que era o cano de uma arma.

A Troca

– *Está aquí* – o rebelde gritou. – *La encontre!*

Cotten não precisava de tradução – ele estava avisando que a havia encontrado. Ela tentou se levantar, mas um chute de lado com a ponta da bota fez com que permanecesse deitada de dor. Então o rebelde atirou para o ar.

– *Puta* – disse ele, puxando-a para cima. Deu um segundo tiro e, em alguns instantes, os outros dois homens que a haviam seqüestrado apareceram de dentro da mata.

Eles a vendaram e prenderam-lhe os pulsos outra vez, antes de empurrá-la por entre a folhagem grossa de volta à trilha. Em seguida continuaram na marcha atrasada em direção às montanhas.

Por volta do meio-dia, a trilha tornou-se menos irregular, acabando por se nivelar. Ocasionalmente, ela ouvia o ruído e o chiado do radiocomunicador e os trechos de conversa quando os seus seqüestradores se comunicavam com alguém.

No final da tarde, a caminhada se tornou mais fácil. Cotten pisava em poças d'água ao longo do que imaginou tratar-se de uma estrada pantanosa na montanha. Ela levantou a cabeça ao ouvir o som de um veículo que estava se aproximando. O rebelde que segurava com força seu braço obrigou-a a parar bruscamente. Ela podia jurar que o veículo também havia parado, mas o motor continuava funcionando. Ouviu-se uma breve troca de palavras entre os seus seqüestradores e os recém-chegados. Então um dos rebeldes tirou a faixa de pano dos olhos dela.

Cotten olhou para um caminhão semelhante a um grande jipe mais à frente na estrada. Dois homens vestidos em uniforme militar saltaram do veículo e, em seguida, puxaram um homem esquálido com uma barba de várias semanas do banco de trás. Os pulsos dele estavam amarrados assim como os dela e o homem se encolheu quando bateram-lhe com o cano de uma arma nas costas.

Um dos homens se aproximou com um papel na mão. Parando na frente de Cotten, ele olhou para o papel antes de examiná-la. A orla do quepe que usava tinha o acabamento dourado e um distintivo de metal brilhante reluzia no seu peito. *Policía Nacional.*

– Cotten Stone? – ele indagou com um forte sotaque.

– Sim – ela respondeu, tentando não parecer intimidada.

O homem uniformizado arqueou uma sobrancelha escura e fez um movimento com a cabeça para os rebeldes.

Houve uma rápida troca de palavras e depois um dos policiais pôs um envelope no punho do prisioneiro e empurrou-o na direção dos rebeldes e de Cotten.

No mesmo instante, ela sentiu uma mão tocar-lhe as costas.

– *Vaya* – disse o rebelde, empurrando-a para a frente e indicando com a cabeça o veículo.

Não se tratava simplesmente do pagamento de uma recompensa, percebeu ela, mas parecia que também havia uma espécie de troca – o prisioneiro esquálido e barbado por ela.

Ela continuou andando na direção do veículo, consciente de que assim como os homens uniformizados mantinham as armas apontadas para o lado oposto, os rebeldes deviam estar apontando para ela também.

Cotten passou pelo prisioneiro, olhando para ele pelo canto dos olhos. As autoridades não só haviam pago por ela, mas os rebeldes também haviam negociado uma troca.

A poucos passos do veículo, Cotten olhou para trás. Com uma rodada de apertos de mão, tapinhas nas costas e risadas, os rebeldes partiram.

Um dos policiais ajudou-a a subir na parte de trás do veículo antes de acomodar-se ao lado dela. O outro, aquele que a comparou com o que ela presumia ser o equivalente a um cartaz de procurado, assumiu a direção do veículo. Ele verificou o papel mais uma vez antes de virar-se e lançar um olhar arrogante para ela.

Virando-se como pôde no assento, Cotten voltou-se para lançar um último olhar para os homens que a haviam capturado, mas eles já haviam desaparecido na mata. Juntamente com eles foram-se todos os pensamentos que ela tinha de permanecer para sempre perdida na montanha enevoada dos incas.

***

– Sou o inspetor-chefe Merida. – O homem disse num canhestro mas claro inglês. Ele estava sentado do outro lado da mesa à frente de Cotten numa sala de interrogatório de paredes feitas de blocos de concreto em algum lugar dentro do quartel-general da Polícia Nacional do Peru, no centro de Cusco. Ele era magro, tinha cabelos pretos penteados para trás com brilhantina e uma barba parcial, e também usava o uniforme verde, mas com dragonas e barras amarelas sobre os bolsos da camisa. O boné dele a fez lembrar daqueles usados pelos oficiais nazistas.

Ele bateu a cinza do cigarro num cinzeiro.

– Quer dizer então que você é Cotten Stone.

– Sou – confirmou ela. – Espero que o senhor me explique por que fui obrigada a passar por todas estas coisas nestes últimos dias.

Cotten estava irritada e pouco à vontade e percebia que precisava controlar o humor. Deram-lhe a oportunidade de lavar o rosto e as mãos antes de ser levada para a sala de interrogatório, mas ainda se sentia imunda e sabia que devia estar exalando cheiro de urina.

– Por que está no Peru? – indagou Merida.

– Sou uma repórter *freelancer* contratada pela TNP de Lima. Estou aqui para fazer um documentário sobre a descoberta de um novo sítio arqueológico próximo a Machu Picchu.

– Correto – admitiu Merida.

Este homem está realmente me tirando do sério.

– Isto é algum tipo de teste? Por que está me perguntando, se já sabia?

Merida inclinou-se para trás na cadeira e tamborilou com os nós dos dedos sobre a mesa. O cigarro pendia de um canto da boca, a fumaça o envolvendo, fazendo os olhos piscarem.

– Um pouco mais de uma semana atrás, foram descobertos os corpos de doze homens no sítio de escavação arqueológica a que se referiu. Entre eles encontravam-se o seu cinegrafista e o técnico de som, além do doutor Carl Edelman, um cidadão britânico, e mais nove outros. Todos mortos. E de uma maneira tão terrível que me perturba descrever. Assassinados. Queimados. Alvejados. A única pessoa que escapou foi a senhorita. – Ele deu uma longa tragada do cigarro. – E aqui está a senhorita, sã e salva. Não acha isso curioso? Senhorita Stone, por que está aqui sã e salva?

Cotten queria dizer que era porque, enquanto os vaga-lumes faziam a placa de cristal de cinco mil anos de idade levitar não se incomodaram em enlouquecê-la até que se suicidasse do mesmo modo que os demais. Em vez disso, ela disse:

– Eu não sei.

– Por que não me conta o que sabe? – Ele amassou o cigarro pela metade.

Cotten prendeu o cabelo atrás das orelhas.

– Naquela noite, nós jantamos e tomamos uma bebida oferecida pelos nativos da nossa equipe de escavação.

– Bebida?

– Bebida alcoólica... uma bebida feita artesanalmente.

– Ah, *guafarina* – disse Merida, antes de fazer anotações num bloco à sua frente. – E depois?

– Era uma coisa muito forte e me fez mal, então deixei os outros e fui para a minha barraca. Tentei dormir mas não consegui de imediato.

Merida abriu uma sacola de papel que estava ao lado do bloco de anotações sobre a mesa.

Cotten parou de falar e observou-o retirar dali um frasco plástico marrom de comprimidos. Ele girou-o na mão e leu o que estava escrito no rótulo.

– "Ativam. CVS Pharmacy, Fort Lauderdale. Receitado para Cotten Stone".

– Sim – admitiu Cotten. – É meu. E daí?

– A senhorita vem sofrendo de ansiedade? Sentindo pressão demais? – Ele agitou o frasco, o som oco dos comprimidos se chocando contra o plástico e ecoando nas paredes nuas da sala como o chocalho de uma serpente. – Deve ser difícil chegar ao auge da fama como a senhorita só para cair depois. É por causa disso que sofre de ansiedade? – Merida fez uma pausa, como se estivesse avaliando a próxima pergunta. – O que a senhorita estaria disposta a fazer para recuperar a sua condição de celebridade?

– A minha vida está complicada no momento. Mas isso não tem nada a ver com o que aconteceu nas montanhas. Sim, o remédio é contra ansiedade, mas não para tratar pacientes que têm ataques psicóticos. Não estou sendo medicada contra comportamento violento, se é o que está insinuando. Não tive nada a ver com a morte de Edelman nem de ninguém mais. Aconteceu alguma coisa naquela noite. Alguma coisa fez deles homicidas ou suicidas.

– Bem, a senhorita pode alegar não ter tendência a agressividade, mas eu não acredito que um composto medicinal fizesse efeito quando misturado com *guafarina*. Talvez os dois juntos possam ter alterado a sua personalidade significativamente.

Merida parou abruptamente de falar e ficou com uma expressão estranha no rosto, como se tivesse acabado de sentir uma forte comoção. Ele se inclinou para a frente.

– Ou vamos supor que uma dose elevada do seu medicamento acabou *por engano* na bebida. Não sei que tipo de efeito isso poderia ter sobre aqueles que a tomassem. Suponha que uma mistura dessas induza a alucinações, pensamentos homicidas e suicidas? Esses efeitos colaterais não são desconhecidos. E talvez a senhorita tenha optado por não partilhar da bebida nativa. Que sorte a sua... a única em todo o acampamento que não bebeu a mistura. Isso explicaria por que está viva e bem. Hum, como o seu medicamento iria parar dentro da bebida?

O tom arrogante e condescendente dele a irritou a ponto de fazê-la rilhar os dentes.

– Não gosto do que está insinuando. Ouça, inspetor-chefe Merida, não tive nada a ver com o que aconteceu aos meus amigos e ao doutor Edelman. Estou tão arrasada quanto qualquer outra pessoa com a morte deles. Naquela noite, não me senti bem, então voltei para o meu alojamento e adormeci. A primeira coisa que soube, foi o caos no acampamento.

Ela deixou de fora a parte em que tinha ficado assustada com a tradução que Edelman fez das inscrições na placa que se referiam à filha de um anjo. Merida não tinha mencionado a placa de cristal. Será que os vaga-lumes realmente a levaram embora? Mas então, todos que sabiam da existência da placa estavam mortos. As anotações de Edelman tinham sido incineradas, portanto não havia documentação do achado em nenhuma parte. Só a conversa que Edelman teve com Richard e Mariah. Qual era mesmo o sobrenome deles?

– Senhorita Stone?

– Me desculpe. Estava tentando me lembrar do que aconteceu. Talvez uma hora mais tarde, eu ainda estava tentando dormir quando ouvi o doutor Edelman gritar... aos berros, na verdade. Saí correndo da minha barraca e chamei por ele. Ouvi outros gritos. Então José... eu vi José...

A imagem surgiu de chofre, clara e assustadora, e sua voz saiu alta e trêmula.

– Ele atravessava correndo o acampamento e passou por mim em chamas. Eu não sabia o que estava acontecendo. Procurei os meus amigos. Foi quando tropecei no corpo de Paul Davis. Ele tinha sido degolado... a garganta aberta a faca. Ele segurava a faca numa das mãos. Encontrei Edelman na barraca dele, alvejado na cabeça, e uma arma no chão ao lado dele. Pensei ter ouvido Nick Michaels gritar, mas não o vi mais. – Ela sentiu-se enjoada, as imagens voltando rapidamente, muito vivas. Ainda podia sentir o cheiro de carne queimada de José e ainda ouvia o ruído que a matéria cinzenta de Edelman fizera ao desprender-se da lona da parede da barraca e cair no chão. – Eu estava aterrorizada e não sabia o que fazer. Eu corri... corri dali e...

A porta da sala de interrogatório se abriu e um homem de terno azul-marinho parou na soleira.

– Tenho um relatório aqui que o senhor gostaria de ver, chefe Merida – disse o homem em inglês.

Merida arrastou bruscamente a cadeira para trás e se levantou, o rosto avermelhado.

– Você não pode entrar aqui sem ser anunciado. O que quer que seja isso, pode esperar.

– Não, senhor – disse o homem, atirando a pasta sobre a mesa. – Não pode.

Fort Lauderdale

Graças a Deus pela embaixada americana, pensou Cotten enquanto subia penosamente o lance de degraus para o seu pequeno apartamento no segundo andar em Fort Lauderdale. Não fosse pela intervenção dela, ela ainda estaria numa cela na prisão de Merida, ou pior.

A noite estava agradável – soprava uma brisa ainda fresca do oceano, embora a praia estivesse a três quarteirões de distância dali. Uma mecha do seu cabelo cor de avelã pairou no ar e ela a prendeu atrás da orelha. Sob o rosado opaco das lâmpadas a vapor de mercúrio da iluminação pública, os coqueiros ondeavam e as folhas farfalhavam, lançando sombras fantasmagóricas sobre as paredes ásperas revestidas de estuque.

O prédio, construído na década de 1950, fora originalmente um motel que atendia aos turistas sazonais, chamados de *snowbirds*. No início da década de 1980, o lugar fora convertido em apartamentos para locação. Vinte e cinco anos depois, era um pouco mais que graciosamente antiquado, como Cotten gostava de classificá-lo. Fora da temporada, os apartamentos eram baratos – o que cabia justo no seu orçamento. O prédio mantinha a recepção, de modo que os apartamentos podiam ser alugados por semana ou por mês, ou até mesmo para o fim de semana.

Os vizinhos, em sua maioria, temporários ou trabalhadores, eram discretos. O primeiro e o último mês de aluguel eram pagos adiantados e não havia contrato fixo. O apartamento dela ficava bem distante do centro de

Nova York. O fóssil inventado havia mudado tudo. Era difícil para ela se queixar dos outros inquilinos – seria como o roto rir-se do esfarrapado.

Cotten parou na recepção para conseguir uma duplicata da chave, uma vez que a dela estava ainda em algum lugar nos Andes. A única coisa que a polícia peruana lhe devolveu fora a sua carteira. Sem dinheiro algum, é claro, mas pelo menos continha os seus cartões de crédito e a habilitação de motorista. Tudo o mais que haviam recolhido do sítio deveria permanecer em posse deles até que a investigação tivesse sido concluída.

Ela tocou a campainha uma dezena de vezes antes que o recepcionista noturno se dignasse a deixar o sofá nos fundos do escritório. Cotten pagou a taxa de cinco dólares pela chave perdida para o recepcionista bocejante, que nem sequer a cumprimentou.

– Bem-vinda ao lar – disse Cotten, destrancando a porta e abrindo-a com o cotovelo. O apartamento exalava um odor abafado e embolorado. O cheiro de bolor era um subproduto de morar perto do oceano, onde o ar era constantemente úmido. Havia um ditado sobre o sul da Flórida que se ouvia especialmente próximo à estação dos furacões: "O bom é que vivemos nos trópicos. O ruim é que vivemos nos trópicos."

Antes de partir para o Peru, Cotten tinha aumentado o termostato para quase trinta graus. Isso tinha sido um erro, concluiu, sentindo o forte cheiro de bolor. Mas, na época, não imaginava que ficaria tanto tempo fora.

Cotten acionou o interruptor para acender a luz. Por sorte, pagara três meses de aluguel adiantado, o que a impedira de gastar o dinheiro com outra coisa. Sem saber quando receberia outro pagamento, isso lhe assegurava um lugar para morar. Ela considerava isso prático e organizado. E muito embora soubesse que o pagamento da conta de luz estava atrasado, esta não tinha sido cortada... ainda.

Deixou sobre piso ladrilhado a pequena bolsa que tinha ganhado da esposa do cônsul americano no Peru e jogou-se no sofá. Então pegou o controle para abrir a persiana e abriu também os vidros da veneziana. O doce ar do oceano jorrou para dentro.

Cotten tinha prometido a Ted Casselman que lhe telefonaria assim que chegasse em casa, mas eram duas e quinze da madrugada.

Ela olhou para o relógio de pulso – oito e quinze da manhã em Roma.

Cotten pegou o telefone sem fio e discou. Não precisava consultar o número, ele estava permanentemente gravado na sua memória – o número do telefone particular da Cidade do Vaticano para a pessoa mais importante da vida dela, John Tyler.

O arcebispo John Tyler.

– John – disse ela, imaginando o sorriso dele, os olhos dele... os mais azuis que jamais tinha visto.

– Cotten. Você está em casa?

– Estou – respondeu ela. – Só precisava ouvir a sua voz. – Cotten sentiu vontade de chorar, mas se controlou. – Você é a única pessoa que me conhece. O lado bom... e o mau.

– Li sobre a terrível tragédia na América do Sul. Rezei por você todos os dias.

– E eu preciso muito das suas orações. – Ela respirou fundo. – No Peru... – ela começou, mas não conseguiu continuar.

– Não se apresse – disse John.

Cotten começou de novo.

– No sítio das escavações no Peru, foi encontrado um artefato... uma placa de cristal. Ela estava coberta com inscrições prevendo o Grande Dilúvio. – Cotten balançou a cabeça como se John pudesse vê-la.

– O Grande Dilúvio? Você quer dizer o de Noé?

– Sim, mas isso foi apenas o começo. – De novo ela hesitou por causa do aperto na garganta.

– Está tudo bem com você?

– Havia alguma coisa na inscrição sobre uma segunda purificação. John, ela dizia que aconteceria uma segunda purificação, e ela seria conduzida pela filha de um anjo. – Ela reprimiu um soluço, incapaz de continuar. – E agora, todos aqueles que estavam lá estão mortos. Todo mundo, menos eu. E, Oh! Jesus, John, havia insetos... vaga-lumes, milhões de vaga-lumes. Eles giraram em volta do artefato e o levaram embora. – As palavras saíam em jorros fragmentados, pronunciadas muito mais rápido do que ela era capaz de articular os pensamentos. – Sei o que eles eram, John. Você sabe o que eles eram. Mas como posso explicar o que aconteceu realmente? Ninguém vai acreditar em mim. Só você...

– Cotten – disse John –, isso não importa. A verdade é que você sabe o que aconteceu e percebe o que está enfrentando. Tenho uma coisa importante para perguntar a você. As inscrições tinham uma segunda parte?

– Como você soube disso?

– Você consegue descrevê-la ou quem sabe desenhá-la?

– Não. Edelman não conseguiu traduzi-la, mas ele pensou que era algo parecido com um quipo. Eram apenas linhas e pontos. John, como você soube sobre a segunda parte?

– Não posso explicar no momento. Agora procure descansar.

– Não faço idéia do que vou fazer agora. Eu...

– Siga os seus instintos. Isso se mostrou eficaz da última vez que você foi testada. Você compreende isso, não é?

– Mas você estava lá para me ajudar... estava comigo. Agora estou sozinha.

– Você nunca está sozinha.

Cotten enxugou as lágrimas.

– Promete?

– Prometo – disse ele.

Cotten desligou o telefone. John Tyler talvez fosse o único homem que ela realmente amou. Mas ele era um padre. E a exemplo de tantas coisas na vida dela, sempre parecia querer o que não poderia ter.

Cotten olhou para a cama de solteiro do outro lado da sala. Os lençóis e os travesseiros estavam provavelmente tão úmidos quanto o ar cheirando a mofo. Lavaria a roupa de cama no dia seguinte e deixaria os travesseiros ao sol.

Puxou a correia para ligar o ventilador do teto antes de se esticar no sofá. Um instante depois, dormia profundamente.

* * *

O nascer do Sol dourado entrou em fatias pelas lâminas da persiana e projetou listras de luz na parede oposta. Cotten levantou-se sobre um cotovelo para enxergar do outro lado da sala e ver o mostrador do relógio digital sobre o criado-mudo ao lado da cama. Oito e meia. Enrijecida pela noite passada no sofá, ela se sentou. Voltando-se, afastou duas lâminas da persiana para olhar para fora. O céu estava azul e sem nuvens. Da janela do segundo andar, entre dois dos prédios altos que acompanhavam a orla da praia alguns quarteirões à frente, ela podia ter uma pequena vista do oceano – a água azul do mar refletindo o brilho do Sol na superfície. Não era propriamente o que chamaria de uma grande vista, mas era o seu pequeno vislumbre secreto do Atlântico todas as manhãs. Correu os olhos pelos prédios baixos pintados de rosa, branco e azul da rua em que morava e as suas marquises erguiam-se como sentinelas, sobreviventes de uma época passada que descansavam nas sombras dos novos hotéis e condomínios bem mais altos na rodovia estadual A1A. Cotten deteve o olhar num homem apoiado numa floreira de cimento em frente ao hotel do outro lado da rua, que lia um jornal. Ele parecia deslocado. Jovem demais para ser um aposentado. Arrumado demais para ser um inquilino mensalista. Usava uma camiseta pólo verde-claro por dentro de calças *jeans* e se destacava em frente às flores amarelas e vermelhas da floreira. O homem dobrou o jornal e olhou para cima. Cotten soltou as lâminas para que a persiana se fechasse, sentindo-se como uma *voyeur*.

* * *

Depois de um banho quente e de uma xícara de café instantâneo, Cotten foi até o telefone ao lado da cama. A conversa com Ted Casselman seria consideravelmente diferente da que teve com John Tyler.

– Já voltei – informou quando Ted atendeu. – Teria ligado na noite passada, mas era muito tarde.

– O vôo foi bom? Teve algum problema?

– Não, correu tudo bem. Cara, estou em débito com a embaixada americana de lá. Preciso lhe contar, os americanos se cuidam. Assim que o relatório do exame toxicológico chegou, eles o esfregaram na cara do inspetor Merida.

– Você começou a me contar sobre esse assunto quando ligou do aeroporto. O que dizia o relatório do exame?

– Aquilo que a equipe de escavação bebeu naquela noite estava carregado com todos os tipos de alucinógenos e outras drogas... tudo derivado de plantas locais. Não sei de todos os detalhes, mas essencialmente eles me disseram que os efeitos colaterais eram semelhantes aos do Prozac e outros antidepressivos. Pelo menos foi como me explicaram. Você se lembra de Andrea Yates?

– A mãe que matou todos os filhos!

– Certo. Especula-se que ela fez aquilo por causa dos antidepressivos que tomava. Existem inúmeros outros casos em que os pacientes se suicidaram ou mataram outras pessoas enquanto tomavam esses tipos de drogas. A bebida nativa era desse tipo, mas com a adição de fortes alucinógenos. Ninguém do acampamento de Edelman foi assassinado. Eles foram vítimas de alguma poção artesanal e se mataram.

Silêncio.

– Ted?

– Meu Deus, você teve sorte. Poderia ter sido uma vítima também.

– Acho que não bebi o bastante. Fiquei passando mal na hora. Os outros continuaram a beber aquela coisa até que... – Ela sentiu o estômago se revirar. – Eles só queriam se divertir em comemoração ao achado do artefato. Não deveriam ter morrido por causa disso. Ted, foi tão horrível. – A garganta dela se fechou.

– Eu sei, menina. Mas você conseguiu voltar, e aquilo já passou. Tire isso da sua cabeça.

Cotten andava de um lado para o outro com o telefone sem fio. Não queria pensar no assunto nunca mais.

– A embaixada cuidou de tudo. Eles foram incríveis, conseguindo um novo passaporte e transferindo dinheiro da minha conta. Arranjaram uma passagem para mim e até me levaram ao aeroporto. – Cotten olhou através das lâminas da persiana. O homem que estava do outro lado da rua fora embora.

– Está tudo bem com você? – indagou Ted.

– Vou ficar bem. Só preciso encontrar algumas respostas.

– Como o quê?

– Como a completa tradução da placa de cristal. Edelman fez a maior parte da tradução, mas havia ainda mais coisa. Preciso descobrir o que estava escrito.

– Do que você está falando?

– Da placa de cristal, a descoberta de Edelman no sítio. Pensei que tinha contado a você.

– Sinto muito, Cotten, não estou entendendo nada. Não há relato sobre nenhuma placa de cristal.

Tablóide

Nenhuma menção a uma placa de cristal? Como podia ser?, Cotten pensou depois de desligar o telefone após a conversa com Ted Casselman. Lembrou-se das coisas estranhas com a polícia peruana – e então percebeu que não houve menção à placa durante o interrogatório. Lembrou-se de ter dito ao inspetor Merida que estavam comemorando a descoberta de Edelman, mas ele não perguntou em nenhum momento que descoberta teria sido esta. Mas ela estava certa de que a placa de cristal não tinha sido uma alucinação. Todos no sítio das escavações a tinham visto. Ela e os amigos tinham escutado Edelman fazer a tradução. E ela escutou claramente o arqueólogo dizer...

Cotten se deteve, tentando não repetir a voz de Edelman nos pensamentos.

Conduzida pela filha de um anjo.

– Tudo bem, então – disse em voz alta. Se fosse para conseguir algumas respostas, precisaria de dinheiro. Isso significava vender uma reportagem.

* * *

Ao sair da loja, depois de comprar um novo celular – que faria com que gastasse mais do que queria ou poderia pagar –, Cotten guardou o novo aparelho na bolsa. Ao menos conseguira manter o número antigo, mas infelizmente tinha perdido a lista de contatos.

A parada seguinte foi num mercadinho. Ela tinha esvaziado a geladeira naquela manhã, e durante o processo um pepino velho se desfizera na sua mão. Precisava fazer compras, preparar um sanduíche para o almoço e depois começar a fazer ligações à procura de trabalho. Antes de partir para a América do Sul, estava trabalhando numa reportagem que pensava ter algumas chances.

Cotten passeou pelos corredores do mercadinho, enchendo a sacola com tudo de que necessitava. Na fila do caixa, ela foi atraída pela manchete de um tablóide.

Suicídio ou Assassinato em Massa em Misterioso Sítio Arqueológico no Peru?

Sítio de escavação misterioso no Peru? Assassinato? De que diabos eles estavam falando? Do acampamento de Edelman?

Pegou um exemplar do *National Courier* da prateleira e leu rapidamente o artigo. Lá estava no segundo parágrafo – o nome dela. Folheando as páginas, até encontrar a continuação do artigo, encontrou a fotografia oficial dela na NBC com a legenda: "Cotten Stone, repórter em dificuldades em tempos melhores". As palavras pareciam saltar da página na direção dela: "investigação", "assassinato", "suspeita", "desgraça", "suicídio em massa". Cotten sentiu o início do pânico se aproximar, primeiro nas palmas das mãos geladas, depois no tremor das mãos, na boca seca, na garganta apertada. Ela reconheceu o início de um ataque de pânico e precisava sair da loja.

Ar. Precisava de ar. Sentia falta de ar.

Atordoada e suando copiosamente, Cotten pagou com o cartão de crédito e correu para o estacionamento. Enfiou as sacolas plásticas das compras no porta-malas do carro antes de ocupar o assento do motorista.

Cotten empurrou o assento para trás e apoiou a cabeça no encosto. Com os olhos fechados, ela se concentrou nas técnicas de relaxamento e respiração que o terapeuta lhe ensinara. Mas o coração continuava disparado e ela não conseguia impedir que o surto de pânico seguisse em frente. De repente, uma voz sussurrou dentro da sua cabeça, e ela visualizou Yachaq:

Afaste os pensamentos que obstruem a sua visão. Você está flutuando num lago de luz pura sagrada. Luz líquida... uma luz tão brilhante que bloqueia qualquer coisa...

Aos poucos, enquanto ela continuava com a visão da luz aquecendo-a desde o seu ponto mais íntimo, o pânico desapareceu, e Cotten abriu os olhos. Saíra-se bem. Pelo menos conseguira controlar esse ataque sem a necessidade de remédios. Era uma boa notícia.

Cotten olhou para o tablóide sobre o assento, sabendo que precisava lê-lo. Sem nenhuma pressa, abriu o *National Courier* por cima da direção.

Enquanto lia, a raiva aumentou, mas não houve pânico. Só uma raiva total. Quando terminou o artigo, Cotten virou as páginas até voltar ao crédito: Tempest Star, redatora principal.

– Idiota – disse ela. – Quem tem um nome como esse, a não ser uma dançarina de bordel ou uma prostituta? Provavelmente ela é uma bajuladora que não consegue ter um emprego decente e precisava recorrer a uma porcaria de publicação como aquela. Não tinha nenhuma ética. Era capaz de qualquer coisa por um bom título. E com aquele nome, pelo amor de Deus!

O artigo de Tempest Star relatava a declaração oficial feita pela polícia peruana de que a equipe no sítio arqueológico tinha ingerido uma bebida artesanal feita com uma mistura de alucinógenos que poderia ter provocado as tendências suicidas. A porca da Star continuava com a sua conversa oca, não fazendo nenhuma acusação direta que pudesse causar problemas para a escória a que ela pertencia. Mas, em vez disso, num estilo sorrateiro e quase subliminar, dava a entender que Cotten Stone, antes uma jornalista dinâmica e renomada, possivelmente teria alimentado a idéia de produzir uma catástrofe que chegasse às manchetes mundiais, só para aparecer no meio jornalístico:

> Seria possível que uma jornalista de nível mundial fosse capaz de conceber e pôr em prática um plano diabólico para recuperar o seu *status*? Poderia o dano psicológico de uma queda devastadora de prestígio no cenário mundial resultar em algo tão inconcebível? As mentes mais questionadoras gostariam de saber.

Cotten bateu com as palmas das mãos sobre a direção. *O que havia de errado com as pessoas?*, pensou. *Será que alguém acreditaria nessa porcaria?*

Ficou tamborilando sobre a direção várias vezes, balançando a cabeça antes de agarrar o tablóide, amassá-lo até formar uma bola e atirá-lo sobre o banco do passageiro.

– As mentes questionadoras que se danem!

De volta ao apartamento, ela deixou de lado as compras e atirou-se na cama. Talvez devesse processar o tablóide. Devia haver algum responsável. A porca da Star era totalmente irresponsável. Aquilo não era nem ao menos uma reportagem, era uma calúnia, abominável, perniciosa. Era um lixo total. E milhões de pessoas em todo o país estavam lendo o texto.

* * *

Uma hora mais tarde, depois de comer um sanduíche de peru e tomar um refrigerante dietético, Cotten foi para o seu computador portátil. Primeiro, verificou a conta bancária pela Internet. Isso confirmou o que ela já sabia – precisava de dinheiro, e a maneira de consegui-lo rapidamente seria vendendo a reportagem em que havia trabalhado por vários meses antes de ir para o Peru. Se conseguisse encaixá-la em algum dos noticiários, isso significaria a sua volta ao meio. Abriu a pasta "Lixo Tóxico" na área de trabalho e rolou na tela os apontamentos que tinha feito.

Alguns minutos depois, Cotten ergueu o telefone sem fio e discou para o contato dela junto à NBC.

– Fran, é Cotten – disse ela quando a voz familiar atendeu. – Sinto muito se não a procurei antes. Me atrasei um pouco no último trabalho mas estou de volta. – Não havendo resposta, ela insistiu. – Escute, estive trabalhando numa reportagem incrível e sei que vai lhe interessar. – Sem uma pausa, ela começou a narrar. – Há esse campo de golfe de alto nível e fechado. Freqüentado só por gente abastada. Vários meses atrás, um dos paisagistas me telefonou. Não vou entrar em todos os detalhes, mas quando o lugar estava sendo construído, toda a paisagem morreu – duas vezes. O paisagista cancelou o contrato naquele momento e já tinha perdido uma bolada. Ele nunca tinha visto tantos *hectares* de terra fracassarem daquele jeito antes, então começou a cavar, desconfiado de alguma trapaça, e descobriu por antigas fotografias aéreas que a terra em questão parecia ter sido em certa ocasião um aterro de lixo ilegal, provavelmente para produtos tóxicos... tintas, solventes e assemelhados... e esperava-se que fossem transportados para aterros especiais, mas não foram. Aquele pessoal investiu todo o dinheiro numa terra sobre lixo tóxico. – Cotten fez uma pausa. – Então, o que acha?

Cotten deixou os ombros cair ante a resposta de Fran.

– Não estou entendendo – disse ela. – O que você quer dizer com não lhe interessa? Mas essa poderia ser uma história incrível. Sinceramente, Fran, podemos arrebentar com essa história.

Ela escutou por mais um momento.

– Tudo bem. Para você também.

Inacreditável, pensou. Tratava-se de uma história do mais alto nível. Um escândalo, prováveis questões de saúde pública, encobertamentos. Tinha todos os elementos de um campeão de audiência. Por que será que Fran havia recusado?

Tudo bem. Sem problema. Ela tentaria outras emissoras. Ela tinha uma porção de contatos na televisão. Mas Fran era o seu contato mais forte. Tinha alguma coisa errada. Ela sempre havia gostado do material que ela produzia. Por que a frieza?

Poderia apelar para Ted Casselman, o eterno amigo, mentor e anjo da guarda, na SNN, mas com as manchas no currículo dela, não queria prejudicá-lo. Ele lhe daria trabalho, se ela pedisse, mas não tinha coragem de chegar a esse ponto. Não era direito. Ele já tinha feito o bastante. Demais até.

Os telefonemas seguintes tiveram o mesmo resultado que o primeiro, até que Cotten procurou uma antiga colega de uma emissora afiliada no Tennessee.

– Cotten? – A voz soou sinceramente feliz por ouvi-la.

– Billie, e aí, sou eu. Com estão as coisas? – Billie era na verdade Billie May, o nome pronunciado como uma única palavra, o que era tipicamente sulista, mas sendo a mulher despachada que era, preferia ser chamada apenas de Billie.

– Estou ótima, mulher famosa – disse Billie. – Na verdade, poderia dizer "fantástica". O Hubby e as crianças estão ótimos. Então, como vai você?

– Estava levando uma vida de princesa aqui na praia. Mas acho que agora já é hora de voltar ao trabalho. – Cotten fingiu uma risada no telefone, relanceando um olhar para o Atlântico através da persiana.

O homem que não parecia ser um dos mensalistas estava de volta, sentado num canto do banco do ponto de ônibus. Dessa vez não estava lendo jornal.

Billie disse:

– Querida, se você acha que alguém acredita que está escondida na ilha da Fantasia, está vivendo num outro mundo. Ouça, boneca, todo mundo sabe onde você esteve, e ninguém no mercado vai procurar você depois da desgraça no Peru. Só estou lhe dizendo isso porque você é minha amiga. Não quero que fique dando vexame por aí.

Cotten vacilou, mas então permaneceu imóvel.

– Encare a realidade, boneca, você está fora da jogada – continuou Billie. – É uma merda, eu sei, mas essa é a realidade. Ninguém vai contratar você. A minha estação acabaria comigo se eu a contratasse. Sei que os rumores não são verdadeiros. Inferno, todo mundo no mercado sabe que não é verdade, mas o mal causado pelas fofocas não pode ser ignorado. Não importa o que os seus pares acreditam. Tem a ver com a imagem.

Cotten levantou a persiana, precisando desesperadamente que o calor branco do sol da Flórida atingisse o vidro em raios fortes para afastar o que estava ouvindo.

– Você quer dizer que é mais do que lixo sensacionalista? O rumor está circulando e as pessoas acreditam que eu possa ter planejado tudo só para alcançar as manchetes outra vez?

– É isso aí, boneca. É o que se diz por aí. Você vai ter um trabalhão para acabar com os rumores e reparar a sua imagem. Estou lhe passando a coisa como escutei.

Cotten não sabia o que dizer.

– Agüente firme, doçura – consolou-a Billy. – Isso vai passar.

A náusea tomou conta do estômago de Cotten.

– Agradeço mesmo a sua franqueza, Billie. Você é uma boa amiga.

– Já vou indo, boneca.

Cotten olhou pela janela outra vez. O banco no ponto de ônibus estava vazio.

– Certo – disse Cotten. – Eu também.

Tremor

Uma Lua cintilante subia sobre o deserto do Novo México quando um estudante do terceiro ano de astronomia sentou-se num rochedo e tirou a mochila dos ombros. A área plana ao longo do leito arenoso seria um bom lugar para acampar. O calor do dia se fora e o frio da noite tomava conta da paisagem; uma brisa suave soprava por entre os arbustos de artemísia. Dois dias antes, a água de escoamento de uma pesada chuva de verão havia enchido uma depressão rochosa vizinha. Cansado até os ossos, depois de caminhar mais de dez quilômetros por uma das estradas antigas que se irradiavam do desfiladeiro Chaco, ele se afastou da estrada por mais um percurso de oito quilômetros, detendo-se finalmente sobre uma colina para apreciar o cenário. Não restava nada além de fragmentos de pedras das construções antigas por ali. Ao contrário de outros aldeamentos afastados, as comunidades construídas perto do eixo do desfiladeiro Chaco, esse lugar estava completamente destruído. O estudante bebeu água do cantil e decidiu que direção tomar. De longe, ouviu o que parecia ser uma unha raspando ao longo de um pente – o chamado característico de um sapo do deserto.

Liberdade, era isso o que ele sentia, liberdade total. No silêncio do deserto próximo e à sombra das ruínas dos grandes índios anasazi, ele estava em paz. Essa viagem fora dedicada ao anasazi, a cultura misteriosa que, aparentemente, havia desaparecido da noite para o dia, depois de habitar a área durante milhares de anos. Ele sentia uma forte afinidade espiritual com os índios do sudoeste, especialmente aqueles que tinham construído edifícios tão magníficos.

Ele também compartilhava com os anasazi o amor pela astronomia e o conhecimento dessa matéria; eles eram observadores sistemáticos da abóbada celeste e entendiam muito sobre o céu. Essa viagem até o desfiladeiro remoto tinha como finalidade procurar algo que ele só tinha visto em fotografias. Nas ruínas de Peñasco Blanco, com vista privilegiada para os leitos secos dos rios intermitentes de Chaco e Escavada, sobre uma pedra que se projetava acima das paredes escuras do desfiladeiro, via-se uma pintura indígena. Encontrada no início da década de 1970, por arqueólogos da Universidade do Novo México, retratava as imagens de uma Lua crescente, um disco irradiado e uma mão. Depois de anos de estudo e reprodução do céu noturno de quando a pintura foi feita, desenvolveu-se a hipótese de que os anasazi tinham visto e relatado um acontecimento celestial espetacular: a explosão de uma estrela.

Na mesma época em que aquelas imagens foram pintadas, do outro lado do mundo, os astrônomos chineses documentaram o aparecimento de uma "estrela convidada", provavelmente a brilhante explosão de uma supernova, marcando a morte de uma estrela excepcionalmente volumosa. De acordo com os relatos deixados, a estrela convidada apareceu no dia 5 de julho de 1054. Naquele dia, o céu da madrugada resplandeceu com a estrela mais brilhante jamais vista pelos seres humanos. Os seus vestígios remanescentes tornaram-se a nebulosa do Caranguejo.

O jovem estudante esperava encontrar outra pintura ainda desconhecida da explosão da supernova. Apesar de cansado, seu entusiasmo o fez querer começar a busca da pintura naquela mesma hora. Estava ansioso para seguir as pegadas do artista original e colocar-se no seu lugar, olhando para o horizonte. Eletrizado ante esse pensamento, ele decidiu começar a busca imediatamente.

O rapaz acomodou a lanterna presa à cabeça, acendeu-a e ajustou o bisel engastado para direcionar a luz. Percorreu a pé o leito seco do rio. A temperatura caía rapidamente ao mesmo tempo que os paredões do desfiladeiro, erguidos como sentinelas silenciosas de cada lado do caminho, iam se escurecendo. Ele parou por um momento e contemplou o céu enquanto fechava o zíper da frente do casaco. As estrelas espalhavam um borrifo prateado na faixa visível do céu.

Finalmente, ele encontrou uma saliência baixa e começou a escalar, escorregando nos pedregulhos soltos. Recuperando o equilíbrio, avançou com mais cautela. A inclinação era gradual, mas ele imaginava sob a suave luz do luar que o leito seco do rio inclinava-se cada vez mais para baixo.

Depois de dez minutos de progresso constante, de repente ele chegou às ruínas de um *pueblo* escavado dentro de uma abertura estreita no paredão. Então, além da entrada, ele olhou para as ruínas de uma torre *kiva* que ele calculou que teria tido mais de nove metros de altura. Ela só poderia ser alcançada por precários pontos de apoio para as mãos e para os pés se continuasse na mesma direção. Em vez disso, ele empreendeu uma curva acentuada numa saliência que se estreitava enquanto contornava uma curva na parede do desfiladeiro. Ele chegou a uma saliência plana que se projetava ligeiramente cerca de trezentos metros acima da base do desfiladeiro antes de terminar abruptamente.

Ele achou que tinha escolhido o caminho errado. No instante em que se voltou para retornar pelo mesmo trajeto, a lanterna de cabeça iluminou o paredão à frente, captando algo com o facho que o fez parar na hora. Ali, logo abaixo da projeção de rocha, achava-se o objeto da sua busca. Ele sufocou ante a visão das cores vivas da pintura, que refletiam o brilho da luz. O índio que havia feito essa pintura ficou tão tocado pelo que viu no céu noturno que se sentiu compelido a preservá-lo para sempre.

Com as pontas dos dedos, o estudante traçou as imagens da lua crescente, uma estrela com inúmeros pontos, um signo do sol e a impressão de uma mão.

Ele olhou de volta na direção do horizonte para o lugar onde o evento magnífico tinha acontecido. A Lua estava alta, banhando a poeira do deserto de azul-pastel.

No instante em que registrou essa visão, ele ouviu um som desconhecido. A princípio, foi um som fraco, nada mais do que ele pensou tratar-se do vento do deserto varrendo as laterais do desfiladeiro.

De repente, ele perdeu o equilíbrio, oscilando contra a parede. Então seguiu-se o ruído surdo de um estrondo – baixo mas crescendo rapidamente enquanto a terra parecia gemer. A parede do desfiladeiro inclinou-se como se respirasse e o chão se enrugou, formando ondulações que passaram como grandes ondas do oceano.

O estrondo cresceu para um ribombar de rachaduras e enrugamentos – pedaços da parede se precipitaram como chuva. O rapaz voltou-se e correu o mais rápido que pôde pela descida. Às vezes o chão fugia sob os seus pés e ele desabava. Mas quase imediatamente a onda subia, atirando-o para a frente. Lutando com dificuldade para vencer o movimento líquido da terra, ele avançou arduamente pelo caminho até chegar à base e disparar pelo leito seco do rio. Finalmente livre dos detritos que caíam, ele se ajoelhou, sem fôlego, para observar o chão recuar e avançar, agitando-se e tremendo.

Então, ao longo da face do penhasco inclinado, ele ouviu um rumor enquanto toneladas de terra desabavam. Para o seu total espanto, quando a terra acabou de escoar, deixou exposta uma cavidade escura e ampla. Como se fossem abertas as cortinas do espetáculo numa peça de teatro, a pálida luz do luar revelou um cenário dramático de paredes imensas de pedra, passagens estreitas, escadarias íngremes e dezenas de janelas emolduradas de alvenaria de pedra. Só o que faltava eram os atores fantasmas movendo-se pelo palco no deserto.

Sozinho sob o toque do pincel prateado do céu, o estudante fitava de olhos arregalados enquanto inspirava o antigo sopro de ar vindo das ruínas. Agora ele sabia que o espírito dos grandes anasazis fazia parte dele para sempre.

* * *

Eli Luddington assistia com interesse ao noticiário noturno. Ele tinha recebido um telefonema na noite anterior contando-lhe sobre o terremoto antes que os relatos fossem ao ar. Equipes de cinegrafistas, repórteres e cientistas tinham esperado pela luz do dia para convergir ao local e verificar os danos. O tremor tinha causado um grande deslizamento de terra, cujo resultado pegou a todos de surpresa. Enquanto Eli ouvia a narrativa do repórter da televisão, a satisfação irrompia no seu íntimo.

– Um terremoto de 5,5 graus de magnitude abalou a superfície do deserto na noite passada numa região remota do Novo México – anunciava o apresentador. – Os sismólogos relataram que o epicentro foi localizado a cerca de cinqüenta quilômetros ao sul de Farmington. Embora não tenha sido um terremoto importante, ele causou um deslizamento de terra no paredão de um desfiladeiro, expondo uma descoberta fenomenal. As primeiras autoridades a chegar ao local que observaram e inspecionaram o cenário ficaram assombradas. O que descobriram foram as ruínas recém-expostas de uma antiga civilização nativa. Os relatos iniciais indicam que os arqueólogos e antropólogos estão completamente surpresos. Um jovem estudante de astronomia, que estava fazendo uma caminhada pela região, foi a única testemunha do acontecimento e não ficou ferido. Não houve relatos de vítimas.

– Até que enfim descobrimos o seu esconderijo secreto – suspirou Eli. Dirigindo-se ao seu bar particular, serviu-se de uma dose generosa de gim-tônica – quatro dedos de gim, dois dedos de tônica e gelo picado.

– A Mãe Natureza nunca nos decepciona – disse ele. Ergueu o copo e os olhos, como se pudesse ver através do teto. Não acalentou a bebida, mas engoliu-a em três goladas, esboçando um sorriso de satisfação enquanto o álcool descia pela garganta. Essa era uma notícia extraordinária.

Imediatamente, ele preparou para si outro gim-tônica, mas demorou para beber dessa vez, enquanto continuava a assistir às notícias sobre o tremor de terra. Assim que o segmento terminou, a campainha da porta da frente soou.

Eli tinha dispensado os empregados no início da noite, de modo que foi atender pessoalmente à porta, com a bebida na mão. Já sabia de quem se tratava – ele mesmo os tinha convocado.

Mariah e Richard Hapsburg esperavam no espaçoso pórtico de mármore à entrada da luxuosa casa de campo de Luddington.

– Eli, essa é uma notícia maravilhosa – adiantou-se Mariah, então beijou-lhe o rosto.

Eli convidou o casal para entrar.

– Precisamos comemorar – continuou ela.

– Boa noite – cumprimentou Richard, passando por Eli ao atravessar a porta.

– Você deveria estar mais feliz, Richard – comentou Eli, trancando a pesada porta de carvalho. – Hoje é um grande dia. – Passando pelo casal, continuou: – Deixe-me servir-lhes uma bebida.

Colocando o coquetel sobre o balcão do bar, examinou os rótulos de diversas garrafas de champanhe. Finalmente, escolhendo uma Salon Le Mesnil safra de 1983, estourou a rolha e limpou a espuma com um guardanapo de tecido branco que manteve no pescoço da garrafa.

– Mariah – disse Eli, despejando o champanhe numa taça Waterford estreita e estendendo-a para ela. – Richard? – indagou, erguendo a garrafa e as sobrancelhas.

– Com certeza – aceitou Richard. – Por que não?

– Esse é o espírito! – Eli encheu a taça com champanhe para Richard e retomou o gim-tônica. – Então nós finalmente chegamos a este momento. Sabíamos que restavam três placas das doze originais. Depois de encontrar a primeira no Peru, só restavam duas. De novo, quero elogiá-los pelo trabalho de vocês lá. – Eli guardou a garrafa num balde de champanhe de prata. – Meus queridos amigos, uma das duas placas ainda perdida quase certamente encontra-se nesse novo local tão convenientemente nos apresentado pelo terremoto. Há anos que vimos buscando extensamente as ruínas da região dos Quatro Cantos sem nenhum sucesso, sem nunca saber desse lugar mais secreto. Devemos encontrar a placa antes que alguém mais tenha essa oportunidade. Já providenciei junto ao Estado do Novo México e todas as autoridades locais pra que você, Richard, seja o chefe das escavações nesse sítio.

Mariah sorriu afetuosamente para Eli, e Eli retribuiu o sorriso.

– Mariah, você será a assistente – continuou Eli. – Quando encontrarem o artefato, me avisem e eu providenciarei para que seja destruído imediatamente. Como sempre, não daremos chances a ninguém mais de ver e decifrar a mensagem.

Mariah tomou o champanhe e ergueu a taça.

– E quanto à última placa? – quis saber Richard.

Eli compreendeu o puro prazer experimentado por Richard ao lembrá-lo da única placa em poder do inimigo. Era como passar uma lixa sobre o ego de Eli. Portanto, ele momentaneamente ignorou Richard, acariciando a face de Mariah com a ponta dos dedos. Ele virou a cabeça dela, passando o polegar sobre a pálpebra dela, antes de acariciar-lhe a outra face. – Esplêndido – comentou.

Mariah segurou a mão dele contra a face, então pressionou as costas da mão contra os lábios e a beijou. – Obrigada, Eli. Nunca esquecerei.

Eli finalmente voltou-se para Richard.

– Tome cuidado com a Cotten Stone – advertiu, considerando a pergunta de Richard sobre a última placa. – Ela logo vai receber a chave do segredo.

* * *

No seu Cadillac, no caminho de volta para casa na cidade, Mariah deu um tapinha na coxa de Richard.

– Por que estava tão mal-humorado?

– Você sabe por quê – respondeu ele, dirigindo o carro esporte pela estrada com árvores de ambos os lados. – Ele me irrita demais. Sempre tocando em você... e você... quando ele se aproxima, você se transforma em alguém que eu não conheço. Como se gostasse dele. Você o incentiva. – Ele fez uma pausa, observando-a. – Não, deixe eu me expressar melhor. Você provoca o Eli, fazendo-o pensar que se eu não estivesse por perto, transaria com ele até ele infartar. E para falar a verdade, às vezes eu gostaria que isso acontecesse.

Mariah disse:

– Olhe para mim.

Richard balançou a cabeça.

– Richard, olhe para mim. Olhe para o meu rosto.

Ele finalmente tirou os olhos da estrada por um instante e olhou para ela.

– Sempre serei grata ao Eli. Devo tudo a ele. Pode ser que você nunca compreenda, porque não me viu depois do acidente.

– Isso poderia não fazer diferença para mim, Mariah. Você sabe...

Ela o interrompeu.

– Nunca me peça para negar nada ao Eli. – Ela falava com firmeza, marcando bem as palavras. – Eu o amo, mas não da mesma maneira que amo você, meu marido. Você serve a ele porque esse é o seu legado, está no seu sangue. Você não tem escolha quanto a isso. Eu fiz conscientemente a escolha de servir a ele. Nunca se esqueça, Eli me tirou de entre os mortos.

* * *

Mas que diabos, quais eram mesmo os nomes deles?, pensou Cotten, tentando lembrar-se do pessoal que fazia parte da equipe americana de Edelman. Edelman disse que tinha falado com eles pelo telefone via satélite sobre a placa. Eles poderiam responder sobre a existência do artefato e podiam ser a resposta ao que tinha acontecido no Peru. Todos os que a viram estavam mortos. Assim como o piloto naquele vôo da Virgin Atlantic, eles enlouqueceram e se suicidaram.

Quem sabe esses fulanos, quais eram mesmo os nomes deles?, pudessem verificar a placa. E talvez Edelman tivesse descrito a segunda parte da mensagem bem o bastante para que tenham tomado nota ou feito esboços sobre as inscrições.

Quais eram os nomes deles?

– M... – disse Cotten em voz alta. O nome da mulher começava com a letra M. Ela desfiou uma lista de nomes. – Mary, Maureen, Marilyn, Mindy, Margaret. M, M, M. Maria. – De repente, lhe ocorreu. – Mariah. Mariah e Richard Hapsburg. Mas não conseguia se lembrar se eram ligados a Yale ou Harvard. Era o mesmo lugar em que estavam guardados os registros do grande explorador Hiram Bingham.

Cotten abriu o navegador da Internet e buscou o nome "Hiram Bingham" no site de busca Google. Foi nos antigos arquivos de Bingham que Richard chegou à menção do local e depois foi para lá com Edelman para investigar.

– Na mosca! – exclamou Cotten, encontrando a biografia de Bingham no *website* da Universidade de Yale.

Depois de combinar a busca na Internet com 411 informações, ela localizou Richard Hapsburg em Woodbridge, um subúrbio próximo a New Haven.

Cotten acomodou a almofada no colo, pousou o telefone sobre ela e discou o número.

A voz que atendeu surpreendeu Cotten. Ela era quente e jovial, nada coerente com a pessoa "empoeirada" que ela imaginava.

– Alô? – disse Cotten. – O meu nome é Cotten Stone e estou tentando localizar o doutor Richard Hapsburg ou Mariah Hapsburg. – Ela hesitou, esperando que a mulher do outro lado da linha se identificasse como Mariah Hapsburg. Mas a linha ficou silenciosa, então Cotten continuou. – Estive numa escavação arqueológica no Peru com o doutor Carl Edelman. Eu estava lá para fazer uma reportagem, mas os Hapsburgs já haviam partido e não tive a oportunidade de conhecê-los. – Cotten fez outra pausa.

Nada.

– Poderia me ajudar? A senhora sabe como posso entrar em contato com eles?

– Eu sou Mariah Hapsburg – afirmou a mulher.

– Ah, graças a Deus! – disse Cotten. – Estou feliz em poder falar com a senhora.

Cotten explicou como achava que todo o massacre-suicídio era devido a um artefato que Edelman havia encontrado... uma placa de cristal. Ela queria saber se Edelman a tinha descrito em detalhes para ela ou para o marido.

– Edelman decifrou parte da mensagem inscrita na placa. Mas pensava que a segunda parte era uma possível reprodução de um quipo. Ele precisava de especialistas como os senhores para...

– Não faço a menor idéia do que você está falando – disse a mulher antes de desligar.

Os Jardins

– Agente Wyatt? – perguntou o jovem seminarista que usava uma batina preta.

– Sou eu – respondeu Wyatt. Ele estava sentado numa poltrona estofada de espaldar alto na área de espera do quinto andar do Palácio do Governo do Estado do Vaticano.

O seminarista estendeu-lhe uma pasta vermelha.

– Por favor, analise isto – pediu ele. – Alguém virá recebê-lo num instante.

Wyatt olhou para a capa da pasta. Em letras brancas em destaque lia-se a palavra SEGUNDA-FEIRA, seguida por PARA A LEITURA DE THOMAS WYATT. Ele percebeu o quanto estava cansado, tendo acabado de chegar de uma exaustiva viagem desde Washington, D.C., durante a qual apenas cochilara superficialmente. Fosse qual fosse o motivo pelo qual tinha sido chamado a Roma, ele devia ser importante.

Enquanto esperava, Wyatt desatou as três presilhas de metal da pasta vermelha e abriu-a. No alto da primeira página via-se o logotipo e o cabeçalho da Central Intelligence Agency. Seguia-se um resumo dos assuntos tratados:

Homens-bomba e ataques em Israel.
Carro-bomba explode na Espanha depois de advertência do ETA.

Comandante do Talibã surpreendido e morto.
Acusação de maus-tratos por militares numa prisão do Iraque.
Enviado americano para assuntos nucleares deixa a Coréia do Norte sem acordo.
Ataque por míssil mata líder do Hamas.
Líder somali da al-Qaeda condenado.
Taxas de suicídio em ascensão.

Wyatt passou imediatamente para o informe sobre as taxas de suicídio.

A taxa global de suicídio entre jovens aumentou 248% nos últimos doze meses em todo o mundo. O suicídio é a segunda maior causa de morte entre todos os homens dos Estados Unidos, depois de ser a oitava apenas doze meses atrás. Em 2004, mais de 30.500 mortes foram atribuídas ao suicídio. Em todo o mundo, as taxas crescem rapidamente. De acordo com os últimos índices oficiais publicados pela Organização Mundial da Saúde e pelos centros nacionais de estatística, as taxas de suicídio entre os países designados aumentam a taxas alarmantes. Desde o início do registro oficial, a Hungria tem sido o país com as maiores taxas de suicídio da Europa (se não do mundo). A Hungria, porém, foi recentemente ultrapassada por alguns dos estados russos e bálticos. As maiores taxas entre o sexo masculino são encontradas na Lituânia, na Federação Russa, na Letônia, na Estônia, na Bielo-Rússia e na Hungria, todas mostrando um aumento superior a 500% em apenas doze meses.

Wyatt levantou os olhos ao som de passos se aproximando pelo piso de mármore.

O arcebispo John Tyler, o prelado da Comissão Pontifícia para a Arqueologia Sagrada, apresentou-se e se desculpou pelo atraso.

– Espero que tenha tido a oportunidade de examinar os documentos, Thomas – observou ele, indicando com um movimento de cabeça a pasta que Wyatt tinha nas mãos.

– Superficialmente.

– Algum assunto urgente necessita da sua atenção?

Wyatt disse:

– Em que posso ajudar?

– Vamos dar uma caminhada – propôs Tyler, indicando a porta aberta.

Os dois homens saíram e encaminharam-se para o elevador do prédio. No térreo, Tyler mostrou o caminho para a entrada dos fundos que dava para os antigos Jardins do Vaticano.

– Nos tempos medievais, os jardins eram parreirais e pomares que se estendiam para o norte do Palácio Apostólico – disse John. – Em 1279, o papa Nicolau II fechou a área com muros altos de pedra.

– Maravilha – observou Wyatt.

Logo os dois homens se aproximaram da réplica da gruta de Lourdes. Pelo caminho, passaram por dezenas de homens em trajes pretos caminhando entre sebes e fontes. Wyatt presumiu que se tratava do pessoal da segurança – mas para quem?

Cerca de cem metros adiante pelo caminho, Wyatt viu um homem sentado sozinho num banco com uma volumosa pasta vermelha no colo. Parecia estar lendo atentamente quando se aproximaram, com se fosse o executivo de uma empresa num intervalo de uma conferência empresarial. O cabelo dele era branco, assim como o pulôver que usava por dentro das calças escuras. Quando Tyler e Wyatt se aproximaram, o homem elevou o olhar.

– John, bom dia! Não somos abençoados por poder desfrutar de um dia glorioso como este?

– Vossa Santidade – respondeu John Tyler, caindo sobre um joelho, tomando a mão estendida do papa e beijando o anel papal. Tyler depois se levantou e deu um passo para o lado.

– Gostaria que conhecesse Thomas Wyatt, um experiente analista de informações e o mais recente integrante do Venatori.

Thomas Wyatt tentou disfarçar a surpresa e o assombro. Estava totalmente despreparado para isso. A última coisa que esperava era conhecer o líder espiritual de um bilhão de católicos romanos e, politicamente, o chefe de estado da Cidade do Vaticano – especialmente vestido de modo tão informal.

– Thomas, obrigado por ter vindo – disse o papa, fechando a pasta. Assim como aquela que Wyatt tinha recebido anteriormente; a dele também tinha o título SEGUNDA-FEIRA, mas nessa se lia PARA A LEITURA DO PONTÍFICE.

– Vossa Santidade – disse Thomas Wyatt.

O papa se levantou e, com a pasta embaixo do braço, conduziu os dois homens pelo caminho que passava pela maior das noventa fontes encontradas em todos os Jardins do Vaticano, finalmente parando à sombra de uma grande palmeira. Ali, ele se voltou para ambos.

– Thomas, estamos com um problema.

Sombras de Fantasmas

O papa fez um gesto na direção de dois bancos de pedra à sombra, alguns passos para fora do jardim. Depois que os três homens se sentaram, ele disse:

– Thomas, sei que já viu uma cópia disto. – Ele segurou a pasta vermelha. Em seguida, deixou a pasta com as informações sobre o banco. – Como você sabe, estamos enfrentando um aumento crescente no número de suicídios em todo o mundo já faz algum tempo. Mas, desta vez, os números chegaram a um nível sem precedentes. – Ele olhou para o arcebispo Tyler. – Acreditamos que isso esteja vinculado a algo em que John vem trabalhando... algo um pouco fora do comum. – Olhando para Wyatt, o pontífice acrescentou. – Antes de mais nada, diga-me qual é a situação de Eli Luddington e dos colaboradores dele, Richard e Mariah Hapsburg.

– Ao longo dos últimos dias tem havido uma atividade intensa – disse Wyatt. – Os meus contatos no FBI relataram que logo depois das notícias sobre o tremor no Novo México, Luddington apressou-se a providenciar para que os Hapsburgs fossem para lá e começassem a escavação. Ele tem muita influência e, de algum modo, conseguiu barrar todas as universidades e organizações arqueológicas estatais. Os Hapsburgs e a sua equipe estão a caminho do local neste exato momento em que conversamos. Duvido que tenham tido tempo sequer de fazer as malas, tal foi a pressa com que partiram. – Ele olhou para Tyler. – O que há de tão importante nesse novo sítio?

– Você se lembra da repórter de televisão Cotten Stone? – Tyler perguntou a Wyatt.

– É claro, Vossa Excelência. Ela, juntamente com o senhor, entregaram o Santo Graal ao Vaticano cerca de três anos atrás. Ela chegou a manter um perfil de grande destaque no noticiário sensacionalista vinculado à religião. Fiquei particularmente impressionado com a descoberta dela na Terra Santa das trinta peças de prata que Judas recebeu para trair o Cristo. No entanto, ela tem passado por uma fase de má sorte que tem cobrado um alto preço. A meu ver foi aquela suposta fraude com um fóssil inventado que finalmente a prejudicou.

– Aquilo foi uma armação visando destruir a credibilidade dela – afirmou Tyler.

– Armação por parte de quem? – quis saber Wyatt.

– Da mesma organização que tentou a clonagem de Cristo usando o DNA Dele preservado no Cálice de Cristo – observou o papa.

– Mas o que isso tem a ver com a disparada nas taxas de suicídio? – indagou Wyatt.

– Estamos chegando lá, Thomas – acrescentou o pontífice. – Você acompanhou o recente incidente envolvendo a senhorita Stone no Peru?

– Sim – afirmou Wyatt. – Algo ligado a diversas pessoas que supostamente teriam cometido suicídio em massa... – Ele olhou para a medieval Torre de São João à distância e os seus pensamentos se concatenaram. – Está tudo ligado, não é mesmo?

O papa inclinou a cabeça confirmando.

– Cotten Stone foi a única sobrevivente do incidente – observou Tyler. – Todos morreram pelas próprias mãos.

– É estranho que apenas ela tenha sobrevivido – comentou Wyatt.

– Você vai entender num instante – observou o pontífice. – O que vou lhe dizer não se baseia na ciência nem nos fatos, mas no mito e na fé. Neste assunto pelo menos você vai precisar confiar em mim. Pode fazer isso? – Ele dirigiu a Thomas Wyatt um olhar de apreensão.

– Mas é claro, Vossa Santidade. – Wyatt sentiu uma agulhada de incerteza no íntimo. Desde que assumira o emprego na Venatori, tinha a impressão de que esse dia chegaria... um dia em que os seus encargos o levariam a um ponto de onde nunca mais voltaria, num mundo que poucos conheciam ou tinham coragem de conhecer. Ele estava prestes a cruzar o limite.

– Cotten Stone não é como todos nós – disse Tyler. – Ela é...

– Ela é a filha de um anjo – afirmou o pontífice.

– O que disse? – indagou Wyatt, exalando o ar dos pulmões.

O papa ergueu a mão.

– Paciência, Thomas.

Tyler explicou.

– O pai de Cotten Stone era Furmiel, o anjo da 11ª Hora. Furmiel decidiu desistir dos anjos rebeldes comandados por Lúcifer na grande Batalha do Céu. No final, eles foram derrotados e expulsos. Na Bíblia, eles foram chamados de os Caídos... os Nefilins. Ao longo das eras, Furmiel se arrependeu e pediu perdão a Deus. O Todo-Poderoso aceitou o arrependimento dele, mas não aceitou Furmiel de volta ao Paraíso. Em vez disso, ele tornou Furmiel mortal e lhe deu duas filhas gêmeas... uma para nascer e ocupar o lugar do pai no Céu, e a outra para permanecer na Terra e fazer a vontade de Deus. A filha de Furmiel é Cotten Stone.

Wyatt olhou para o arcebispo Tyler antes de dirigir o olhar para o papa.

– Imagino que não me faria nenhum mal presumir que isso é uma espécie de piada ou teste? – Como nenhum dos homens respondeu, Wyatt continuou: – Muito bem. Digamos que eu aceite o que estão me contando. Onde tudo isso vai dar?

O papa respondeu.

– Eu lhe disse que tem a ver com algo em que John está trabalhando. Isso envolve um artefato que, acreditamos, possa ser encontrado no sítio recém-descoberto no Novo México. Esse artefato revela um segredo que nos dará toda a esperança de vencer essa guerra.

– Artefato? – indagou Wyatt.

– Uma placa de cristal – esclareceu Tyler. – Ela traz uma inscrição com uma mensagem escrita pela mão de Deus. Se encontrarmos o artefato primeiro, podemos usar as palavras de Deus para deter o Armagedom.

– Primeiro? – espantou-se Wyatt, balançando a cabeça confuso.

– O resultado da guerra, Thomas – lembrou o pontífice –, poderá ser determinado por quem possuir a placa. Se os nossos inimigos a obtiverem antes irão destruí-la mantendo, desse modo, o segredo oculto de todos nós.

– Então só existe essa única placa que precisamos encontrar? – Wyatt perguntou a John.

– Os mitos e lendas, mesmo um dos rolos encontrados no mar Morto, dizem que eram doze. Uma foi dada a Noé. As demais foram entregues aos líderes espirituais de diferentes civilizações ao redor do mundo antes do Grande Dilúvio. A placa descoberta mais recentemente foi a encontrada no Peru.

– No sítio onde se encontrava Cotten Stone? – indagou Wyatt.

– Exatamente – confirmou o papa.

Tyler continuou.

– Cada placa tem duas partes. A primeira nos informa como nos preparar para o Dilúvio, e a segunda guarda o segredo sobre como vencer a última batalha. Não sabemos exatamente qual é a segunda parte da mensagem, mas devemos supor que ela nos diz como deter o Fim dos Tempos.

– Mas se Stone estava no local, então ela deve ter visto a placa – observou Wyatt.

John Tyler concordou.

– Sim, mas ela não sabe descrevê-la com suficiente precisão. O melhor que ela pôde fazer foi dizer que ela se parecia com um desenho de nós numa corda como num quipo.

– Mas não existia nenhum quipo na época de Noé – lembrou Wyatt.

O papa sorriu.

– Não, não havia. E isso implica que Deus não esperava que a geração de Noé decifrasse a segunda parte da mensagem. Ele a escreveu para uma geração futura.

– Acreditamos que restem apenas duas placas – continuou John. – Uma, achamos que está nas antigas ruínas expostas pelo terremoto. O seu relato da recente atividade de Eli Luddington confirma as nossas suspeitas. As outras placas foram metodicamente encontradas e destruídas pelos nossos eternos inimigos.

– Mas o senhor disse que existem duas?

– Sim – disse John, olhando para o papa, depois para Wyatt. Fez uma pausa antes de prosseguir. – Existe outra.

– Onde? – indagou Wyatt.

– Não sabemos – admitiu o pontífice.

De novo, Wyatt balançou a cabeça.

– Permita-me contar-lhe um pouco de história – disse John. – Logo depois que Tito tomou a cidade de Jerusalém, em 70 d.C., um grupo de homens virtuosos formou uma organização. A tarefa deles era recuperar e proteger os documentos religiosos, relíquias, tesouros e segredos que tinham sido saqueados da grande cidade. Só pouco antes da primeira Cruzada foi que descobrimos o registro do nome da organização. O grupo era tão secreto que eles se referiam a si mesmos como *Ombres des Fantômes... Sombras de Fantasmas.*

– *Ombres des Fantômes?* – repetiu Wyatt. – Não é o selo da Venatori inscrito com a mesma declaração, só que em latim... *Umbrae Manium?*

– Correto – confirmou o papa. – Você é integrante de uma organização que tem as suas bases, por mais distantes que sejam, nos Sombras. Existe pouca documentação sobre eles, e o que existe está muito bem guardado aqui nos arquivos do Vaticano.

– Nós sabemos que uma das placas de cristal esteve nas mãos dos Sombras durante a primeira Cruzada, por volta do ano 1095. Durante gerações, a organização continuou a sua tarefa de proteger o tesouro e a placa. No século XIV, quando Filipe, o Justo, da França assumiu o poder, a ferocidade dos cruzados chegou ao ponto culminante e os Sombras perceberam que os objetos que guardaram com a vida estavam em perigo. Não só havia o exército dos Caídos... os Nefilins tentando pôr as mãos na placa... mas havia também o exército de homens de Filipe, o Justo. Reconhecendo a gravidade da ameaça à sua porta, os Sombras arquitetaram um plano. O líder deles pegou o tesouro reunido e o escondeu. Só ele sabia onde. Dessa maneira, nenhum dos integrantes poderia dizer a localização, mesmo sob tortura. O líder fez um juramento de que nunca divulgaria onde os tesouros haviam sido escondidos. Quando ele estava no leito de morte, no Languedoc, na França, muitos anos depois, sentiu-se angustiado com a idéia de que tudo se perdesse para sempre depois que ele se fosse. Assim, ele revelou a localização do tesouro ao seu sucessor, a pessoa em quem mais confiava, que proferiu o mesmo juramento quanto ao sigilo. Cada líder sucessivo dos Sombras carregou o fardo da localização do tesouro e do juramento. Isso perdurou até 1398, quando um líder dos Sombras, chamado Sir James Gunn, recuperou o tesouro e levou-o numa viagem à Nova Escócia, acompanhado do famoso aristocrata escocês Henry Sinclair.

– Os Sinclairs não eram ligados aos Cavaleiros Templários? – indagou Wyatt.

– Na verdade, muito – declarou John.

O papa disse:

– Isso foi mantido em segredo até que um punhado de três documentos foi encontrado enterrado sob uma pequena igreja em Orkney, na Escócia, em 1722. Dois dos documentos estavam em escrita cifrada e o papa Inocêncio contratou especialistas para decodificá-los. Um indicava a localização do tesouro e o outro documento dava orientações explícitas sobre como recuperá-lo. O terceiro documento era um mapa feito pelo famoso cartógrafo e cavaleiro templário Nicolos Zeno, outro companheiro que viajou com Sinclair e Gunn. O papa Inocêncio mandou imediatamente embarcações para um lugar chamado ilha Oak, na Nova Escócia.

– O famoso poço do tesouro da ilha Oak? – interveio Wyatt. – Pensei que se acreditava que ele teria sido cavado por piratas para esconder o seu tesouro. Pelo que eu li, a coisa toda é uma armadilha. Toda vez que alguém tenta escavá-lo, o poço inunda.

– É um disfarce – explicou John. – Gunn e os companheiros cavaram o poço do tesouro para o caso de alguém suspeitar do que estavam fazendo. Eles puseram todos os tipos de barreiras e obstáculos diabólicos dentro do poço para manter o interesse de quem o investigasse. A placa foi escondida em algum lugar da ilha.

– Imagino que a placa tenha sido recuperada – observou Wyatt.

– Sim – respondeu o papa. – Ela foi trazida para o Vaticano. Disseram-nos que a inscrição nessa placa foi feita numa língua muito antiga chamada enoquiana... que alguns consideram como a língua dos anjos, a língua que todos falavam antes de Babel... e, por causa da origem dela, a língua que Cotten Stone conhece. A exemplo das outras placas, ela dava instruções sobre os preparativos para o Grande Dilúvio. Mas havia uma segunda parte. Embora os lingüistas do Vaticano sejam capazes de traduzi-la, o conteúdo não fez o menor sentido para eles. Na melhor das hipóteses, eles aventaram que poderia se tratar de uma fórmula científica. O que está realmente escrito continua um mistério. Isso porque, em 1878, a placa e todos os registros, desenhos, documentos e traduções relativas a ela foram roubados. – O papa abriu a pasta vermelha e retirou uma folha de papel, amarelada e frágil. – Thomas, assim como Cotten Stone, você também tem um legado especial. Este é o principal motivo pelo qual escolhi você para se tornar um Venatori.

– Legado? Bem, eu asseguro que o meu pai não foi um anjo.

– Não, ele não foi – disse o papa. – Nem o seu pai nem o tataravô dele. Mas ele foi um ladrão. – O papa estendeu a folha de papel para Wyatt. – Foi isso o que ele deixou depois de roubar a placa de cristal.

O Chiado

Cotten não podia acreditar no que tinha ouvido, aquilo não fazia nenhum sentido. Os seus pensamentos se estilhaçaram em milhões de pedaços que ricochetearam dentro da cabeça. Mariah Hapsburg dizia que nunca tinha ouvido falar da placa de cristal.

Que placa? A maldita placa de cristal, essa era a placa, pensou Cotten. O que estaria acontecendo? Edelman tinha conversado com os Hapsburgs pelo telefone via satélite. Ele foi bem específico ao requisitar a presença dos especialistas no novo campo científico, especializado no quipo como um idioma, não simplesmente como um mecanismo de calcular, para examinar a placa. Ele tinha conversado com Richard sobre a impossibilidade tecnológica de fazer tal inscrição.

Cotten ficou sentada imóvel como uma rocha, sem se mexer e sem piscar, vasculhando, nas suas lembranças do Peru, as conversas que teve com Edelman, e sobre os pensamentos que havia tido na ocasião.

Alguns instantes depois, embora se esforçasse para se livrar das idéias, não conseguia. Aquele era o trabalho *dela*. Precisava ser. Ela não estava louca. O fóssil inventado e tudo mais daquele momento em diante foram forjados pelos Caídos, os Nefilins. John havia concordado com ela. Eles se aproveitaram de uma fase de egocentrismo dela, armando tudo aquilo para humilhá-la e desacreditá-la. Depois aconteceu tudo aquilo nas montanhas do Peru. Eles não conseguiram culpá-la de um crime, mas plantaram as sementes na mente dos seus colegas da imprensa e do mundo – prejudicando-a o suficiente para que nenhuma organização noticiosa respeitável do mundo lhe desse ouvidos ou acreditasse no que dizia – e eles fizeram isso com um único propósito em mente. Se estivesse no fundo do poço, ela não poderia combatê-los.

Quem acreditaria nas coisas que ela dissesse ou afirmasse? No que dizia respeito à placa, eles tinham eliminado quem quer que pudesse confirmar a existência do artefato. E considere-se a história da intoxicação alucinatória. Poderia haver o noticiário, mesmo com destaque, mas este seria desprezado. Por quê? Porque ela estava vinculada ao acontecimento.

– Ah, não! – lamentou-se ela, recostando-se no sofá.

No fundo, Cotten já sabia o motivo de isso estar acontecendo. *Conduzido pela filha de um anjo.* Algo na placa era sobre ela, a filha de Furmiel, *a única pessoa.* Eles não queriam que ela ou nenhuma outra pessoa soubesse o que estava inscrito ali.

Ela precisava ficar cara a cara com os Hapsburgs.

Cotten puxou o cabelo para trás, enrolando-o numa trança grossa na base do pescoço. Perguntaria a eles sobre a placa e sobre o que estava escrito nela. Olharia direto nos olhos deles. Como seria perscrutar nas janelas do Inferno?

* * *

No dia seguinte, Cotten tentou falar com os Hapsburgs de novo para marcar um encontro, mas foi em vão. Eles ignoraram os seus telefonemas, identificando-a no identificador de chamadas, imaginou ela. Ela atirou a almofada sobre a mesinha de centro e depois para o chão.

– Alguém me dê uma chance!

Descansou o queixo sobre o encosto do sofá e olhou pela janela através das brechas entre as palhetas da persiana. O bairro pulsava com o trânsito e pedestres em trajes de banho. Onde andaria o sujeito desconhecido, que certamente não alugava um apartamento por mês? Deveria ter arranjado um emprego ou encontrado um bairro melhor, pensou. Sorte dele.

Bem, se os Hapsburgs não atendiam ao telefone, então ela tomaria a iniciativa e apareceria na porta da casa deles. Poderia tomar um daqueles vôos sem regalias para Nova York e embarcar no trem para Connecticut. Aquilo daria uma bela mordida no seu já sobrecarregado cartão de crédito, mas ela precisava confrontá-los.

O pessoal de Yale deve saber como ela poderia entrar em contato com eles, concluiu.

Não foi tão fácil como ela imaginou a princípio. Foram necessários diversos telefonemas até encontrar alguém na universidade disposto a ajudá-la, e então ela teve uma pequena decepção.

– O doutor Hapsburg está em trabalho de campo – informou a mulher.

– Ele e a esposa vão ficar muito agradecidos por eu ter conversado com você – disse Cotten. – Estou tentando entrar em contato com eles com as últimas informações sobre o financiamento que eles solicitaram. São notícias boas. Você sabe como posso falar com eles?

Ante a notícia da liberação de um financiamento, a mulher ficou mais do que feliz de dizer-lhe que os Hapsburgs estavam no Novo México, num novo sítio arqueológico recém-descoberto.

– Droga – disse Cotten depois de desligar o telefone. Conseguir um vôo barato para Nova York era uma coisa, mas o Novo México era uma história muito diferente. Nem valia a pena consultar o valor das tarifas, ela sabia de antemão que não poderia pagar.

Desse modo, ela teria de tentar vender uma reportagem primeiro. Cotten nem se atrevia a tocar na história da intoxicação com alucinógenos, mas Tempest Star poderia conseguir umas manchetes.

De repente, Cotten teve uma idéia. Ela se lembrou de outro tablóide que andava lado a lado com o *National Courier* de Tempest Star, o *Galaxy Gazette*.

– Se não pode vencê-los, junte-se a eles – ponderou. Entraria no páreo para competir pessoalmente com a tolinha da Tempest.

* * *

Cotten puxava a mala de rodinhas pelo Four Corners Regional Airport. O *laptop* e a bolsa iam pendurados em ombros opostos. Tempest Star e o

National Courier não sabiam com quem estavam se metendo. Com o nome de Cotten e a idéia da reportagem, não demorou nem um instante para que o *Galaxy Gazette*, o principal concorrente do *National Courier*, mordesse a isca. No universo dos tablóides, o *Galaxy Gazette* era como uma empresa que, mesmo nunca conseguindo ser o número um no *ranking* do mercado, nunca desistia de tentar. Cotten Stone era um nome até bem familiar – bom ou ruim não importava, desde que pudesse atrair um público enorme. E o editor-chefe do *Galaxy Gazette* não esperou nem um segundo para admiti-la. Disse-lhe que ela daria um novo nível de classe e sofisticação ao *Gazette* que ele nunca seria capaz de alcançar com o pessoal atual sem um nome conhecido. Aproveitando a reputação dela nos temas religiosos e espirituais, ele queria que se concentrasse em reportagens que levassem o leitor a se aprofundar nos mistérios da vida – os mitos, as lendas e os desaparecimentos sem solução. Cotten sabia exatamente o que propor. Desde que tinha voltado do Peru, passou um tempo considerável ponderando sobre tudo o que o doutor Edelman lhe havia dito sobre as culturas antigas e como muitas tinham praticamente desaparecido no ar. Cotten sugeriu que a viagem ao Novo México fosse a primeira de uma série cobrindo o desaparecimento de antigas civilizações aparentemente da noite para o dia. O editor ficou empolgado. No fim da conversa, Cotten tinha a passagem para o Novo México e um pequeno, mas bem-vindo, adiantamento.

Além das passagens aéreas, a *Galaxy Gazette* pagara-lhe também o hotel, as refeições e o aluguel de um carro. Não eram apenas as manchetes que eles estariam vendendo. O editor sabia disso e Cotten também. Estariam vendendo tudo a que tinham direito e um pouco mais.

Cotten parou no balcão da locadora de automóveis e preencheu os formulários. A balconista entregou-lhe as chaves de um Dodge Neon. O *Gazette* optara pelo compacto em vez da economia. Nada como as pequenas regalias, pensou ela.

Cotten pegou as chaves e carregou a bagagem. Enquanto acomodava a alça do *laptop* no ombro, percebeu a presença de um homem à direita, parado logo após as portas de saída do aeroporto. Ela se voltou lentamente e se afastou.

Ela congelou e a alça escapou-lhe do ombro.

A recepcionista olhou para ela.

– Tudo bem com você?

Cotten correu para as portas.

– Ei, você! – ela gritou. – Pare!

O homem se deteve e a encarou.

A poucos centímetros de distância do homem desconhecido, aquele que não seria um mensalista no bairro dela, Cotten disse:

– Mas quem diabos é você e por que está me seguindo?

Uma voz atrás dela respondeu:

– Cotten Stone?

Ela virou-se para ver um homem alto usando calças *jeans* desbotadas e camiseta náutica de mangas compridas a alguns passos de distância. O cabelo escuro e uma pequena mecha grisalha em cada uma das têmporas. Na mão, ele segurava um telefone celular cuja campainha tinha acabado de tocar. Estendendo-o para ela, ele declarou:

– É pra você.

Demônios

Cotten hesitou antes de pegar o celular. Olhou para longe do estranho o tempo suficiente para pressionar a tecla do telefone antes de levá-lo ao ouvido.

– Alô – atendeu ela.

– Cotten.

Mesmo através da estática e da distorção da chamada de longa distância, a voz teve um instantâneo efeito calmante sobre ela.

– O que está acontecendo aqui, John? – indagou ela. – Quem são estes homens?

– Amigos, Cotten – falou John Tyler. – Amigos especiais que estão sob as minhas ordens. O homem que lhe entregou o celular é um integrante da segurança do Vaticano. O outro pertence ao nosso corpo diplomático. Ele está numa missão especial... tomar conta de você. Não quero explicar pelo telefone, mas acredite em mim quando lhe digo que pode confiar neles tanto quanto confia em mim. Você confia em mim, não confia?

Cotten imaginou-o sorrindo do outro lado da linha.

– De corpo e alma. Mas isso você já sabia.

– Sim – respondeu John, fazendo uma pausa, como se estivesse pensando em outra coisa.

Cotten queria falar mais também. Que ninguém mais a conhecia tanto quanto ele. Que sentia a falta dele.

Finalmente, John tornou a falar.

– Eles explicarão tudo a você. Estarei aqui se precisar de mim.

Ela precisava dele ali naquele momento, percebeu quando desligou o telefone e o devolveu ao desconhecido.

Ele guardou o aparelho no bolso antes de estender-lhe a mão.

– Cotten, eu sou Thomas Wyatt. Este aqui é o monsenhor Philip Duchamp, assistente do arcebispo Filipe Montiagro, o núncio apostólico do Vaticano. Precisa de ajuda com a bagagem?

* * *

Mariah Hapsburg estava na base do penhasco, observando as ruínas nativas acima. O Sol poente banhava os elevados paredões de rocha, planaltos e mesas com uma impressionante luminosidade dourado-arroxeada. O ventou subiu pelo desfiladeiro e atirou o cabelo dela sobre a face... ela inspirou o ar cortante e árido do deserto. A pulsação dela se acelerou quando percebeu que seria a primeira pessoa a caminhar entre as construções antigas em talvez milhares de anos. Imaginou como teria sido o momento em que os habitantes desse lugar remoto seguiram as instruções da sua placa de cristal.

– No que você está pensando, meu amor? – indagou Richard Hapsburg vindo de trás e colocando-se ao lado da esposa.

A realidade da situação e o motivo pelo qual estavam ali tirou Mariah do seu devaneio. Isso fez também com que ela se lembrasse da meta suprema de ambos: impedir que alguém pudesse ter acesso de alguma maneira ao segredo da placa.

– Estava só tentando imaginar como deve ter sido viver aqui há tanto tempo. – Ela tocou o braço de Richard. – Vamos – disse, adiantando-se pelos escombros desmoronados até a entrada das ruínas.

Ela e Richard pareciam solitários naquele lugar desolado enquanto o Sol poente dava lugar ao anoitecer. Durante a longa viagem no jipe Land Rover para travessias em lugares ermos, passando por desfiladeiros e leitos secos de rios temporários até o local remoto, ela não viu ninguém – outro exemplo do poder de Eli Luddington. Ele havia conseguido manter afastados a imprensa, os acadêmicos e os caçadores de curiosidades. O poder a excitava, tanto mental quanto fisicamente. E ela estava cercada pelo poder. Mariah se considerava a mulher mais afortunada da Terra. Por muitas razões.

Eles passaram pelas primeiras das estruturas que Richard especulou terem sido construídas pelos chacoanos ou descendentes de uma das outras culturas pueblo, como os mogollon ou os hohokam. A área tinha sido habitada alternadamente por milhares de anos até que todos, literalmente, desapareceram da noite para o dia. Esse era um mistério que ainda era estudado pelos arqueólogos e antropólogos da região dos Four Corners, a região onde se encontram os estados americanos do Arizona, Novo México, Utah e Colorado. Um mistério para todos. Mas não para Richard. Nem para Eli. E nem para Mariah.

As paredes, portas e janelas estavam bem preservadas, desgastadas pelas forças da natureza ao longo dos séculos. Num ressalto rochoso próximo à base de uma parede, Mariah observou uma forma tubular estranha, cor de ferrugem, com a espessura do polegar dela, que parecia incrustado na parede de arenito.

– O que é isso?

– Toca de camarão fossilizada – esclareceu Richard.

– Camarão no Novo México?

– Aqui já foi parte da linha costeira de um mar raso interior. Não é incomum encontrar também dentes e barbatanas de tubarões no arenito local.

Mariah balançou a cabeça impressionada, tentando imaginar um oceano cobrindo aquele lugar seco e inóspito.

O que parecia restar de uma rua estreita levava a pequenos aposentos – as paredes espessas construídas precisamente. A única coisa que faltava, pensou Mariah enquanto corria a luz do lampião sobre cada abertura de porta, eram os móveis. Ela quase podia ouvir o rangido dos pés calçados com sandálias ao longo das passagens arenosas.

– Provavelmente a elite morava aqui – informou Richard, apontando o lampião para um aposento espaçoso. – Algumas áreas eram para morar, outras para trabalhar. Aquelas pessoas eram altamente sofisticadas e bem organizadas.

– E o que estamos procurando? – quis saber Mariah.

– Um lugar especial – informou Richard. – O qual eles consideravam um local sagrado.

– E como vamos reconhecê-lo?

– Você vai saber.

* * *

Cotten Stone estava sentada em frente de Thomas Wyatt e do monsenhor Duchamp numa mesa nos fundos de um restaurante na zona leste da cidade. Ela tomou um gole quente do chá verde e olhava de tempos em tempos através da janela. No lusco-fusco do pôr-do-sol, podia-se ver o seu Dodge Neon estacionado ao lado do utilitário esportivo Chevy Tahoe de Wyatt.

– Venatori? – disse ela, olhando para Wyatt. – Nome interessante. O que significa?

– Caçador – explicou ele.

– Quando eu trabalhava para a SNN, ouvi uma vez esse nome. Tratava-se de uma reportagem sobre um integrante da Guarda Suíça que matou um agente Venatori no Vaticano e depois cometeu suicídio. Obtivemos muito pouca informação. Vocês lá guardam tudo no bolsinho do colete, hein?

– Isso tem a ver com a natureza do negócio deles – interveio Duchamp.

– E que negócio é esse? – indagou Cotten.

– Análise de informações – explicou Wyatt.

– Um tipo de CIA sacra? – arriscou ela.

Wyatt sorriu.

– Mais ou menos.

– Eu ainda não entendo por que preciso da sua ajuda. Estou aqui para fazer uma reportagem para o *Galaxy Gazette.*

– E você quer informações sobre a placa de cristal – disse Wyatt.

Cotten colocou a xícara sobre a mesa.

– John lhe contou?

– Ele disse que você viu aquela que estava no Peru – afirmou Wyatt.

Endireitando-se no assento, ela disse:

– Pelo modo como o senhor fala, devem existir outras.

– No total, acreditamos que existiam doze – afirmou Wyatt.

Talvez aqueles dois homens pudessem ajudá-la, afinal de contas, pensou ela. Se a ajudassem a provar a existência da placa peruana, ela poderia estar cada vez mais perto de ter sua credibilidade e vida de volta. E o mais importante, eles poderiam ajudá-la a descobrir mais sobre as inscrições que se referiam a ela.

– Por que doze? – Cotten quis saber.

– Não temos certeza – disse Duchamp. – O número doze representa um papel importante na história: doze meses num ano, doze tribos de Israel, doze Apóstolos, doze signos do zodíaco. E no Apocalipse, no capítulo doze, versículo primeiro, fala-se de uma mulher que aparece nos Dias Finais vestida com o Sol, a Lua sob os pés e uma coroa de doze estrelas.

– E os doze dias do Natal – acrescentou Cotten com uma risada nervosa.

Duchamp alisou o peito.

– Quanto a isso, existem doze pares de costelas humanas, doze articulações principais no corpo humano.

– E doze ordens de anjos – acrescentou Wyatt.

Uma onda de ansiedade correu por dentro dela.

– Encontramos referências a doze placas de cristal em diversos documentos antigos – disse Duchamp. – A questão é que acreditamos que Deus entregou uma placa a Noé e a onze outros líderes espirituais de diferentes civilizações em todo o mundo para ajudá-los a salvar os seus fiéis da primeira purificação... o Grande Dilúvio. Também acreditamos que haja referências em cada placa predizendo uma purificação futura e como se preparar para ela. E achamos que uma dessas placas encontra-se nesse novo sítio arqueológico.

– Mas se a previsão de uma purificação futura estivesse na placa entregue a Noé na época – argumentou Cotten – por que a pressa? Como sabem que ela não se refere a algo que acontecerá a centenas ou até mesmo milhares de anos a contar de agora?

– Por sua causa, Cotten – falou Wyatt.

Duchamp concordou.

– Por sua causa.

* * *

Richard Hapsburg parou e iluminou a passagem estreita à frente com a luz do lampião. Alguns metros à frente, via-se uma estrutura diferente das outras. Essa era circular – um *kiva*.

– É aqui? – indagou Mariah. Ela deixou o lampião no chão e pegou a lanterna na mochila que carregava nas costas. Varrendo o facho de luz pela superfície da parede alta de tijolos, ela ouviu a resposta de Richard.

– É – disse ele.

Richard entrou por uma porta alta que dava para um salão de cerca de 45 metros de diâmetro. Um poço para fogo feito de pedras lisas formava um círculo no meio do piso. Uma mancha escura ainda marcava o ponto onde milhares de fogueiras haviam sido acesas. Ao longo da parede mais afastada, no lado oposto ao da porta, repousava uma caixa de pedra retangular que parecia ter cerca de um metro de comprimento por pouco mais de um metro de largura, aberta em cima. Ela era feita de tijolos semelhantes aos das paredes das construções. Mariah e Richard olharam para dentro da caixa.

– Não há nada aí dentro – observou Mariah. – Só poeira.

Richard levantou o lampião e tirou uma colher de pedreiro triangular de dentro da mochila. Inclinou-se sobre a borda da caixa e afastou uma fina camada de poeira do fundo. Girando e socando com a ponta da ferramenta, Richard conseguiu penetrar na base da caixa alguns centímetros a mais. – Não há nada aqui – concluiu.

– Como vamos saber que este lugar não foi saqueado mais de mil anos atrás, Richard? E caso isso não tenha acontecido, eles não teriam guardado um objeto tão valioso como a placa num lugar mais seguro do que esta caixa? Ela me parece tão óbvia. Será que não escolheriam um lugar em que ninguém pensaria em procurar? Quem sabe nem mesmo neste prédio.

– Acredito que a manteriam aqui. Este era o santuário deles. O xamã vinha aqui para rezar, para fazer oferendas ao seu deus. Um solo sagrado que apenas ele podia pisar. Acredito que tenha mantido a fogueira sempre acesa para mostrar que o espírito das pessoas... – Richard endireitou-se e pegou o lampião que estava com Mariah. Ele manteve a luz sobre o círculo de pedras alinhado no chão. – Um lugar onde ninguém pensaria em procurar.

* * *

A viagem foi bem agitada no Chevrolet Tahoe com tração nas quatro rodas vencendo lentamente o percurso escorregadio no leito seco do rio intermitente por causa da areia e dos pedregulhos. À distância, Cotten observava as luzes dos faróis se projetarem sobre a paisagem desolada. O farol alto atraía insetos voadores que pareciam ter prazer em entregar a vida quando voavam na frente do veículo.

Cotten ia sentada no banco do passageiro enquanto Thomas Wyatt dirigia. Duchamp tinha ficado no seu hotel. Agora que Wyatt estava ali, o monsenhor tomaria um avião de volta a Washington no dia seguinte.

– Como sabe a localização desse lugar? – indagou Cotten, segurando no apoio de mão acima da porta.

– O terremoto e o deslizamento de terra ganharam o noticiário nacional. Eles deram detalhes específicos. Eu coloquei os dados no meu GPS. – Ele deu um tapinha no console do veículo, onde se via um aparelho de GPS manual. – Vamos precisar dele quando sairmos da estrada.

– E como pode ter certeza de que os Hapsburgs estarão lá nesse momento?

– Confie em mim, Cotten. Eles estarão lá.

Ela olhou para a vastidão do deserto e para as mesas prateadas pelo luar. Pensando em Yachaq, ela imaginou se haveria um local sagrado nesse ponto remoto que fosse parecido com aquele nas montanhas peruanas.

– O que John lhe contou a meu respeito? – quis saber ela.

– Que você é uma pessoa especial.

– Passamos por muita coisa juntos.

– Foi o que ouvi dizer. – Thomas Wyatt desligou os faróis do carro.

– Vamos depender da Lua cheia – disse ele enquanto saía da estrada de terra e entrava num amplo leito de rio seco. A viagem tornou-se imediatamente mais desconfortável.

– Qual é o problema? Por que não podemos simplesmente ir direto para o sítio?

– Está fechado. Eles não querem que ninguém chegue lá a não ser o pessoal deles.

– Quem são "eles"? – quis saber Cotten.

– Eli Luddington e a legião dele.

– Luddington!

– Ele faz parte do mesmo grupo que você enfrentou na conspiração do Graal. Os Hapsburgs são dois dos parceiros de Luddington.

– Ele mandou os Hapsburgs aqui para recuperar a placa?

Agora tudo fazia sentido para ela. Os Hapsburgs estiveram no Peru, e quando a placa foi encontrada, Edelman telefonou para eles. Eles eram o elo de ligação com tudo o que tinha acontecido naquela noite. Depois que se espalhou a notícia do achado da placa, os vaga-lumes... ou o que quer que fossem... foram enviados para destruí-la. Ninguém que tinha visto a placa continuou vivo. Ninguém a não ser ela... por causa de quem ela era.

A filha de Furmiel.

A filha de um Anjo Caído.

Meio Nefilim.

– Cotten, contaram-me coisas que não compreendi... talvez nunca venha a compreender. Mas o meu trabalho é ajudar você a se manter no caminho certo. Sei muita coisa sobre o comportamento humano. John me escolheu porque confia em mim. Ele sabe que você está passando por um momento difícil e talvez eu possa ajudar a amenizar alguns pontos um pouco.

– Então você é um psicanalista?

– Eu me pareço mais com um anjo da guarda.

* * *

De joelhos, Richard Hapsburg cavava com a ponta da colher no centro enegrecido do local da fogueira. Mariah acompanhava todos os movimentos dele por cima do ombro enquanto as camadas de sedimento e carvão eram afastadas. Alguns centímetros mais ao fundo, Richard bateu num objeto duro. Com um pincel de dez centímetros que tirou da mochila, ele limpou a superfície da laje de pedra. Ela media pouco mais de trinta centímetros quadrados e dentro dela estava pintada uma série de inscrições.

– O que significam? – quis saber Mariah.

– Este aqui é o símbolo do sol, este é o da terra, este da água e este do fogo... os elementos da vida. Aposto que é do período pré-chacoano.

– Parece mais um beco sem saída. Só uma pedra com petróglifos comuns.

Richard olhou para a mulher por cima do ombro.

– Acontece que você não tem paciência, não é mesmo?

Ela deu de ombros e observou enquanto ele limpava a poeira ao redor das bordas da laje. Quando conseguiu passar os dedos por baixo da pedra, ele a levantou. Resmungando, ele a ergueu e a moveu para fora.

– Mais poeira – comentou ela, olhando o que havia por baixo.

Richard olhou-a novamente antes de raspar cuidadosamente a colher em meio à poeira. Um instante depois, ele descobriu um outro objeto. Cuidadosamente, ele afastou a última camada de cinzas e o carvão com o pincel.

– Mais luz.

Mariah ergueu o lampião e prendeu a respiração. Ali, escondida embaixo da laje, por baixo da areia escura e socada do deserto, e por milhares de anos, a superfície da placa de cristal refletiu a luz como uma jóia refulgente.

Sempre com o máximo de cuidado, Richard afastou o resto de poeira e, delicadamente, liberou a placa com a ponta dos dedos. Segurando-a com firmeza, ele se levantou e olhou para aquilo que sabia ter sido criado pela mão de Deus.

Mariah levou a mão à boca, maravilhada.

A luz do lampião produzia um arco-íris iridescente que brotava da superfície da placa.

Hipnotizada pelo esplendor, Mariah disse:

– Que pena que algo tão belo precise ser destruído. – Ela correu os olhos pelas estranhas inscrições sobre a sua superfície, sabendo que se fosse capaz de decifrar o seu significado, ele revelaria o maior segredo jamais conhecido pela humanidade.

Como se pudesse ler os seus pensamentos, Richard disse:

– Não se prenda muito ao que possa estar escrito aí. Não é para nenhum de nós. A nossa tarefa é destruí-la antes que alguém decifre a mensagem. – Colocando a placa embaixo do braço, ele puxou o telefone via satélite do casaco e pressionou a discagem de memória. Um instante depois, quando Eli Luddington atendeu, Richard disse:

– Está feito.

* * *

– Isso não é normal – disse Thomas Wyatt.

Cotten estava perdida em seus pensamentos enquanto olhava pela janela da Tahoe. Fiapos de nuvens passavam pela Lua cheia. Ela se voltou para Wyatt.

– O quê?

– Neblina – disse ele. – Não é normal ter neblina brotando do chão num lugar seco como este.

Sob a luz da Lua, ela via a neblina descer pelo leito do riacho à frente deles. Ela parecia seguir na forma de ondas, passando em poucos minutos de um véu quase transparente para uma cortina impenetrável.

O medo cortou-a como uma lâmina, tirando-lhe o ar dos pulmões.

– Pare!

Wyatt pisou fundo no freio, mandando uma nuvem de poeira e sujeira para todas as direções. No mesmo instante, a neblina engoliu a Tahoe, criando um manto que parecia tão sólido quanto as escarpas ao redor deles. A única luz vinha das lâmpadas diminutas do console. Do lado de fora, a parede cinzenta se apertava contra as janelas.

– Ai, meu Deus! – exclamou Cotten, espremendo-se contra o assento. – Isto não pode estar acontecendo!

– O que não pode estar acontecendo? – quis saber Wyatt.

– Pare! – gritou Cotten, os punhos cerrados, os olhos apertados e a respiração rápida.

A neblina a tinha encontrado.

Então, assim como apareceu inexplicavelmente, a neblina se foi.

* * *

Mariah e Richard Hapsburg estavam de pé na entrada das ruínas sob o céu do deserto. Mariah observou o que parecia ser uma neblina vinda do chão se formar ao redor dos seus pés e girar ao redor dela. Em pouco tempo a neblina ficou mais espessa e cobriu todo o chão. Então ela os viu: minúsculos pontos de luz vindos pelo leito seco do rio, passando pelas paredes e escarpas do desfiladeiro. O número deles aumentou de um punhado para centenas, depois milhares – girando, rebrilhando, movendo-se em formação na direção de Mariah e do marido.

– Richard, o que está acontecendo? – gritou ela. – O que é isso?

– Fique quieta – disse ele. – Não tenha medo.

Ela observou o marido quando ele estendeu os braços e segurou a placa de cristal no alto. A massa de vaga-lumes envolveu-lhe as mãos, formando uma bola luminescente que envolveu a placa. A resplandecência tornou-se tão intensa que cegou Mariah. Ela sentiu o calor gerado pelos vaga-lumes tomar conta do rosto. Ouviu o sussurrar da formação deles até que aquilo se transformou num rugido.

De repente, ela percebeu que estava no meio de demônios.

* * *

A cerca de quatrocentos metros de distância dali, no alto de uma encosta estreita, Tempest Star estava deitada de bruços, observando a cena através de binóculos de longo alcance.

– Puta que pariu! – sussurrou ela. Virando-se para o fotógrafo deitado ao lado dela. – Você pegou tudo aquilo?

– Pode apostar que sim – retrucou ele, olhando através das lentes de 500 milímetros da câmera de visão noturna.

O Deserto Huaca

– Você se importa de me explicar o que realmente aconteceu lá? – perguntou Thomas Wyatt enquanto manobrava cuidadosamente o carro pelo leito seco do rio. Tinha acabado de passar da meia-noite e a luz da Lua cheia permitia que dirigisse com os faróis apagados.

Cotten respirou fundo enquanto observava as bordas íngremes dos penhascos passarem ao lado.

– Naquela noite nos Andes, pouco antes da morte de todos, o sítio de escavações foi inicialmente envolvido por uma neblina espessa. Sempre havia uma neblina na montanha naquela altitude, mas naquela noite estava estranhamente espessa... exatamente como aconteceu aqui.

– Mas não aconteceu nada aqui, Cotten. Foi apenas neblina... um fenômeno natural.

– No deserto? Até mesmo o senhor disse que era estranho.

– Então há mais umidade esta noite do que o normal. Mas uma neblina rara que brota do chão não significa que tenha acontecido algo sobrenatural.

Cotten virou-se para ele.

– Senhor Wyatt!

– Thomas.

– Certo, Thomas. Compreendo que você só está fazendo o seu trabalho, tentando fazer com que uma pessoa louca como eu veja as coisas racionalmente. Se o que eu testemunhei naquela noite no Peru faz de mim uma pessoa louca, então eu sou. E você não precisa definir "sobrenatural" para mim. Se alguém sabe o que significa isso, esse alguém sou eu. O mínimo que você poderia fazer seria reconhecer que tenho o direito de me retrair diante de coisas que me fazem lembrar daquela noite no Peru. Em vez disso, você está tentando me fazer parecer uma tola. Não gosto disso em...

– Cotten – interrompeu-a Wyatt –, você está enganada. Eu nunca disse que você é louca e não estou tentando fazer você parecer uma tola. Só estou tentando ter uma idéia de como foi esse momento estressante naquela ocasião. Se lhe dei outra impressão, então me desculpe. John Tyler me assegurou que...

De repente, Cotten inclinou-se para a frente.

– Aquilo era uma luz lá em cima? Não parece alguém com uma lanterna? – A cerca de quinhentos metros acima do leito seco, apareceu uma luz suave por um instante e depois desapareceu.

Wyatt puxou o freio de mão para parar o veículo sem acender as luzes do freio. Então desligou o motor.

– Aqui é o máximo que podemos chegar com o carro. Mesmo em marcha lenta alguém poderia ouvir o barulho do motor a mais de um quilômetro de distância. – Ele pegou duas lanternas do porta-luvas e tirou o GPS do console. – O resto do caminho é no pé dois.

– O quê? – indagou Cotten.

– Vamos a pé. Essa é uma expressão antiga. – Ele lhe estendeu uma das lanternas.

Wyatt desligou as luzes internas do carro, de modo que elas não acendessem quando eles abrissem as portas. Então saiu do assento do motorista.

– Fique em silêncio – sussurrou para Cotten. – E não acenda a lanterna a menos que seja absolutamente necessário.

Cotten fitou intensamente a noite enquanto um arrepio gelado percorreu o seu corpo. Por mais que quisesse encontrar os Hapsburgs e encontrar uma prova positiva de que uma ou mais placas de cristal existiam, estava com medo. E o que mais a aterrorizava era o que a placa diria a respeito da filha de um Anjo Caído. O que a fez pensar que a batalha havia sido ganha três anos atrás quando se confrontara com algo maligno, inexplicável? Será que ela realmente acreditava que os Caídos simplesmente desistiriam e desapareceriam? Eles nunca esqueceriam que fora ela que os impedira de usar os vestígios de DNA no Graal para clonar o Cristo. Ela tinha acabado com os planos deles de produzir um Segundo Advento profano. Eles nunca a perdoariam por isso. Ela deveria saber quando Yachaq se referiu a ela como Mayta, "a única pessoa", que isso continuaria para sempre. Ela *era* a única pessoa. O contrato que o pai dela tinha feito com Deus não poderia ser rompido. Ela devia aceitá-lo. Mas o frio da noite no desfiladeiro se entranhava nela, congelando a coragem e enchendo-a de medo.

– Você está bem? – perguntou-lhe Wyatt.

– Não muito – respondeu ela num sussurro.

Wyatt deu a volta para o lado do passageiro e abriu a porta.

– Eu diria para você ficar aqui enquanto vou até lá, Cotten, mas o John disse que as respostas que buscamos seriam dadas apenas a você, não a mim.

Ela olhou para Wyatt e piscou antes de deixar o assento. Ele estava certo. Ela não tinha escolha.

– Vamos superar tudo isso juntos – afirmou ele.

Lentamente, Wyatt abriu caminho para o leito seco do rio. A superfície estava coberta com pedregulhos soltos e rochas pontiagudas.

– Tenha cuidado. Levar uma queda por aqui não seria uma boa idéia – disse ele. Depois de caminharem algumas centenas de metros, ele verificou o GPS outra vez, como tinha feito várias vezes desde que havia deixado o veículo.

– Estamos perto.

Finalmente, eles chegaram à base onde o deslizamento de terra havia se espalhado. Na luz brilhante da Lua cheia, Cotten avistou os perfis das construções antigas que haviam sido reveladas pelo terremoto. Ela permaneceu ao lado de Wyatt, em silêncio, escutando, observando. A única coisa que ouvia era o vento suave do deserto serpenteando pela base dos penhascos.

Wyatt tirou uma pequena pistola automática de dentro do casaco.

– Tem alguma coisa errada.

– O quê?

– Está silencioso demais. Não há ninguém aqui.

– E isso não é uma coisa boa? – indagou Cotten.

– Deveríamos encontrar resistência neste momento. Luddington deveria ter fechado este lugar. Mas viemos direto. A menos...

– A menos que já tenham encontrado o que procuravam – completou Cotten.

– Exatamente. Estamos prestes a entrar nas ruínas e não há ninguém para nos impedir. Obviamente, Luddington deve ter chamado os seus guardas de volta porque eles não eram mais necessários. E amanhã, observe bem, ele vai fazer um pronunciamento filantrópico de que vai ajudar a financiar uma equipe universitária ou estatal a fazer as escavações no sítio. De repente, ele é um herói.

– Então você imagina que, se havia uma placa aqui, eles já a recuperaram?

– *Se* havia mesmo uma. Não temos certeza disso – disse Wyatt.

– Mas o contrário não seria verdadeiro? Se não tivessem encontrado, ainda estariam aqui. Levaria semanas para examinar o sítio, não é mesmo? Confie em mim, eu conheço esses caras, e eles não desistem facilmente.

– Acho que você está certa – concordou Wyatt.

Cotten reclinou-se contra um grande bloco de pedra.

– Sabe de uma coisa? Preciso conversar com os Hapsburgs. De algum modo, de algum jeito, preciso descobrir o que está escrito na placa.

– Você se lembra de como eram as inscrições naquela do Peru?

Cotten olhou para ele, o luar produzindo sombra embaixo do queixo quadrado.

– Pontos e linhas, uma porção de pontos e linhas. Como num quipo. É só disso que consigo me lembrar.

– É possível que uma placa encontrada aqui provavelmente não teria inscrições que lembrassem um quipo. O meu palpite é que seriam petróglifos. É o que os antigos que viveram por toda essa região teriam entendido. Mas nunca saberemos ficando longe. Está pronta para dar uma olhadinha lá dentro?

– Pra quê? Você e eu já sabemos que a placa foi encontrada.

– Chegamos até aqui e tudo indica que devemos ver o local com os nossos próprios olhos agora. Depois que a equipe de escavação chegar, não teremos outra oportunidade.

Relutantemente, Cotten concordou e fez sinal para ele seguir na frente.

Depois de abrir caminho com cuidado pelo terreno coberto de entulhos, eles se aproximaram do primeiro dos edifícios antigos.

– Incrível! – exclamou Cotten, admirando as estruturas de pedra que surgiam da escuridão iluminadas pela luz fraca.

– Mas assustador. Este lugar me dá calafrios.

Eles seguiram por um caminho que passava entre paredes grossas e salões vazios.

– Olhe isto – observou ela, iluminando uma das paredes com a lanterna. – Deve ter um metro de espessura. – Ela apontou o facho de luz para uma fenda entre as pedras. – Sem reboco. – Cotten olhou para Wyatt. – Os tijolos eram unidos com enorme precisão. A tecnologia e os conhecimentos artesanais deles são impressionantes.

– Nós somos uma civilização por demais presunçosa – comentou Wyatt. – Pensamos que somos avançados. Uma observação mais atenta de um lugar como este e você desenvolve um grande respeito pelas pessoas que o construíram.

– O período que passei no Peru me convenceu disso. É como se fôssemos uma partícula no universo... mas mesmo assim interligada.

– Isso faz a gente se sentir humilhado, não é?

– Muito – admitiu ela.

Seguindo em frente, eles deixaram para trás o que Cotten pensou tratar-se da rua principal e exploraram um aposento depois do outro entre as inúmeras construções.

– É como se quem viveu aqui um dia tivesse acordado e mudado para outro lugar para sempre – comentou Wyatt.

Cotten estremeceu, lembrando-se dos comentários que Edelman tinha feito sobre o mesmo assunto.

– Exatamente – disse ela. – Como as pessoas que habitavam o que hoje são as ruínas do Peru. Elas simplesmente desapareceram da noite para o dia.

Alguns passos adiante, eles pararam para explorar o que Cotten imaginou ser os aposentos de alguém. Quando entraram no salão passando pela porta em forma de "T", ela viu uma certa quantidade de potes de cerâmica quebrados amontoados num canto. De repente, ela sentiu uma tontura e quase perdeu o equilíbrio.

– Espere – pediu ela, com a voz baixa. – Acho que estamos mais alto do que eu imaginava. Sinto-me atordoada.

Wyatt pegou a mochila das costas e tirou uma garrafa de água.

– Não acho que esteja se sentindo assim por causa da altitude. Pelo menos não se trata do mal das alturas. Estamos a apenas uns 1.800 metros de altitude. – Ele estendeu-lhe a garrafa. – Beba um pouco.

Cotten recostou-se contra uma parede de pedra.

– Obrigada – disse. Ele estava certo. Não devia ser o mal das alturas. Mas alguma coisa havia feito com que ela perdesse o equilíbrio.

Wyatt continuou a dirigir o facho de luz da lanterna ao redor.

– Por que você não continua um pouco mais enquanto eu me sento aqui e descanso? – propôs ela. – Isso deve passar logo.

Wyatt deu uma risada.

– Sem problema. Você dá um tempo enquanto eu continuo a olhar por aí.

Cotten deixou-se cair sobre o piso empoeirado, ergueu os joelhos e descansou a cabeça sobre eles. Pouco a pouco, a tontura foi diminuindo. Ela bebeu outro gole de água antes de girar o facho de luz da lanterna e correr com ele pelos arredores. Seu olhar dirigiu-se para uma construção circular a alguns metros de distância. Olhou para ela por um momento até que sua curiosidade foi despertada. Aquela estrutura tinha algo que a destacava das demais.

– Thomas – ela chamou em voz baixa, não querendo chamar a atenção caso o pessoal de Luddington ainda estivesse por perto. Como Wyatt não respondeu, ela decidiu verificar a construção circular até que ele voltasse.

Cotten avançou sobre os pedaços de cascalho até a porta alta, usando o facho de luz da lanterna para iluminar o caminho à frente.

Dentro, ela viu o que imaginou ser um círculo de pedras circundando um poço para fogueira. Parecia que alguém tinha escavado recentemente a parte de dentro do seu interior enegrecido. Uma pedra plana com inscrições pintadas sobre a sua superfície jazia ao lado do buraco. Uma impressão deixada no fundo do buraco fez com que ela se enrijecesse. Era do mesmo tamanho e forma da placa de cristal peruana. A placa havia estado ali.

De repente, Cotten sentiu um surto de calor como o nascer do Sol no Peru. A seguir o seu corpo pareceu vibrar. Então ela concluiu que ali era uma *huaca* – um lugar sagrado. Cotten entrou no anel que envolvia o local para acender o fogo e imediatamente sentiu toda a tensão esvair-se pelo alto da cabeça e através das solas dos pés. Ela se viu flutuando num mar de luz. A luz líquida clara, perfeita, resplandecente. Ela penetrou-lhe até o íntimo através de cada poro e célula até que a encheu e começou a girar dentro dela.

Ela se concentrou intensamente. A luz banhava o seu centro, aumentando de volume e percorrendo cada fibra nervosa e vaso sangüíneo, possuindo as partículas mais minúsculas do seu ser.

Ela estava imersa.

Em comunhão com a luz.

Em comunhão com o universo.

Vozes antigas sussurravam orações.

Pisadas macias ecoavam ao redor dela.

Cantos distantes.

Então ela sentiu um calor intenso na face.

Vozes

Mariah Hapsburg entrou na água intensamente fumegante e apreciou a maneira como a massagem do banho fazia a sua pele vibrar – ou será que ainda experimentava a emoção do acontecimento extraordinário que se desenvolvera havia pouco próximo ao desfiladeiro Chaco? Fosse o que fosse não importava realmente. O fato era que se sentia muito viva. Muito excitada. Muito estimulada. De olhos fechados, sentiu a água correr pela cabeça, fluir pelo rosto e descer em cascata por todo o corpo em camadas quentes.

Richard nunca pareceu tão imponente do que quando permaneceu na entrada das ruínas naquela noite e estendeu a placa como uma oferenda. Como se tivesse o poder de apaziguar a besta. Ele parecia mais alto e corajoso, confiante e quase carismático. Estava claro que havia nascido para isso, que o legado dele era mais antigo que as gerações. Talvez aquela noite fosse um ritual que ele repetira diversas vezes. Richard parecia estar em casa – até mesmo à vontade – com o zumbido crescente e o redemoinho agitado das criaturas semelhantes a insetos. Ele não havia mostrado sinal de covardia, ao contrário, os vaga-lumes – uma presença mística – ampararam a sua confiança. Ele parecia transformado. O brilho daquelas criaturas iluminava a pele dele e, pela primeira vez, em muitos anos, ela viu como o rosto dele era atraente. As faces estavam em brasa e os vaga-lumes, tão ferozes e encantadores, provocaram nela o mais extraordinário e profundo desejo pelo marido.

Ela tocou a própria face, recordando-se das cicatrizes que a desfiguraram até que o seu salvador, Eli, conseguiu recompô-la novamente. As cicatrizes se foram, mas ainda assim o seu rosto e o seu corpo envelheceriam. Richard, porém, jamais envelheceria. Quanto tempo ainda até que ele não a considerasse mais desejável?

– Richard – ela sussurrou, pronunciando o nome com o sopro da respiração. Ele esperava por ela sobre a enorme cama de casal do quarto do hotel, a pouca distância do outro lado da porta do banheiro. Normalmente, pensar nele nunca a tinha despertado dessa maneira, mas nesta noite, em meio à absorvente levitação e destruição da placa, ela o via de maneira diferente. O calor puro que se irradiou dos vaga-lumes produziu uma torrente deliciosa por todo o corpo dela. Os vestígios daquela sensação permaneciam com ela até aquele momento.

Ela sussurrou o nome do marido como Anjo Caído – Rumjal – jogando a cabeça para trás e massageando o cabelo com o xampu. Rios de espuma escorreram sobre os ombros e o peito. Ela acompanhou o seu percurso com as mãos, descendo pela nuca e passando pelos seios. Aquela noite seria diferente. Ela não conduziria Richard durante o sexo, nem encontraria motivo para apressar o ato. Naquela noite, ela queria que ele a dominasse. E revelaria isso no calor do êxtase.

* * *

O calor no rosto de Cotten aumentou de intensidade até que ela reconheceu o que estava sentindo. Os vaga-lumes haviam estado ali. Ela sentia a presença deles – sentia o seu calor diabólico, escaldante. Restava até mesmo um fraco e duradouro cheiro de enxofre. E ao compreender isso, o rosto dela finalmente esfriou. Mas a boca de Cotten tornou-se seca como pedra-ume e o seu coração palpitava de encontro ao peito. Ela sabia que o mal supremo, absoluto, tinha estado naquele lugar.

Por um instante, Cotten sentiu-se distraída pelos pensamentos e começou a se elevar, deixando as profundezas da luz líquida. Ela fez um esforço para recuperar a concentração. Mas a luz que a preenchera fora se esvaindo irregularmente enquanto ela perdia a perfeição do momento.

Concentre-se, ela pensou. *Concentre-se na luz.*

Ela percebeu que tinha os olhos firmemente fechados e os seus punhos estavam cerrados. *Relaxe,* disse a si mesma, tentando afastar fios de pensamentos e a tensão. *Sinta-a correr. Deixe-a esvair-se silenciosamente pelas pontas dos dedos, pelas solas dos pés. Resquícios de tensão silenciosa, dissipando-se. Os pensamentos se esvaziando.*

Por fim, ela recuperou o estado mental alterado e sentiu-se tomada pela luz outra vez.

Um odor – não, uma fragrância – penetrou nas suas narinas. Agradável e exótico. Um perfume feminino? Tão refinada foi a sensação do aroma que ela separou a fragrância nos seus componentes: jasmim, lírio-do-vale, rosa, sândalo e outros que não conseguiu identificar.

Então, uma conversa distante ecoou como se reverberasse pelas ruínas antigas. Ela se concentrou, escutando, sintonizando a audição. As vozes de um homem e uma mulher. Frases e palavras desconexas. Uma conversa que havia acontecido dentro daquele prédio, mas não a voz dos antigos, como tinha sentido quando começou a jornada na luz líquida. Essa conversa era recente. Fresca.

Não há nada aqui. Só poeira. A voz da mulher.

...santo dos santos. O homem.

Está pronto.

Enquanto as vozes se perdiam, Cotten sentiu o cheiro do carvão e do solo recentemente perturbados. Um odor pesado, rançoso, tomou conta do ar frio. Sim, este era o lugar. Os Hapsburgs haviam estado ali. Encontraram a placa enterrada no poço da fogueira e os demônios a destruíram.

De repente, uma luz brilhante clareou o rosto de Cotten e ela protegeu os olhos com a mão.

– Thomas? – sussurrou.

– Bem, bem. – Era a voz de uma mulher. – Veja o que temos aqui. Ninguém menos do que a mundialmente famosa Cotten Stone.

Imagens Digitais

A luz da câmera cegou Cotten. Ela oscilou ligeiramente, com o equilíbrio abalado.

– Quem está aí? – perguntou.

– Uma das suas *maiores* admiradoras – informou a mulher, a voz carregada de sarcasmo.

Outra projeção de luz da câmera e Cotten compreendeu que havia pelo menos duas outras pessoas além dela no antigo local sagrado. Ela conseguiu levantar a lanterna e projetar a luz sobre os intrusos ao mesmo tempo que protegia os olhos com a outra mão.

– Eu perguntei quem é você. O que você quer?

– Talvez conseguir o seu autógrafo – disse uma voz masculina.

– Acho que não está valendo muito depois da viagem dela ao Peru – disse a mulher.

– Não se mexam! – a voz de Thomas Wyatt estrondeou através da estrutura. O estalido do cão da pistola automática soou asperamente e ecoou nas paredes de pedra do salão.

– Coloque a câmera bem devagar no chão, assim como as suas lanternas. Depois ponham as mãos atrás da cabeça, vocês dois.

Embora Cotten não pudesse vê-lo, ela sabia que a voz dele vinha da direção da entrada do salão.

Cotten dirigiu o facho de luz da lanterna para o rosto da mulher. Ela era alta, com quase um metro e oitenta, loura e bem formada, lembrando o corpo de Marilyn Monroe. Cotten imaginou que devia estar na casa dos 40. Ao lado dela estava um homem mais jovem, talvez com cerca de 25 anos se tanto, cabelo comprido preso num rabo-de-cavalo e óculos de aro grosso. Parecia não fazer a barba há uma semana.

– Foi pedido que vocês se identificassem – disse Wyatt, ainda oculto no lado escuro do aposento.

– Ah, pelo amor de Deus, vocês dois relaxem – disse a mulher. – Ninguém está correndo perigo aqui. – Ela ergueu os braços num gesto de rendição. – Sou Tempest Star do *National Courier* e este é Benesse, o meu fotógrafo. Estamos aqui apenas para cobrir a história sobre o terremoto e as ruínas dos índios. Vocês precisam se acalmar.

– À uma da madrugada? – estranhou Cotten. Ela não podia acreditar que Tempest Star, a mulher que a tinha difamado numa cobertura nacional de um tablóide, estivesse bem ali na sua frente. Adoraria esbofeteá-la.

– Durante o dia não conseguimos chegar nem perto deste lugar – observou Star. – Nem tampouco vocês, ao que parece. Queríamos obter um furo jornalístico...

– É isso aí, e olha que conseguimos um – disse Bennie, relaxando os braços também.

– Você considera a minha foto um furo de reportagem? – indagou Cotten.

– Não – disse Bennie. – A sua foto foi um prêmio adicional. O que vimos esta noite...

– Cale-se! – ordenou Star. Depois voltou-se para Cotten. – E poderia tirar essa luz do meu rosto, por favor?

Cotten baixou o facho de luz da lanterna.

– O que vocês viram esta noite?

O fotógrafo olhou obedientemente para Star.

– Na verdade, nada. Só uma porção de pedras e poeira. – Ele se inclinou para pegar a câmera. – Ah, e um ótimo retrato da senhorita Cotten Stone vasculhando algumas escavações de índios antigos.

– Então, Stone – disse Star, recuperando a lanterna – o que está fazendo aqui no meio da noite? Tentando fabricar outra reportagem forjada para salvar sua carreira?

Cotten cerrou as mandíbulas.

– Pelo menos eu tenho uma carreira para salvar. "Carreira" é uma palavra boa demais para caracterizar o que você faz...

Wyatt apareceu sob a luz das lanternas. Ele fez um sinal para a câmera digital.

– Vamos dar uma olhada nisso.

– Isto é propriedade particular – interveio Star, dando um passo para a frente.

Wyatt apontou a automática para ela.

– Ora, ora. Não vamos ser tão puristas. Você não vai querer que eu peça outra vez.

– Ainda não sei quem você é – disse Star para Wyatt –, mas já sei que é um verdadeiro pentelho.

– Pegue a câmera, Cotten – disse Wyatt.

Cotten tomou-a de Bennie e voltou para o lado de Wyatt. Ela examinou os controles por um momento antes de girar uma alavanca que fez com que a tela de cristal líquido se iluminasse. Enquanto Wyatt a observava, ela pressionou o botão para voltar as imagens na tela e repassou as imagens esverdeadas da visão noturna.

A primeira mostrava a mais recente foto que haviam batido, aquela com Cotten protegendo os olhos. Ali, ela parecia surpresa e assustada. Seguindo na ordem reversa, a imagem seguinte mostrava-a de pé, com os olhos fechados, no anel da fogueira. Então as imagens mudaram, primeiro para um homem e uma mulher caminhando de costas para a câmera, deixando as ruínas pelo leito seco do rio. A seguinte mostrava-os parados no alto do campo de entulhos próximo à entrada das ruínas. Na seguinte, via-se uma compacta bola brilhante amarela e branca. Cotten só podia imaginar o homem e a mulher parados próximos a ela. O homem parecia estender a mão para dentro da massa brilhante. Em seguida, via-se uma imagem do homem com os braços estendidos. A visão noturna era detalhada o bastante para mostrar que ele segurava um objeto que parecia ser a placa de cristal. A mulher permanecia em pé enquanto milhares de pontinhos luminosos giravam ao redor das pernas dela. A imagem final mostrava os dois caminhando para as ruínas a partir da crista do campo de entulho.

– Essa não é a coisa mais maluca que vocês já viram? – indagou Bennie.

– Quer fazer o favor de fechar esta maldita boca?! – exclamou Star.

– Talvez devamos ficar com a câmera – disse Cotten a Wyatt.

– E eu vou conseguir que você seja presa tão rápido que vai desejar estar de volta ao quartel-general da polícia em Cusco – ameaçou Star. Ela sorriu para Cotten.

Cotten olhou para Wyatt esperando uma orientação e ele fez um movimento com a cabeça para os dois.

– Faça o que ela disse, Cotten – observou Wyatt. – Você não precisa de mais publicidade negativa no momento. Ir presa logo na sua primeira missão para o *Gazette* não ficaria bem.

– O *Gazette*? – surpreendeu-se Star. – Você está trabalhando para o *Galaxy Gazette*? – Ela deu uma boa risada. – Eu sabia que eles eram de segunda linha mesmo!

– E quanto à câmera? – lembrou Bennie.

Cotten entregou-lhe. Depois disse para Wyatt.

– Não há nada aqui. Vamos embora.

– Boa idéia, docinho – disse Star. – Porque a grande notícia aqui é que Cotten Stone fez a sua primeira e última reportagem para o *Gazette* numa só noite. E saiu de mãos abanando. – Ela riu de novo. – Espero que tenha gostado das fotos que fizemos de você. Elas sairão na capa do *National Courier* na próxima edição.

– Vamos – disse Cotten a Wyatt, e caminhou para fora do *kiva*.

Ela ainda escutava as risadas de Star durante o caminho de volta para a entrada das ruínas. Quando Cotten e Wyatt chegaram à base do campo dos destroços e se encaminharam para o leito seco do rio intermitente na direção da Tahoe, ela disse:

– Você viu aquelas imagens?

– Sim, mas não faço a menor idéia do que era aquilo.

Cotten parou e olhou para Wyatt.

– Nem tampouco a Tempest Star. – Ela se virou para olhar na direção das ruínas. – Se ela tivesse alguma idéia, ainda estaria vomitando.

Transferência das Imagens

Tempest Star estava nua sob os lençóis no seu quarto. Não conseguia dormir com toda a excitação do que havia acontecido pouco antes nas ruínas. Ao lado dela, Bennie ressonava. *Deus, ele é bom*, pensou, olhando-o com admiração. Ela não tinha palavras que pudessem descrever o apetite sexual e o vigor do jovem. Mas, naquela noite, mesmo depois de fazerem sexo e ele mergulhar no sono, ela ainda não conseguia relaxar.

Alguma coisa a consumia por dentro... alguma coisa que não fazia sentido. O que ela havia visto naquela noite estava além de tudo o que ela já tinha presenciado – ou, no que dizia respeito a isso, fabricado. Qualquer pessoa que tivesse observado o que havia acontecido nas ruínas recém-descobertas ficaria perplexa, chocada, atordoada. E ainda assim, Cotten Stone não mostrou nenhuma reação quando viu as imagens da câmera de Bennie. A indiferença de Stone era estranha, pensou Tempest. E aquela falta de surpresa a denunciava. Sem dúvida Cotten Stone estava escondendo alguma coisa. Stone compreendia o significado das imagens, mas manteve-se fria e se afastou calmamente.

Tempest reconhecia o homem das fotos. Era o cientista da Universidade de Yale, Richard Hapsburg. Vira-o numa entrevista depois do incidente peruano, quando comentara sobre a perda do parceiro, o doutor Edelman. A mulher devia ser a esposa dele, Mariah. Ela era a rainha das colunas sociais com todos aqueles eventos para levantamento de fundos que promovia na Nova Inglaterra. Mariah Hapsburg era uma máquina de gerar dinheiro para o marido e os seus ambiciosos projetos arqueológicos.

Depois havia o benfeitor deles, Eli Luddington, que aparecia sempre no noticiário ao lado deles. Ele era uma figurinha carimbada. Bastava mexer uns pauzinhos e fazia as coisas acontecerem. Como um dos mais importantes negociantes de arte e antigüidades do mundo, ele era capaz de preencher um pedido para a galeria de um rei ou a coleção de um presidente antes que a maioria das pessoas tivesse tomado o café da manhã.

E, finalmente, o sujeito com a Stone – o homem misterioso. Tinha boa aparência, pelo que Tempest pôde ver. Gostaria de dar em cima dele mesmo que não fosse da faixa etária que ela preferia.

Nada se encaixava, pensou Tempest. Qual seria a ligação entre aquela estranha reunião de personagens e a luz mágica que apareceu no deserto – bolas de fogo, ondas de insetos revoluteantes e aquela neblina. De onde diabos vinha tudo aquilo? Neblina espessa no deserto, pelo amor de Deus. Precisaria criar uma história fantástica a partir das fotos apenas para o próximo artigo no *National Courier*. Normalmente, acontecia o contrário. Dessa vez, tinha o verdadeiro material nas próprias imagens. Espere só até o editor dela vê-las. Normalmente, o departamento de arte precisava retocar o material para completar a reportagem. Agora, ela simplesmente precisaria construir um texto chocante para fazer jus às fotos. Sairia como matéria de capa na edição da semana seguinte e...

De repente, Tempest ouviu um estalido seco na porta, como se alguém tentasse abri-la. Ela se sentou no quarto às escuras, o lençol escorregando sobre os seios nus. Sombras movendo-se pela luz tênue embaixo da porta revelaram movimento do outro lado. *Provavelmente um bêbado tentando entrar no quarto errado*, ela pensou. Ele perceberia o engano num instante.

Ela observou quando a sombra parou. Ruídos metálicos abafados vieram da porta. Alguém estaria forçando a fechadura?

Tempest ouviu a fechadura ceder com um clique alto e a porta se abriu. A luz invadiu o ambiente por trás das silhuetas de dois homens que correram na direção dela. Luzes fortes a cegaram.

Antes que Tempest tivesse tempo de gritar, uma mão forte tapou-lhe a boca.

– Mas o que... – murmurou Bennie enquanto tentava se sentar. Um joelho atingiu-o no peito e ele ofegou com falta de ar.

Tempest olhou para o rosto coberto com uma máscara de esqui do seu agressor antes que uma luz forte a fizesse fechar os olhos. A ponta de uma faca feriu-lhe a pele macia embaixo do queixo.

– Grite e eu abro a sua garganta – ameaçou o homem. – Em seguida eu corto fora o pau do seu menino. – Ele a empurrou de volta à cama, arreganhou-lhe as pernas e moveu o facho de luz dos olhos dela para os seios.

Uma mão enluvada acariciou-a e Tempest resmungou em protesto.

– Faça um ruído e eu a deixo com o peito liso. Você não vai gritar, vai? – perguntou ele, apertando a lâmina contra a pele dela.

Tempest balançou a cabeça. *Puta merda*, ele a estupraria e a cortaria em pedaços. Não haveria como se safar sem lutar. Num momento de fraqueza, ela o atingiria com o joelho e arranharia os olhos com as compridas unhas de acrílico. Se fosse para morrer, faria com que ele desejasse ter procurado outra pessoa.

– Onde está a câmera? – indagou o homem, diminuindo a pressão da faca.

Tempest engoliu em seco, mas apenas o ar desceu pela sua garganta. A boca estava inteiramente seca. A respiração saiu num suspiro de alívio. Os malditos não estavam ali para estuprá-la. Eles queriam a maldita câmera.

– Responda à pergunta – insistiu o segundo homem.

– Na sacola ao lado da escrivaninha – confessou Tempest.

– Viu como foi fácil? – Ele a largou e encaminhou-se para a escrivaninha. Agarrando a grande sacola preta da câmera de baixo da escrivaninha, ele abriu o zíper superior e tirou a câmera digital. Um instante depois a tela de cristal líquido se acendeu e ele examinou as imagens.

– Conseguimos – disse ele para o cúmplice.

– E quanto ao *laptop* deles? – lembrou o segundo homem, apontando para o computador sobre a escrivaninha. – Podem ter transferido as imagens.

– Pegue-o – ordenou o homem antes de desligar a câmera e retirar o cartão de memória. Em seguida atirou a câmera no chão e virou-se para Tempest. – Se alguma coisa disso sair no seu jornal, voltaremos aqui para terminar a nossa festinha de açougueiro.

Em questão de segundos, os dois homens saíam pela porta.

Tempest e Bennie ficaram deitados no escuro, respirando com dificuldade.

– Filhos da puta – xingou ela. Então tocou o pescoço no local onde estivera encostada a lâmina da faca. – Merda – protestou Tempest, virando-se para acender o abajur do criado-mudo. Os seus dedos estavam pegajosos e tingidos de vermelho.

Bennie olhou para ela.

– Minha Nossa, Tempest, ele cortou você. – Ele se sentou e voltou-se para o lado dela na cama. – Deixe-me ver – disse, secando o sangue do pescoço com o lençol.

– Acho que estou bem – disse ela. – Deve ter sido apenas um arranhão.

Bennie examinou o ferimento.

– Vamos lavar isso. – Ele rastejou para o outro lado da cama e pegou os óculos no criado-mudo. –Você acha que a Stone e o *Gazette* tiveram alguma coisa a ver com isso? – perguntou ele, encaminhando Tempest para o banheiro.

– Acho que eles não chegariam a esse extremo para conseguir as fotos. Agressão, arrombamento e invasão. Não vale a pena pelo tempo de prisão. – Ela acendeu a luz e examinou o pescoço no espelho.

Bennie umedeceu uma toalha de rosto e limpou delicadamente o sangue.

– Mas obviamente alguém as queria de verdade – admitiu Tempest, encolhendo-se quando o sabonete usado por Bennie fez arder o ferimento.

Ele enxaguou o pescoço dela e secou-o.

– Acho que nem precisa de curativo – observou ele.

Ela deu-lhe um tapinha no traseiro nu.

– Obrigada, docinho. – Tempest enrolou-se numa toalha antes de voltar para a cama. Antes, assegurou-se de que a porta estava travada e prendeu a corrente de segurança. – Devia ter feito isto desde o começo – concluiu.

– Nunca passei por esse tipo de coisa desde que comecei a trabalhar – observou Bennie, ao lado da cama e arrumando os lençóis. – Será que deveríamos ligar para a polícia?

– Não seja bobo. Sabe o que isso significaria? Estaríamos bem no meio de uma grande reportagem. Coisa de primeira página. – Ela olhou para a bolsa da câmera. – O problema é que nos ferraram levando o cartão de memória e o *laptop*.

– Nem tanto – disse Bennie.

Tempest parou na frente dele.

– Como assim?

Bennie sorriu para ela antes de tirar a toalha.

– É que enquanto você tomava o seu banho, entrei no servidor da produção e fiz a transferência das imagens.

Ela olhou para o rapaz e um sorriso sedutor iluminou-lhe o rosto. Tempest acariciou-lhe o peito e correu os dedos pela barriga, ajoelhando-se entre as pernas dele.

– Então você merece uma grande recompensa.

O Bilhete de Chauncey

Cotten chutou os sapatos para longe e sentou-se na borda da cama do motel enquanto Wyatt sentava-se na poltrona no lado oposto a ela. Ao lado dele, um balde de gelo juntamente com dois copos plásticos e duas latas de refrigerante descansavam sobre uma mesinha. Ele havia parado numa máquina de gelo próximo ao quarto dele antes de bater na porta de Cotten. Ele a observou enquanto ela enrolava o cabelo cor de chá numa trança e o prendia com uma presilha. De certa maneira, ela o fazia lembrar-se de Leah, pensou ele. Cotten era franzina como Leah, e mesmo quando tentava ser dura e confiante, deixava transparecer a sua inocência.

Leah.

Pensar na noiva produziu um gemido audível da sua garganta. Depois de toda a quimioterapia e do sofrimento que a acompanhava, no final, o linfoma acabou vencendo. Ele imaginou se conseguiria algum dia livrar-se da lembrança... da dor.

– Em que está pensando, tão sério? – indagou Cotten.

Wyatt piscou várias vezes.

– Você me lembra alguém que conheci.

– Ah! Alguém linda e maravilhosa, espero.

– Para falar a verdade, sim.

Cotten puxou o cobertor dos pés da cama e envolveu os ombros.

– Como pode o deserto ser tão quente durante o dia e tão frio quando o Sol se põe? Conheço a explicação científica, mas isso sempre contesta toda a minha lógica.

Wyatt despejou um pouco de gelo num dos copos e abriu a lata de refrigerante.

– Um chá quente ou algo mais forte realmente seria o ideal – comentou Cotten.

– Isto é o melhor que podemos conseguir – disse ele, despejando o refrigerante no copo. Estendeu-o para ela. Até mesmo as mãos dela lembravam as de Leah. Pequenas com dedos longos e delgados... mas sem o anel de noivado.

– Obrigada – disse ela. – Mas se é pra beber alguma coisa gelada, eu gostaria que fosse algo mais forte.

– Gosto de vodca, Stolichnaya. Qual é o seu veneno? – quis saber ele.

– Vodca Absolut.

– E eu que pensei que você fosse do tipo de garota que gostasse de gim.

Cotten riu.

– Você não é o primeiro que se engana comigo.

Wyatt despejou o seu refrigerante no copo e bebeu.

– Eu beberia qualquer coisa menos gim – confessou ele.

– Exagerou uma vez e sobreviveu para se arrepender?

– Na verdade, nunca experimentei.

– Então por que a aversão?

– É uma longa história – respondeu ele, descartando qualquer outra pergunta sobre o gim. Não fazia sentido entrar nesse terreno sombrio. Wyatt ergueu o copo. – Saúde.

– A um dia totalmente perdido – disse Cotten, inclinando-se para a frente e tocando o copo no dele.

– Não foi assim tão perdido.

– Pra você é fácil falar. Não tenho reportagem, não tenho fotos, nada para levar comigo. E o pior é que sei qual será a capa do *National Courier*. O meu rosto, com um olhar de idiota, atordoada com a luz da lanterna da Tempest Star. Quer saber qual será o título? "Aconteceu de Novo?" – Tempest Star usará o meu nome para atrair os leitores para o *Courier*.

– Não passa de um jornaleco sensacionalista, Cotten. Ninguém acredita no que lê naquelas páginas marrons. É só uma leitura de entretenimento.

Cotten levantou-se.

– Mas ele é vendido por uma série de ambulantes e em várias bancas de jornal. Não é uma publicação para se ter na mesa de centro em casa, mas ele é vendido e bastante lido. Star vai tirar vantagem da situação. Ela conseguiu todas as fotos... droga, você as viu. Ela vai aproveitá-las e fazer parecer que eu estaria fabricando uma nova reportagem como a do fóssil inventado. Ela está com toda a documentação. Portanto, vou procurar o meu chefe no *Gazette* e dizer a ele que não tenho nada e a Star...

– Olhe, vamos voltar para Fort Lauderdale amanhã. Você tem todo o tempo da viagem de avião para pensar em alguma coisa... para preparar uma reportagem. Você é uma profissional. Conte exatamente o que aconteceu... o que fizemos lá, o que você viu.

– Nós não vimos nada. Chegamos tarde demais. E não posso mencionar a Star... ela é a concorrência. Ela está com tudo e vai distorcer a verdade porque não faz a menor idéia do que presenciou. – Ela olhou para Wyatt. – E você?

– Não exatamente. Por que você não conta?

Cotten sentou-se na cama de novo. Parecia que ela estava prestes a perder as esperanças, pensou Wyatt. Tinha os ombros caídos e o rosto levemente corado.

– Os Hapsburgs encontraram a placa. Disso estou plenamente convencida – começou ela. – Quando estive naquele edifício redondo... o local sagrado... senti a presença deles, ouvi a voz deles. Sei que estiveram lá. – Tomou mais um gole do refrigerante. – As fotografias que você viu mostravam Richard Hapsburg entregando a placa de cristal para os... vaga-lumes.

– Vaga-lumes?

– A bola de luz brilhante na fotografia. Eu a vi pela primeira vez no Peru. Thomas, acho que os vaga-lumes são demônios. Eles levaram a placa da barraca de Edelman. E hoje à noite eles receberam outra placa de Richard Hapsburg.

Demônios, pensou Wyatt. Até mesmo depois das informações dadas pelo papa, era difícil admitir. Essa coisa do diabo foi criada pela Igreja para manter os seus fiéis na linha. Era só isso. O que ele tinha visto nas fotos era apenas uma espécie de fenômeno... um raio de calor, gás de pântano, ilusão de óptica... droga! Em que diabos ela havia se metido?

– Thomas, preciso descobrir o que estava escrito naquelas placas. Não para a reportagem, mas porque preciso saber o que está inscrito ali. Você me contou que o papa disse que a segunda purificação aconteceria na época da minha vida e que vem daí a pressa para encontrar a placa. Sei que a mensagem tem alguma coisa a ver comigo, por causa de quem eu sou. E que se espera que eu conduza a segunda purificação... o Armagedom. Como poderei fazer isso se não descobrir toda a mensagem das placas? – Cotten inclinou-se para a frente, enterrando o rosto entre as mãos. – Deus, odeio isso. Por que será que tudo precisa ser tão difícil? – Cotten ergueu os olhos para o teto. – Se Deus quer que eu faça alguma coisa, porque Ele simplesmente não me diz? Quero dizer, seria tanto sacrifício para Ele ir direto ao assunto?

Wyatt observou-a com simpatia, sabendo que estava sofrendo. Como ele poderia ajudar para facilitar as coisas?

– Sinto muito – disse ela com um suspiro. – É que eu nunca vou entender por que fui escolhida. Furmiel ou não Furmiel, parece-me que Deus tinha escolhas melhores do que eu. Talvez eu pense que se me queixar o bastante ou deixar de compreender, Deus entenda que escolheu a pessoa errada e se esqueça de mim. – Ela olhou para o chão e esfregou a testa. – Eu simplesmente não consigo entender.

Wyatt deixou o copo de lado e inclinou-se para a frente, segurando uma das mãos dela entre as suas.

– Juntos vamos encontrar uma saída para tudo isso. Afinal de contas, você foi escolhida por causa da sua hereditariedade e eu fui escolhido por causa da minha.

Cotten levantou a cabeça.

– A minha não tem o mesmo nível da sua, Cotten, mas um ancestral meu, na verdade o meu tetravô, esteve diretamente ligado a uma das placas de cristal... aquela que é considerada a última. O nome dele era Chauncey Wyatt, e ele participava de uma antiga organização secreta chamada *Ombres des Fantômes*... o nome francês de "Sombras de Fantasmas".

– Essa é boa. Outra antiga organização secreta. Parece que toda vez que viro para um lado dou de encontro com uma.

– Preste atenção ao que vou dizer. A tarefa dos Sombras era proteger as relíquias e os documentos religiosos, incluindo a última placa de cristal. Você sabia que uma vez o Vaticano esteve de posse de uma placa?

– Não – admitiu Cotten. Ela levantou a cabeça, animada. – Então eles sabem o que diz a mensagem, certo?

– A placa foi roubada.

– Mas eles têm registros e alguém deve ter copiado as inscrições. Vamos telefonar para John. Ele pode descobrir o que estava escrito nela.

Wyatt esfregou a mão dela delicadamente.

– Eles decifraram a primeira parte da mensagem da placa, aquela que previa o Grande Dilúvio e a advertência da segunda purificação. Mas o texto da última parte da mensagem não fazia sentido.

– Mas o Vaticano tem uma cópia anotada, não tem?

– Todos os documentos, desenhos e referências foram levados com a placa.

Cotten balançou a cabeça.

– Então o que você está me dizendo? E o que isso tem a ver com o seu tetravô?

– Chauncey era um zelote, não apenas um integrante dos Sombras. Os *Ombres des Fantômes* foram a semente a partir da qual se desenvolveu o Venatori. Chauncey tinha uma queda pelos Sombras mas jurou proteger as relíquias religiosas sagradas com a própria vida. A propósito, ele não acreditava que a placa de cristal pertencesse à Igreja e nem a nenhuma outra instituição religiosa. Ele estava convencido de que o que ela revelava tinha a ver com toda a humanidade. E assim a roubou.

– Isso não faz sentido. Ele pegou a placa por um motivo nobre, porque ela pertence à humanidade, mas a escondeu do mundo. Melhor seria que a maldita coisa ficasse acumulando poeira nos arquivos do Vaticano. Pelo menos então poderíamos encontrá-la e descobrir o que ela diz a meu respeito.

– Chauncey deixou um bilhete no lugar da placa. Achamos que é uma pista de onde a escondeu.

– O que dizia o bilhete? – indagou Cotten.

Wyatt soltou a mão dela. As palavras do bilhete do tetravô estavam gravadas na mente dele. Ele as repetira pelo menos uma vez por dia desde a reunião com o papa. Respirando fundo, declarou:

– O bilhete do meu avô dizia: "O segredo não pertence à Igreja mas ao mundo todo. Para entrar no Reino do Céu, é preciso enfiar a linha na agulha."

UTI

O esguio Gulfstream G-450 atravessava o céu de um azul impecável acima da região oeste da Pensilvânia, a caminho do Aeroporto Regional de New Haven. O Sol poente lançava um brilho alaranjado sobre as terras cultivadas abaixo. Mariah Hapsburg observou o que pensou que fosse Pittsburgh passando próximo ao horizonte. Ela olhou para Richard adormecido no assento do outro lado do corredor.

Aquelas tinham sido as 48 horas mais incríveis da vida dela. Primeiro, por ter visto o entusiasmo que Eli expressou diante das notícias sobre o terremoto e a descoberta das ruínas antigas. Depois a maneira magnífica com que o marido dela havia encontrado o artefato e conduzido a situação – até mesmo a postura dele tinha sido imponente quando ofereceu a placa. E a visão de tirar o fôlego dos vaga-lumes.

Richard já a havia advertido que quando encontrasse os vaga-lumes pela primeira vez, isso seria alucinante. Mesmo assim, ela não estava preparada. Ninguém poderia estar preparado para a sensação esmagadora de vivenciar algo sobrenatural. A lembrança fez a pele dela se arrepiar, assim como havia acontecido no deserto sob a Lua cheia.

Havia o odor – forte, pungente, nauseante. E o som do enxame. Aquilo vibrou por todo o corpo dela.

O puro poder que a envolveu – perigoso, proibido, mortal – foi inebriante. A visão dos demônios rodopiando ao redor dela – pulsando, tocando.

Tudo aquilo havia sido incrivelmente sensual.

E, de volta ao hotel, ficou evidente que a experiência havia feito brotar o mesmo tipo de excitação no marido. A paixão de Richard durante o sexo tinha sido furiosa e explosiva, exatamente como ela queria. Sentir o desejo impetuoso que ele tinha por ela aumentou ainda mais a necessidade que tinha dele.

Mariah conheceu a sensação de ser desejada e cobiçada ao longo de toda a vida. Até o acidente. Tudo na vida dela era dividido pelo acidente. AA e DA – antes do acidente e depois do acidente.

AA era a vida maravilhosa, repleta de dinheiro, sexo, homens desejando-a e sendo invejada pelas mulheres. Então veio aquela noite trágica. O carro capotando, explodindo, queimando, o sofrimento além de todo o sofrimento.

Permanecera na unidade de terapia intensiva durante semanas, presa à vida pelo mais fino dos fios. Quando finalmente recobrara a consciência e a lucidez, implorara por um espelho. Ela havia tocado a própria face e queria vê-la. Quando as enfermeiras e as suas visitas não lhe trouxeram o espelho e a encorajaram a esperar, os seus temores foram confirmados.

Numa manhã bem cedo, logo depois que a enfermeira de plantão tinha verificado os seus sinais vitais, Mariah arrastou-se para fora da cama, levando consigo a bolsa de soro. A mesa ao lado da cama fora deixada propositadamente fora do seu alcance por causa do espelho utilitário preso a ela. Mariah estendeu o braço no qual se prendia o soro atrás de si, mas ainda assim não conseguiu alcançar a mesa com a outra mão. Ela estendeu a perna e tocou com os dedos do pé a fria moldura de metal da mesa. Com cuidado para não derrubá-la acidentalmente para longe do seu alcance, vagarosamente virou a mesa na direção dela, primeiro apenas com os dedos do pé, depois finalmente com o próprio pé. Ela rolou em silêncio na direção dela. Mariah deu vários passos para trás para aliviar a tensão na sonda do soro, puxando a mesa com ela. Com ambas as mãos, ergueu a parte móvel da mesa, levantando o espelho. Bastou apenas um olhar de relance para ela rolar para o lado e desmaiar.

Ela caiu no chão ladrilhado, o suporte do soro atravessado nas costas. No mesmo instante, ela se lembrou da imagem no espelho. Marcada de cicatrizes, mutilada, desfigurada, repulsiva.

Várias enfermeiras apareceram de repente ao lado dela, erguendo-a e colocando-a na cama.

– Me deixem em paz! – ela gritava. – Eu quero morrer!

Durante dias, ela se recusou a comer ou a cooperar com os médicos, tateando repetidamente o rosto e reabrindo os ferimentos. Ela permanecia deitada na cama do hospital, pedindo a Deus que a levasse.

Devido a essa indisposição, a recuperação de Mariah despencou e o seu estado tornou-se crítico novamente – mas ela não morreu. Finalmente, desistindo da ajuda de Deus, ela ofereceu as suas preces em outra direção.

Naquela noite, ela acordou com alguém segurando-lhe a mão. Através dos curativos e dos tubos de revivificação, com um olhar esgazeado induzido pelas drogas, ela viu o rosto de um cavalheiro idoso e grisalho – a voz dele era confortadora, os seus modos protetores. Com voz suave e macia, ele sussurrou que se ela realmente quisesse, ele poderia reconstituí-la novamente, eliminar a sua dor e devolvê-la de volta à vida anterior.

– Você poderá ficar ainda mais bonita do que antes – prometeu ele.

Mariah chorou, soluçando, enquanto ele lhe acariciava o cabelo até que ela finalmente adormeceu.

Na manhã seguinte, ela pensou que tudo tivesse sido um sonho, até que foi transferida para um hospital particular e uma equipe de cirurgiões plásticos postou-se ao lado da sua cama. Eles discutiram com Mariah sobre como reconstituiriam o seu rosto... o seu corpo.

– Quem está pagando por tudo isto? – ela quis saber.

Foi quando Eli Luddington entrou no quarto.

– O seu visitante da noite passada é um grande amigo meu – informou ele. – Ele a deixou aos meus cuidados. Você quer a sua vida de volta, não quer?

– Mas por que você faria isso? – indagou Mariah.

– Porque você estava em dificuldades – disse ele. – Você clamou por ajuda. Ele atendeu às suas súplicas e a trouxe para mim. – Eli aproximou-se da cama e pediu: – Confie em mim.

Mariah concordou e as lágrimas de gratidão brotaram-lhe nos olhos. Eli Luddington era o seu salvador.

Por meio de uma série de procedimentos de última geração executados pela equipe de cirurgiões que Eli convocara em todo o mundo, ela recuperou a beleza, a força e a motivação. Eli lhe deu a vida. E tudo o que ele lhe pedia em troca era que ela fizesse parte da vida de Richard. Richard estava perdido e ela deveria ajudá-lo a reencontrar o seu caminho. Mariah poderia conduzi-lo de volta ao rebanho e apoiá-lo de modo que ele pudesse dar um sentido à própria vida. Ela seria a sua força e a sua inspiração.

E agora, ali estava ela cinco anos depois, voando sobre a terra, fazendo parte de uma aventura miraculosa, de posse de uma beleza que poucas mulheres tinham e ajudando o marido a mudar o mundo. Ela devia tudo a Eli. E estava mais do que disposta a pagar.

– Senhora Hapsburg – disse a comissária, tirando Mariah do devaneio. – Há um telefonema para o seu marido do senhor Luddington.

Mariah olhou para Richard, que estava dormindo profundamente.

– Não há necessidade de acordá-lo. Eu atendo.

– É claro – concordou a moça, indicando o aparelho próximo ao descanso de braço de Mariah.

– Alô, Eli – disse ela, colocando o fone no ouvido.

– Onde está Rumjal? – perguntou ele com aspereza, e Mariah percebeu imediatamente que havia um problema. – Ele está no toalete, Eli – mentiu ela. Será que ele percebia quando ela mentia?

– Você faz alguma idéia do que foi publicado na capa da edição de hoje do *National Courier*?

Mariah sentiu uma camada de suor pegajoso banhar a sua pele. Fosse o que fosse, não deveria ser bom. Ela não respondeu, esperando por Eli.

– As fotografias – as palavras dele continuavam a atravessar o fone.

– Não pode ser. Os homens de Richard conseguiram as fotos e as destruíram. A menos que tenham feito cópias ou...

– Mariah, isso não é brincadeira. Enquanto fizermos progresso, seremos deixados em paz. Mas se estragarmos tudo, precisaremos de mais ajuda do que você é capaz de imaginar.

– Eli...

– E você não vai querer o tipo de ajuda a que estou me referindo.

Gim

Cotten subiu os degraus para o apartamento em Fort Lauderdale, com Thomas Wyatt carregando a mala atrás dela.

– Este é o meu lar, seja como for – informou ela, abrindo a porta.

Wyatt entrou atrás dela e deixou a mala ao lado do sofá.

– Desculpe pelo cheiro de mofo – disse ela, escorregando a alça da maleta do *laptop* do ombro. Deixou a maleta sobre a mesinha de centro. – Não dá para se livrar dele quando se mora tão perto do mar. Tudo tem o seu preço. Vou abrir a janela para entrar um pouco de ar.

– Acho que vou precisar fazer o mesmo. Vou ficar no apartamento nesta mesma rua que era do monsenhor Duchamp. Quero estar por perto.

Cotten sorriu para ele.

– Que bom, Thomas.

– Isso faz parte do meu trabalho. – Ele balançou a cabeça. – Aquilo não saiu muito certo.

– Não diga mais nada, vai acabar piorando as coisas. – Cotten ajoelhou-se sobre o sofá, inclinou-se sobre o encosto dele, puxou a persiana e abriu a janela. – Pronto, isso deve ajudar. Ainda bem que estamos no outono e não no meio do verão, ou estaríamos suando agora.

– E então, você já decidiu o que vai contar no *Gazette*?

– Ainda não. Posso dizer a verdade a eles, mas não sei se vai funcionar depois que sair a matéria da Star no *Courier*. Provavelmente, ele já deve estar nos supermercados. – Ela se afastou do sofá. – Sente-se. Você tem um minuto, não tem?

– É por isso que estou aqui – respondeu Wyatt.

Cotten sentou-se na outra extremidade do sofá.

– Sei que já repassamos aquela história de enfiar a linha na agulha do bilhete do seu avô antes de sairmos do avião, mas ainda não consegui entender. – Ela curvou as pernas para o lado. – Só consigo pensar que tenha algo a ver com fazer roupas ou costurar. Verificamos todas as referências na Internet sobre técnicas de costura. Nenhuma delas levou a lugar algum. Além disso, você disse que o seu avô era médico, não alfaiate. Talvez tenha a ver com uma técnica médica que tenha sido popular na época dele. Será que não deveríamos pesquisar sobre a sutura de ferimentos ou procedimentos cirúrgicos do final dos anos 1800?

Wyatt esfregou o queixo.

– Não é má idéia. Talvez ele estivesse tentando deixar uma pista sobre o lugar onde a placa está escondida usando a terminologia médica.

– Talvez ela tenha sido escondida num hospital.

– Ou numa faculdade de medicina. Mas acho que você está certa. A medicina e as agulhas caminham juntas. O ângulo da costura pode ser óbvio demais. Vou pesquisar sobre os procedimentos cirúrgicos do século XIX para ver se encontro alguma coisa relacionada a "enfiar a linha na agulha".

– Para começar, por que você acha que ele roubou a placa?

– Eu não sei. Nem tampouco sabem o papa e John. Mas, a julgar pelo bilhete, ele tinha muitas dúvidas sobre se o mundo deveria saber o que havia no artefato para permitir que ele fosse encontrado. Gostaria de saber mais sobre ele, mas isso aconteceu há tantas gerações! Tenho alguns parentes distantes no Reino Unido que talvez possam dar as informações que estão faltando.

– Quer dizer que está programando uma viagem à Inglaterra?

– Talvez.

– Aposto que você nunca pensou em se envolver numa confusão como essa, não é?

– Não – admitiu Wyatt, dando uma risada.

– Nem eu – confessou Cotten. – Até três anos atrás, eu levava uma vida bem obscura. Obscura me soa bem hoje em dia.

Wyatt não disse nada por um momento, parecendo estar profundamente concentrado.

– Cotten, posso lhe perguntar uma coisa?

– Talvez. Bem, acho que pode perguntar, mas não sei se vou responder ou não...

– Por que você está fazendo isso? – Ele limpou a garganta.

Cotten diria que ele tentava caminhar por uma linha tênue entre não insultá-la e tentar responder logicamente a perguntas que fariam qualquer um emudecer.

– Por favor, não me leve a mal, Cotten. É só que...

Ela ergueu a mão.

– Não estou ofendida, se é o que está pensando. Thomas, acredite em mim quando digo que isso é um mistério para mim também. Nunca quis nada disso. Três anos atrás, disseram-me que eu era a única pessoa capaz de impedir que o Sol, o amanhecer, acontecesse. Só depois que John Tyler descobriu que eu tinha entendido mal o significado das palavras foi que a coisa toda se esclareceu. Eu confundi Sol *(sun* em inglês) com filho *(son)*. Na verdade, tratava-se do Filho do Amanhecer, como Lúcifer é chamado na Bíblia. E foi nessa época que toda a obscuridade se evaporou da minha vida. Conforme eu entendi, o plano era clonar Cristo usando o DNA Dele encontrado no resíduo de sangue dentro do Graal. A história era que Lúcifer queria uma vingança final contra Deus por ter expulsado a ele e aos outros Anjos Caídos do Paraíso. Ele ia criar o Anticristo com o DNA do Graal. Quando John e eu deparamos com a destruição do clone, parece que nós trocamos de papéis. John era, e ainda é, um homem de fé inabalável. Muito diferente da pessoa que eu sempre pensei que jamais poderia ser. Eu era fraca, insegura, descrente de tudo que fosse espiritual ou religioso... eu culpava tudo de errado na minha vida pela falta de Deus. No momento de decisão no laboratório, John percebeu que não seria capaz de destruir o embrião... no mínimo, ele poderia ser realmente Jesus Cristo. A fé que ele tinha o impedia de cometer o que ele considerava assassinato, aborto, sacrilégio. O cientista que havia nele ousava questionar se o Segundo Advento devia realmente acontecer dessa maneira e não daquela que era ensinada na escola dominical.

Cotten ficou olhando para o nada; a lembrança era tão vívida que ela estremeceu.

– Eu, por outro lado, estava simplesmente lutando pela minha vida... as nossas vidas. Não tinha a bagagem de um padre. Depois da conspiração do Graal, fui chamada de heroína. Eu me aproveitei disso como pude, me destacando como uma jornalista famosa. Quer dizer, até a fraude do fóssil falsificado. Eu provavelmente mereci aquele fiasco. Comportei-me com um excesso de confiança. Foi uma armação, você sabe. Mas no fim isso não importa. Os admiradores são instáveis. Eles amam você quando você está no auge e esquecem o seu nome quando você cai. Talvez nunca mais eu consiga me recuperar. Mas tenho feito o que posso para sobreviver. E vou tocando a vida em frente. Será que isso responde à sua pergunta?

– Grande parte dela, mas tenho a sensação de que o poço é mais fundo do que isso. Por ora é o bastante. Obrigado por ter sido franca comigo – concluiu Wyatt.

Cotten olhou para ele. Havia contado a ele o bastante para digerir numa noite. Ela imaginava o quanto mais fundo seria o poço dele. Afinal, não sabia muita coisa sobre ele.

– Sinto-me praticamente nua perto de você, exposta, como se você soubesse tudo sobre mim e eu não sei nada sobre você.

– Na verdade, não há muito o que saber.

– Ora, vamos, Thomas, preciso saber de algumas coisinhas. Me dê uma idéia. Sinto-me como uma mosca ao microscópio. As lentes estão ajustadas. Diga-me alguma coisa sobre você. Isso vai nos deixar em igualdade.

– Tudo bem, eu nasci...

– Não, não. Não quero essa coisa de documentário. Conte algum segredo oculto. Vamos ficar no mesmo nível.

– Como o quê?

Cotten pensou por um instante.

– Muito bem, há uma coisa. Por que não suporta o gim? Você disse que beberia qualquer coisa menos gim. Esse deve ser um bom ponto de partida.

Wyatt mudou de posição, como se estivesse pouco à vontade.

– Não gosto do cheiro dele – respondeu, e depois cutucou a orelha.

– Ora, vamos – insistiu ela. – Não estou nem interessada que me conte a verdade. Invente alguma coisa. Me diga algo interessante.

Wyatt inclinou-se para a frente, descansando os antebraços sobre os joelhos.

– A minha mãe era alcoólatra e só bebia gim. Eu odiava o cheiro da bebida no hálito dela. Ainda hoje, quando sinto o cheiro, o meu estômago se revira. Quando a minha mãe bebia, ela se transformava em outra pessoa. Ela era daquele tipo de bêbado mórbido e com remorso, assim tentou suicidar-se tantas vezes que perdi a conta. Cortava os pulsos, tomava uma dose excessiva de pílulas para dormir que o médico incompetente receitava, jogava o carro contra um dique. O meu pai agüentou de tudo até se cansar. Ela ligava para ele no trabalho, chorando e dizendo que ia se matar. No começo, ele corria para casa, mas com o passar do tempo foi se cansando, até que finalmente ele desligava o telefone e continuava a trabalhar como se nada estivesse acontecendo. Eu entendia aquilo, mas para mim como criança não era justo. Fui deixado com a responsabilidade de cuidar dela. Posso me lembrar de todas as vezes que fiquei esperando do lado da escola primária para que ela fosse me buscar. Quando ela não aparecia, eu não fazia o que a maioria dos garotos faria. Eu não ia à secretaria. Começava a andar esperando que ninguém percebesse. Mantendo aquilo em segredo. Às vezes, voltava a pé para casa...

Wyatt respirou fundo, parecendo tentar se recobrar daquelas lembranças.

– Eu a odiava quando bebia, mas a única razão pela qual a protegia era que, quando estava sóbria, eu tinha a minha mãe de volta. E quando ela era ela mesma, eu não queria outra pessoa além dela para ser a minha mãe. – Wyatt baixou os olhos em direção às mãos. – Tentei esconder o alcoolismo dela de todos, porque sabia que a desprezariam por isso. E a minha mãe, quando estava sóbria, era uma mulher admirável e maravilhosa. – Ele se recostou no sofá e olhou para Cotten. – Portanto, agora você sabe por que o gim faz a minha pele se arrepiar.

– Eu sinto muito – disse Cotten, mais por tê-lo feito contar a história do que para expressar simpatia. – Não devia ter pressionado você. Pensei que seria por causa de alguma história engraçada na faculdade. Não tinha esse direito.

– Está tudo bem – disse Wyatt. – Estamos quites?

– Estamos – disse ela, quase num sussurro.

O silêncio que se seguiu foi interrompido pelo telefone. Cotten atendeu.

– Tudo bem, estou descendo.

– O que foi? – quis saber Wyatt.

– O carteiro deixou um pacote para mim na recepção. Eu já volto.

Cotten desceu correndo as escadas, imaginando se estaria mais ansiosa para pegar o pacote ou para voltar para junto de Wyatt.

– Selos esquisitos – comentou o recepcionista, ao entregar o pacote a Cotten.

O pacote era mais ou menos da metade do tamanho de uma caixa de sapatos, embrulhado em papel pardo e amarrado grosseiramente, e os selos eram do exterior – cada um com a figura de uma lhama. O pacote vinha do Peru.

– Obrigada – disse Cotten, pegando o pacote.

Ela leu o sobrescrito. Era endereçado a Mayta, o nome inca que ela recebera. Aos cuidados de Cotten Stone.

Cotten subiu a escada, abrindo o pacote no caminho.

– Um presente? – quis saber Wyatt quando ela entrou.

Cotten abriu a caixa e soltou uma exclamação.

– O que é?

– Talvez a resposta para tudo.

Super-herói

Thomas Wyatt levantou-se.

– Então, o que é isso?

– Um talismã. – Cotten segurou um feixe de penas de condor cinza-escuras, aneladas no alto com penas brancas menores do pescoço do condor. A faixa estreita de couro dava a volta no topo do feixe, prendendo-o a um eixo central – um osso oco de condor.

– Um presente incomum.

– Uma lembrança – corrigiu Cotten. – No Peru, conheci um homem místico que me ensinou o que eu acho que você chamaria de meditação... mas ainda mais do que isso. Ainda sou uma aprendiz. – Ela estendeu o talismã a Wyatt. – Isso é para me lembrar de praticar.

– Isso é a resposta para tudo? – indagou Wyatt.

– Bem, o meu amigo xamã pensa assim. Mas eu acho que isso é mais direto – disse Cotten, pegando a pequena câmera fotográfica do pacote e segurando-a. – Eu estava com ela no Peru.

– A polícia de Cusco ficou com ela?

– Não – disse Cotten. Ela explicou como Yachaq a resgatara e que enquanto esteve no vilarejo usou as roupas nativas que lhe deram. – Quase me esqueci desta câmera. Ela estava no bolso da minha calça quando fugi do acampamento de Edelman. As minhas roupas ficaram no vilarejo de Yachaq. Ele deve tê-la encontrado e foi até a cidade para mandá-la pelo correio. Isso deve ter dado um trabalhão para ele. – Ela mostrou o adesivo com o endereço que tinha colado nas costas da câmera. – Na verdade, tive a idéia depois de assistir a um programa sobre viagens na televisão. É claro que você precisa ter a sorte de que uma pessoa honesta a encontre. E eu tive.

Cotten apertou o botão para ligar a máquina, mas, como esperava, ela estava sem bateria.

– Deus abençoe a tecnologia. Vamos tentar o plano B. – Ela abriu a portinha do compartimento do cartão de memória e o ejetou. – Só preciso ligar o meu *laptop* à impressora.

Depois que estava tudo conectado, Cotten colocou o cartão de memória no compartimento de entrada da impressora e as imagens começaram a ser salvas no computador.

As imagens em miniatura apareceram e se alinharam na tela. As fotos que havia tirado em Machu Picchu com Nick e Paul; diversas fotos do sítio das escavações; Edelman; as montanhas; três fotos da placa; e uma de Paul se esforçando para comer o *cuy*.

Cotten clicou sobre a primeira foto da placa, ampliando-a.

– Droga – disse ela. – O ângulo está fora de alinhamento. Não dá para ver todas as inscrições.

Rapidamente, ela clicou na fotografia seguinte.

– Aí está – disse ela. – Aqueles eram uma espécie de glifos. – Ela apontou para o alto da placa. – Foi isso que Edelman pensou tratar-se da profecia do Dilúvio. – Ela correu o dedo sobre a imagem até chegar à metade inferior da placa. – Você consegue ver aí as linhas e os pontos, não consegue? A escrita semelhante a um quipo?

– Mais ou menos – disse Wyatt.

– Edelman disse que a maioria dos antropólogos acha que o quipo era simplesmente um método de cálculo, mas há outros que acreditam que era mais do que isso... uma espécie de linguagem tridimensional. Uma espécie parecida com uma linguagem de computador. Portanto, o quipo poderia ser um instrumento de cálculo e também uma linguagem?

Cotten escolheu a última imagem e balançou a cabeça. Fragmentos maiores da escrita podiam ser vistos antes que um brilho tomasse conta da imagem.

– Isso foi à noite e eu precisei usar o *flash* – comentou ela. – A placa refletiu a maior parte da luz para a câmera.

– Pelo menos podemos ver parte dela – observou Wyatt.

– Mas não o que eu precisava ver.

– Isso é melhor que um cisco no olho – disse ele.

Cotten olhou para Wyatt.

– Isso é coisa que se diga?

– Melhor do que nada, então?

Cotten correu os dedos pelo cabelo e fechou a janela com as imagens.

– Então, o que fazemos com isso?

– Antes de mais nada, imprimir uma cópia – disse Wyatt.

Cotten imprimiu as imagens, depois abriu o navegador da Internet, entrou no *Google* e digitou "quipo".

– Quem sabe conseguimos encontrar um daqueles especialistas que consideram o quipo como uma linguagem. Alguém deve ser capaz de ler isto.

* * *

Lester Ripple estava sentado a uma mesa desmontável de jogo, com o tampo forrado de vinil dourado e figuras de frutas, que mal podia ser visto sob as folhas de papel espalhadas desordenadamente sobre ela. Outras tantas jaziam esparramadas no piso como flocos de neve retangulares. Cada folha continha numerosas equações escritas a lápis entre desenhos de super-heróis de revistas em quadrinhos.

Os dedos de Ripple apertavam o lápis com tanta força que as unhas estavam esbranquiçadas. Ele murmurava enquanto tentava acompanhar com o lápis a velocidade do seu cérebro. Às vezes acontecia exatamente assim. Ele provocava um fluxo de pensamento, como na sucessão das imagens de vídeo, mas estava tudo na cabeça dele. Fazer com que saísse suficientemente rápido é que era o problema.

O lápis estava ficando sem ponta, mas ele não queria parar para apontá-lo. A qualquer momento, ele teria de dar um descanso para o cérebro, então faria a ponta. Próximo ao fim do papel, Ripple parou de repente. O fluxo de equações matemáticas vinha rápido demais, tão rápido que elas colidiam na cabeça dele. Precisaria ir mais devagar.

Ripple apontou o lápis com o apontador manual de plástico, do tipo que tinha uma pequena lâmina afiada interna. Esta encaixava-se dentro da cabeça de borracha do Batman. As aparas saíram retorcidas e espalharam-se sobre a mesa. Ripple juntou-as com a mão e então as empilhou com as outras aparas de outras vezes que tinha apontado o lápis. Isso era mais uma coisa em que ele precisava pensar. Era muito desperdício. O que poderia fazer com as aparas dos lápis – palha para adubar as plantas?

Lester Ripple assoprou o pó de grafite da nova ponta e apertou-a contra o dedo indicador. Bem fina. Era assim que gostava. Quanto mais apontado o lápis, mais exatos os cálculos. Ele deu mais um tapinha na ponta com o dedo médio – um, dois, três. O lápis estava pronto, mas não ele. A cabeça estava confusa, imagens de números e símbolos flutuando para todos os lados. Pôs a ponta do lápis sobre a margem do papel em que estivera trabalhando e começou a desenhar.

– Homem-Aranha – disse e sorriu. O Homem-Aranha e os outros super-heróis como ele podiam fazer qualquer coisa, especialmente acalmar o cérebro de Ripple.

O telefone tocou, assustando-o tanto que ele quebrou o lápis com a mão. Antes de atender, ele pegou a parte maior do lápis quebrado e quebrou-a de novo de modo que houvesse três partes. Isso o satisfez e então ele foi atender ao telefone na parede da cozinha.

– Ripple falando – disse ao atender a ligação. Tirou os óculos e massageou o olho deficiente. Em casa, preferia óculos em lugar das lentes de contato.

Enquanto escutava, lutou contra a tentativa do seu corpo de se superventilar. Colocou a mão em concha ao redor do fone e respirou contra a palma enquanto ouvia. Ao fim do telefonema, Ripple disse:

– Certo. Quinta-feira às oito. Obrigado...

Ripple desligou e caminhou de volta para a mesa de jogar cartas. Ele tinha um emprego.

Buckingham

A limusine Bentley Arnage afastou-se do meio-fio da Newbury Street em frente à Chase Gallery. O motor de quatrocentos cavalos impulsionava o automóvel elegante através do centro de Boston com a graça de uma bailarina e a potência de um predador.

Mariah Hapsburg ia sentada lendo nervosamente um exemplar do *National Courier*. Eli o havia colocado nas mãos dela quando entrou na limusine depois da recepção na galeria. Agora ele estava sentado à frente dela, com Richard Hapsburg ao lado dele. Eles falavam em tons ásperos, às vezes caindo numa língua que ela não entendia. Mariah não gostava quando Eli estava aborrecido. E quando ele se referia a Richard como Rumjal, ela sabia que ele estava aborrecido.

Correndo os olhos pela primeira página do tablóide, ela observou a série de fotos mostrando Richard ao lado dela nas ruínas do Novo México. Por mais injuriosas que fossem as imagens, as legendas eram ainda piores:

Modernos violadores de túmulos fazem feitiçaria no deserto.

O respeitado cientista de Yale, Richard Hapsburg, realiza um ritual bizarro tentando se comunicar com os antigos anasazis.

A esposa socialite de Hapsburg toma parte de uma estranha cerimônia clandestina enquanto os funcionários do governo são deixados de fora.

Mariah sentiu uma acidez subir pela garganta ante o horrível constrangimento que o artigo e as fotos causariam à universidade e o resultante prejuízo à carreira de Richard e à dela.

Ela se concentrou na última fotografia da série:

A desonrada ex-correspondente da televisão Cotten Stone tenta esconder o rosto. Terá sido surpreendida tentando fazer uma reportagem ou fabricá-la? Estariam ela e os Hapsburgs mancomunados?

Então aquela era Cotten Stone, pensou Mariah, olhando para a foto. Ela não parecia assim tão ameaçadora. Na verdade, parecia um pouco... meiga.

– Ela não é muito intimidadora – comentou Mariah.

Eli interrompeu a conversa com Richard para fuzilá-la com o olhar.

– Não se deixe enganar.

Mariah dobrou o *National Courier* e colocou-o sobre o assento ao seu lado. Cotten Stone acendia uma chama perigosa em Eli, pensou ela. Mas como ele poderia ter certeza sobre aquela mulher? Como uma pessoa podia ameaçar o poder dele – o plano dele? Recentemente, ele havia se desviado do plano e ordenou uma aceleração dos acontecimentos, comentando que a corrida para encontrar a última placa e o segredo que ela guardava tinha entrado na reta final.

O Bentley contornou suavemente uma curva enquanto os dois homens na parte de trás prosseguiam na sua conversa.

– No final, Richard, tudo se reduz a uma única coisa – dizia Eli. – O número de almas levadas. Esse é o motivo para orquestrar os assassinatos... os suicídios. Se pudermos levá-las dessa maneira... fazer a escolha por elas... então as almas delas nos pertencerão por toda a eternidade. Isso vai causar muito sofrimento a Ele, o sofrimento que Ele merece.

O rosto de Eli se endureceu com as suas palavras, provocando um estremecimento em Mariah.

– Infelizmente, esse aumento no número de suicídios ameaça revelar a nossa ação – continuou Eli. – Já incitou um vigoroso questionamento na imprensa e entre a comunidade médica. Mas à medida que o tempo encurta, devemos correr o risco de que logo esses incidentes sejam reconhecidos pelo que são.

Mariah realmente não entendia. Eli, Richard – eles faziam parte de alguma coisa que ela só conseguia compreender parcialmente. E aquilo a mantinha fora do círculo interior no qual fizera tanto esforço para penetrar.

– O que vocês querem dizer com isso? – indagou ela. – Um suicídio é um suicídio.

Richard sorriu-lhe de modo condescendente.

– Nem sempre – afirmou ele. – Essas de que falamos não são almas sofredoras que se acham tão atormentadas que não lhes resta outra saída a não ser pôr fim à própria vida. Não são as almas que nós levamos necessariamente. Algumas são para nós levarmos, outras não.

– Então do que vocês estão falando afinal? – indagou Mariah, mais confusa.

– Diga a ela – disse Eli.

– O velho as providencia – explicou Richard.

Mariah tinha ouvido Eli e Richard mencionarem alguém a quem chamavam de o Velho. No íntimo, ela sabia quem ele era. Ele era aquele que a tinha visitado no leito do hospital. Ele tinha levado Eli até ela. Ele já tinha a sua alma.

– A Igreja gosta de chamá-las possessões demoníacas – interveio Eli. – Isso significa apenas que assumimos o controle e vamos capturar aquela alma.

Mariah estremeceu.

– Se a Cotten Stone encontrar a placa antes de nós, ela descobrirá o meio de nos deter – concluiu Richard.

– O que está inscrito nela? Qual é o segredo? – indagou Mariah.

Richard inclinou-se para a frente e beijou a esposa nos lábios. O beijo foi suave, mas Mariah não o sentiu como um beijo de afeto. Os lábios de Richard estavam amargos e frios, e ele manteve a boca sobre a dela pelo que pareceu um tempo muito longo antes de voltar a se recostar no assento. Mesmo enquanto ele se afundava no assento de couro, os olhos dele permaneceram fixos nos dela.

Mariah afastou com a mão a sensação gelada dos lábios e virou-se para a janela.

***

O criado de libré inspecionou a mesa do desjejum – flores recém-colhidas, uma variedade de cereais frios e quentes e frutas sortidas. Os jornais nacionais, com o *Racing Post* por cima, haviam sido cuidadosamente empilhados ao lado de dois lugares dispostos. Guardanapos de linho branco dobrados, bordados com o emblema EIIR, o acrônimo da rainha Elizabeth II, descansavam ao lado de cada prato.

O criado colocou a xícara e o pires para o chá, tomando o cuidado de girar a xícara de modo que a asa ficasse disposta no ângulo perfeito para ser tomada com mais facilidade. Ele posicionou duas pequenas ânforas lado a lado – uma contendo o xarope de bordo e a outra mel dos apiários reais. As colheres de prata para a marmelada não estavam perfeitamente paralelas, então ele as ajustou. A rainha preferia marmelada dietética para a torrada, mas ele costumava observá-la entregar a maior parte da torrada aos seus cãezinhos gauleses, que se reuniam aos pés dela.

Naquela manhã, ela e o duque de Edimburgo estavam atrasados.

Consultando as horas, o criado deixou a pequena câmara do desjejum e desceu silenciosamente pelo corredor que passava pela Privy Purse Door, a porta de entrada de visitantes do palácio, que levava ao vestíbulo dos pajens. Ele o levaria ao corredor particular da rainha. Dali, ele teria uma visão clara de cada porta dos aposentos dela.

Ele trabalhava no palácio há sete anos mas raramente se aventurava por aquele caminho por uma questão de respeito à privacidade da monarca. Mesmo depois de sete anos, ele só vira uma pequena parte do Palácio de Buckingham. O guia turístico relacionava 78 banheiros. Ele conhecia apenas sete.

O criado avistou os cães da rainha dormindo no corredor ao lado da porta do quarto de dormir de Vossa Majestade. Ele esperava que eles erguessem a cabeça com as orelhas atentas quando ouvissem o som dos seus passos. Como isso não aconteceu, ele pressentiu que algo estava errado.

Parando diante dos corpos dos cães, ele notou que eles não estavam respirando, não havia nenhum sinal de vida. Ao olhar para cima, percebeu que a porta estava parcialmente aberta e empurrou-a suavemente.

A porta abriu-se silenciosamente revelando o quarto real. Num instante, o medo o dominou e ele tremeu. Instintivamente, ele pegou o pequeno comunicador no cinto. Levando-o aos lábios, pressionou o botão de transmissão. Com a respiração ofegante, informou:

– Código vermelho! Código vermelho! Aposento real número um. – Ele engoliu em seco, para conter o acesso de pânico, e sussurrou: – Meu Deus. Estão todos mortos.

Duas Praias

A oração é mais do que meditação. Na meditação a fonte de energia é o eu da pessoa. Quando rezamos, dirigimo-nos a uma fonte de energia superior à nossa.

– CHIANG KAI-SHEK

Nua e respingando água do banho, Cotten parou na frente do armarinho do banheiro. Os títulos do *National Courier* sobre os Hapsburgs e sobre ela no Novo México, juntamente com a primeira página do *Sun-Sentinel* de Fort Lauderdale detalhando o suicídio da rainha, deixaram-na com vertigens. Ela reconhecia os seus sintomas – os tremores e a sensação de não ter ar suficiente nos pulmões. Pensou que um banho quente impediria, talvez, o pânico. E, em parte, foi o que aconteceu, mas ela ainda se sentia enfraquecida.

A porta do armarinho rangeu quando Cotten a abriu. O frasco marrom com o tranqüilizante destacava-se na prateleira. Ela olhou para ele. Se tomasse a medicação, sabia que estaria dando um passo para trás.

Mas precisava tanto!

Envolveu o frasco com a mão e os dedos da outra mão giraram a tampa. Ela derrubou um comprimido na palma da mão e colocou o frasco na pia. Cotten segurou a pílula por mais alguns instantes antes de levá-la à boca. Abriu a torneira e inclinou-se para apanhar um pouco de água com a mão quando viu o seu reflexo distorcido na torneira cromada. Cuspiu o tranqüilizante na porcelana e enxaguou a boca.

Cotten cruzou os braços sobre a borda do toucador e enterrou a cabeça neles. Depois de vários instantes, ela se levantou e olhou para a imagem dela no espelho.

– Nunca mais – sussurrou. Então pegou o frasco e esvaziou o conteúdo no vaso sanitário antes de dar a descarga.

Yachaq tinha lhe enviado uma lembrança – um lembrete de que deveria praticar o contato com o que ele chamava de consciência universal e de que todas as respostas poderiam ser encontradas nela mesma. As drogas apenas a distanciavam dessas verdades. Elas erguiam barreiras que a energia dos pensamentos não conseguia ultrapassar. Ele estava certo sobre muitas coisas; ela precisava confiar nele a esse respeito.

Cotten enxugou os cabelos com a toalha e vestiu o roupão de banho felpudo antes de se estirar na cama. Seguindo o lembrete de Yachaq, ela começou o exercício de encontrar a luz líquida e mergulhar nela. Ela se surpreendeu consigo mesma com a rapidez muito maior com que foi capaz de suspender os pensamentos e imergir do que nas tentativas anteriores. Os seus sentidos tornaram-se agudos. Primeiro, ela ouviu o chuveiro pingando no banheiro ao lado, depois o roçar das folhas das palmeiras do lado de fora da janela do apartamento. O trânsito constante na rua abaixo era uma intromissão e ela achou que poderia filtrar aqueles sons que atrapalhavam a imersão na luz líquida.

O cheiro do oceano era forte quando penetrou suas narinas, mas o odor ácido dos sargaços em decomposição na praia era ainda mais forte. Ela ouviu uma risadinha, reconhecendo a voz de uma criança, e percebeu que a criança estava a vários quarteirões de distância na praia.

As vozes que vinham dos apartamentos e restaurantes ao longo da rua em frente à praia eram algo em que ela tentou não se concentrar, em vez disso afastando-as para a borda cinzenta da luz líquida.

Cotten sentiu-se à vontade com a viagem ao lugar espiritual onde Yachaq a ensinara a ir. Era inebriante vivenciar um estado de consciência tão elevado. Ela o apreciava cada vez mais sempre que se aventurava nesse mundo dos sentidos.

De repente, aconteceu algo novo, algo diferente. Com o olho mental, ela vagou entre as palmeiras douradas e as árvores ao longo da praia, apreciando a sensação da areia aquecida sob os pés, a brisa tropical que despenteava o seu cabelo, o gosto salgado sobre os lábios. Mas ela percebeu que, na verdade, havia duas praias – aquela em que ela caminhava, e outra simplesmente fora do alcance. Elas pareciam, de certa forma, semelhantes, e ainda assim notavam-se diferenças distintas.

As palmeiras da praia dela eram cheias de cocos frescos, ao passo que a outra não tinha nenhum. A arrebentação na praia dela era forte e constante, mas a arrebentação na outra praia não passava de ondulações suaves.

Embora a outra praia estivesse fora do seu alcance, Cotten sentiu que se fizesse um esforço suficiente conseguiria ir até lá se simplesmente tentasse.

O que estava acontecendo? Aquilo era real ou apenas um pouco da imaginação dela? Ela tentou compreender por que havia duas praias, e como ela podia querer passar da primeira para a segunda.

De repente, Cotten voltou bruscamente para a realidade. Sentia-se arrasada com o desapontamento. Abriu os olhos e olhou para o teto. Será que havia perdido a sensação porque tentou analisá-la em excesso? A decepção era desagradável. Ela queria entrar na luz líquida de novo e tentar passear pela praia outra vez.

Cotten lembrou-se de algo que tinha lido com relação à experiência espiritual do astronauta Ed Mitchell no regresso da missão Apollo 14. Foi exatamente o que aconteceu com ela pouco antes de perder a sensação de harmonia – a sensação de liberdade de passar de uma praia para outra.

Cotten sentou-se – fatigada, exausta e frustrada. Será que conseguiria se sair bem nisso? Estava prestes a se levantar e encaminhar-se para o banheiro para secar o cabelo quando o telefone tocou.

– Alô – disse ela.

– Oi, menina.

– Ted. Senti a sua falta. – Cotten sentou-se na beira da cama. Era bom ter notícias dele.

– Que diabos você tem feito? – A voz de Ted Casselman soou áspera.

Cotten apoiou-se na guarda da cama.

– O que está querendo dizer com isso?

– Vi a matéria da Tempest Star.

Cotten afundou-se na cama.

– Ela é uma ridícula. O *National Courier* é uma porcaria. Você sabe disso.

– Claro que eu sei, e você também. E você sabe que o *Gazette* não fica muito atrás. Star diz que você está trabalhando para a concorrência. O *Gazette* é tão inconsistente quanto o outro. O que está fazendo a si mesma?

– O que você quer que eu faça, Ted, morra de fome? Não encontro um trabalho decente desde aquela fraude do fóssil inventado. Depois tive de enfrentar a publicidade negativa por causa daquilo no Peru. E o *Gazette* está tentando ganhar mais respeitabilidade. Eles queriam uma reportagem verdadeira e me deram uma oportunidade.

Ela pôde ouvir Ted bufar de aborrecimento.

– Sabe, você realmente deveria me deixar ajudá-la de vez em quando. E a propósito, por falar do fóssil inventado, fiz a minha lição de casa desde aquela época – disse Ted. – Aquele tal de Waterman, o paleontólogo que você disse que fez a validação... ele é uma fraude.

– Bem, nossa, Ted, obrigada por me contar num momento tão oportuno.

– O que eu quero dizer é que se você tivesse me escutado, poderia ter-se poupado de algumas dores de cabeça. Não vi motivo para interromper o caso com o Waterman depois que a porta já estava aberta. Não queria ter com você um relacionamento do tipo "eu bem que te avisei". Mas talvez agora você precise me escutar.

Dessa vez, foi Cotten que deu um longo suspiro.

– Eu sei. Você está certo.

– Ouça, posso conseguir um meio de fazer você voltar para a SNN. Agora mesmo, você está desperdiçando o seu talento e piorando ainda mais as coisas. Tenho reportagens que são perfeitas para você.

– Ted, você é mesmo um grande amigo. É por isso que não posso aceitar a sua oferta.

– Por que não?

– Porque o meu nome mancharia a imagem da SNN e a sua credibilidade.

– Besteira. Já faz muito tempo. O público perdoa. Antes do que você imagina, o nome Cotten Stone terá todo o respeito que merece outra vez – que *você* merece outra vez. Podemos fazer isso por você. Quero ajudá-la a sair desse abismo.

Cotten afastou com a mão as lágrimas que haviam se acumulado nos olhos. Ted era um dos melhores homens que ela já tinha conhecido. Sem dúvida, ele sempre havia sido bom para ela.

– Você vai ferir os meus sentimentos – disse Ted. – Se não aceitar a minha proposta, vou levar para o lado pessoal.

Cotten fez um esforço para controlar a voz, não querendo que falhasse. Ela limpou a garganta.

– Deixe-me pensar no assunto. Preciso me encontrar com Thomas Wyatt para almoçar. Estou trabalhando com ele numa história. Ligo para você depois.

– Por acaso esse tal de Wyatt trabalha para o *Gazette* ou tem alguma história maluca para contar?

– Não, não, não é nada disso. Ele é um amigo do John Tyler.

– Também é padre?

– Não. Eu explico depois. É uma história verdadeira em que estamos trabalhando. Tem a ver com essa onda de suicídios, entre uma infinidade de outras coisas. Darei mais informações a você quando tiver mais controle sobre o assunto.

– Bom, porque não estou entendendo. Não aceito o suicídio em nenhum nível, muito menos nessa proporção estranhamente crescente. Talvez não entenda porque o suicídio é algo sobre o que nunca pensei. O suicídio é para os covardes.

A garganta de Cotten se apertou quando ela se lembrou do suicídio do pai e como ela o odiara por aquilo por tanto tempo. Já era ruim perder alguém que amava, mas sendo pelas próprias mãos, era quase intolerável. Como uma sobrevivente, ela sofreu mais do que a perda – o sentimento de culpa se misturou com o da perda e ela sempre se questionou sobre isso.

– Ted, agora preciso ir, mas lhe darei uma resposta sobre a sua proposta. Vou deixar a idéia amadurecer na minha cabeça por um dia ou dois.

– Vou ficar esperando pelo seu telefonema. Cuide-se bem, menina.

– Sempre – retrucou Cotten, depois desligou.

* * *

Cotten pediu para se sentar no pátio junto ao atracadouro de modo a ter uma boa visão da água. O dia estava fresco e ventava ligeiramente, perfeito para um almoço ao ar livre. O lema do Southport Raw Bar era: "Coma peixe e viva mais, Coma ostras e ame mais, Coma mariscos e mantenha-se bem." Depois de ler isso ela procurou memorizar para contar a Ted.

Cotten pegou o cardápio e o analisou enquanto esperava por Wyatt. As asas de frango pareciam uma boa pedida, ou talvez apenas uma entrada de casquinha de siri e uma fatia de torta de lima.

Quinze minutos depois de servir a Cotten um copo de água e de colocar outro no lugar de Wyatt, a garçonete regressou.

– Gostaria de fazer o pedido agora?

– Não, estou esperando um amigo – informou Cotten.

– Um aperitivo ou uma bebida?

Cotten balançou a cabeça.

– Não, obrigada.

Ela consultou o relógio de pulso. Talvez devesse ter passado para pegá-lo. Podia ser que ele estivesse perdido. Disse que alugaria um carro naquela manhã. Quem sabe estivesse demorando mais do que o esperado.

Mais trinta minutos depois e nada de Wyatt, Cotten levantou-se da mesa e saiu. Faria uma parada no apartamento de Wyatt no caminho de casa para descobrir o que o atrasara.

Parando ao lado do carro, procurou as chaves dentro da bolsa.

– Porcaria – resmungou, percebendo que não tinha ligado o telefone celular. Podia ser que Wyatt tivesse tentado telefonar.

Cotten entrou no seu Toyota, abriu o telefone e ligou-o. Não havia chamadas não atendidas. Nem recados. Deu a partida no carro e saiu em direção ao apartamento de Wyatt.

O trânsito pesado do horário do almoço ao longo da praia obrigou-a a pegar um atalho para chegar mais depressa ao Sand Dollar Apartments. Lembrava-se do nome do conjunto de apartamentos e sabia onde ficava, mas não conseguia se recordar do número do apartamento de Wyatt. No entanto, ele havia deixado escrito para ela, juntamente com o número do telefone. Ela vasculhou dentro da bolsa, finalmente localizando o pedaço de papel dobrado.

Número 103.

Cotten entrou no estacionamento, encontrando o apartamento 103 próximo à extremidade sul. Estacionou numa vaga e saiu. Aquele lugar tinha uma aparência bem melhor do que o prédio onde morava, pensou. Parecia que o Venatori tinha um orçamento melhor do que uma repórter *freelancer*. Imaginou quanto seria o aluguel. Devia custar o dobro do que ela pagava.

Parando em frente à porta, Cotten bateu.

– Thomas! – chamou.

Bateu com mais força e, para a sua surpresa, a porta se abriu sozinha. *Ele deveria tê-la trancado*, pensou.

– Thomas! – chamou de novo, abrindo a porta um pouco mais. Ouviam-se vozes dentro, então ela chamou de novo.

Não obtendo resposta, Cotten abriu a porta e entrou no apartamento. A televisão estava ligada e sintonizada num programa de entrevistas. Isso explicava as vozes. A sala estava vazia. Ela apertou o botão do controle remoto e desligou a televisão.

– Você está aí, Thomas?

Os saltos dos sapatos dela ecoavam contra o piso de cerâmica. A cozinha estava vazia. A porta do banheiro estava escancarada – ninguém lá dentro.

O apartamento tinha dois quartos e a porta de um estava entreaberta. Cotten empurrou-a com a ponta dos dedos. A porta se abriu e o quarto ficou à vista.

– Meu Senhor Jesus – murmurou ela.

Encantador de Serpentes

Thomas Wyatt achava-se prostrado sobre o piso de cerâmica, com o rosto para baixo. Um fio de sangue se espalhava embaixo da cabeça dele sobre o piso.

Cotten correu e caiu de joelhos ao lado dele.

– Thomas – disse, tocando-lhe o pescoço. Não conseguiu sentir nenhum sinal de pulsação: a pele estava fria ao toque. Ela empurrou-o pelo ombro, tentando virá-lo, mas apenas conseguiu girar o tronco em um ângulo grotesco. Foi o bastante ver o rosto dele. O nariz estava amassado e o sangue tinha secado e se empoçado embaixo das narinas e ao redor de um pequeno talho na testa.

Os olhos estavam abertos, mas não se moviam.

Cotten levantou-se, pegou o telefone e discou para o serviço de emergência.

* * *

Cotten tomou um gole da sua vodca preferida, depois colocou o copo sobre o criado-mudo. Manteve o telefone contra o ouvido, escutando o toque de chamada enquanto se deitava de lado. Por fim ouviu-o responder.

– John, aconteceu uma coisa horrível – informou ela. – Thomas está morto. – Ela explicou que Wyatt não tinha aparecido para almoçar e ela foi ao apartamento dele, encontrando-o no chão do quarto.

– Sinto muito que tenha sido você a encontrá-lo. A nossa embaixada em Washington foi notificada pela polícia daí. Fui informado pouco depois. Cotten, estamos todos abalados com isso. Perdemos um homem bom e honrado. Eu telefonei para a Sua Santidade para dar a notícia e ele imediatamente orou pelo repouso da alma de Thomas. No momento, o mais importante é: você está bem?

– Sim... não... não sei. Não parece justo. Os paramédicos disseram que ele teve um ataque cardíaco e caiu. Mas ele tem pouco mais de 40 anos, John. Como isso pôde acontecer?

– Enquanto não for feita a autópsia, não saberemos. Eu mesmo já a autorizei. Cotten, você precisa que eu vá até aí?

Tudo o que ela queria era dizer sim. Mas ficar próxima de John num momento em que se sentia tão vulnerável não seria bom para ela – não seria fácil para nenhum dos dois.

– Eu estou bem, de verdade. Só que é tão horrível! E a história do ataque cardíaco não me convenceu. É como quando Thornton morreu depois de chegar tão perto de desvendar a conspiração do Graal. – Cotten lembrou-se do trauma por que passou ao descobrir que o ex-amante tinha morrido no chuveiro do hotel. Ele tinha acabado de ligar para ela de Roma no dia anterior, dizendo-lhe que havia descoberto algo e que temia pela própria vida. – *Eles* assassinaram Thornton e tentaram fazer parecer que tinha sido por causas naturais, mas soubemos que não foi. Agora eles pegaram Thomas. Nós iríamos almoçar juntos para finalizar as nossas opções sobre o que fazer com as fotografias que temos da placa de cristal do Peru. É uma longa história, mas consegui a minha câmera de volta e nela havia algumas fotos que tirei da placa. Thomas ligaria para você hoje e enviaria cópias, mas... – Cotten engoliu com dificuldade. – John, eles querem nos impedir de descobrir o que está escrito nela. Eles assassinaram Thomas. Eles querem chegar a mim, me atacar, me fazer desistir.

– Você não pode deixar que façam isso, especialmente agora que tem as fotografias da placa.

– Não sei o que fazer. Acho que Thomas não tinha família, mas não tenho certeza.

– Não, ele não tem uma família próxima. Cotten, você precisa manter a calma e pensar com clareza.

– Eu sei – disse ela. – Mas o choque, você sabe, paralisa a gente.

– O que Thomas achou das fotos? Elas podem ser úteis? O que você diz sobre elas?

– O reflexo ofuscou algumas partes. A metade inferior lembra a aparência de um quipo. Mas só se vê parte das inscrições. Thomas e eu localizamos alguns especialistas. Só faltava decidirmos para onde mandaríamos as fotos. Agora ele está morto.

– Vamos ver o que a autópsia vai nos mostrar, uma morte natural ou algo suspeito.

– Isso não importa. Eles têm meios para fazer parecer um ataque cardíaco. Na verdade, estou certa de que a autópsia vai determinar que a morte foi devida a algum problema cardíaco. É assim que eles agem. Nenhum sinal de violência... mas sabemos do que se trata.

Houve um silêncio contido por um instante e depois Cotten disse:

– E quer saber de uma coisa? Estive pensando, essas duas placas de que tivemos notícia, uma no Peru e a outra no Novo México, ambas foram encontradas em lugares onde civilizações inteiras desapareceram. Simplesmente evaporaram. Imagino se isso não seja um padrão. Será que isso tem alguma coisa a ver com o caso?

– Conceito interessante. Deixe-me pensar sobre ele. Pode ser que você tenha descoberto alguma coisa.

– Não faço a menor idéia do que isso significa, mas parece ser uma coincidência misteriosa.

– Você vai conseguir dormir?

– Não sei – admitiu ela. – Pensei que a vodca ajudaria, mas perdi a vontade de bebê-la. Você fica no telefone comigo mais um pouco? Não precisa falar nada. Só saber que você está aí já é o bastante.

* * *

Richard estava com o rosto no pescoço de Mariah, o odor da pele dela, como trigo, recendendo no nariz dele. Ele adorava quando ela se entregava a ele, quase tanto como nos momentos em que ela o levava às nuvens com os seus carinhos. De qualquer maneira, ela o satisfazia muito além do que podia imaginar. Ele sentia um desejo insaciável por ela.

O ato sexual esgotara-lhe todas as forças, mas Eli os queria na casa dele dentro de uma hora. Até tomarem banho, vestir-se e dirigir até lá, teria se passado pelo menos uma hora.

Mariah ainda conservava as pernas em volta dele, embora os joelhos tivessem caído para os lados e os quadris tivessem se aninhado entre os lençóis. Ele começou a se levantar e ela mordeu-lhe a orelha.

– Quer repetir a dose no chuveiro? – sussurrou ela.

Richard escorregou para baixo e beijou-lhe o bico do seio, depois tomou-o entre os dentes até senti-la se contorcer.

– Sempre querendo mais – comentou ele. – Você nunca está satisfeita. – Ele sentou-se, arreganhando-lhe as pernas e olhou para o rosto dela. – Você é tão linda.

Ela sorriu.

– E gostosa?

Richard deu-lhe uma palmada na coxa.

– A pior coisa que já me aconteceu – disse ele, afastando-se dela.

– Você elaborou algum plano sobre o que fazer com a Tempest Star? – perguntou ela.

– Ainda preciso pensar melhor sobre esse assunto. Vou resolver o que fazer junto com Eli – respondeu Richard, caminhando nu para o banheiro conjugado ao quarto. – E o Eli quer conversar sobre a tal Stone. – Ele parou na passagem em arco que se abria para o banheiro e voltou-se para olhar para ela. – Você vem?

* * *

Richard e Mariah demoraram uma hora inteira para chegar à propriedade de Eli Luddington. Mariah não teve pressa ao esfregar-lhe as costas, aproveitando todas as oportunidades para lhe dar prazer. Mas acabou tendo de se apressar quanto ao próprio banho para que não chegassem atrasados.

Pouco antes de chegarem à casa de Luddington, Richard disse:

– Posso lhe fazer uma pergunta?

Mariah concordou e ele disse:

– Por que você paparica tanto o Eli? Você só falta segurar no pau dele.

– Porque isso o faz feliz – confessou ela. – Ele gosta disso. – Mariah pousou a mão entre as pernas do marido. – E eu acho que você também gosta. Você gosta de assistir.

Richard deu uma risada e afastou a mão dela.

O Escalade passou pelos portões imponentes e seguiu pela alameda de entrada de cerca de oitocentos metros que levava à mansão de Luddington. Richard estacionou, depois saiu e abriu a porta para a esposa.

– Comporte-se pelo menos uma vez – pediu ele. – E você está enganada. Não gosto de assistir.

Mariah piscou os olhos, caçoando dele com um sorriso.

Richard tocou a campainha.

– Tenha cuidado com o Eli, querida. Lembre-se, todo encantador de serpentes acaba sendo picado mais cedo ou mais tarde.

Costureira

A jovem e atraente nova âncora na mesa do estúdio da Edição de Fim de Semana da Satellite News Network olhou para a câmera. Um título ilustrado, "Tragédia na China", destacava-se acima do ombro dela. Lendo o texto do gerador de caracteres, ela disse:

– Os corpos de mais de dois mil alunos e professores foram descobertos da noite para o dia no *campus* da Universidade de Changsha, na Província de Hunan, China. Os primeiros indícios são do que o governo está chamando de suicídio em massa. Os alunos, juntamente com aproximadamente uma centena de professores dessa faculdade altamente respeitada de ciência e tecnologia, foram encontrados trancados num grande salão de conferências. As autoridades do *campus* revelaram o que parece ser a causa da morte como a ingestão de uma bebida semelhante aos preparados consumidos por atletas mas misturado com cianureto. Os detalhes são confusos no momento, mas as autoridades civis afirmam que a região mergulhou no caos quando os parentes e amigos dos mortos acorreram ao local. Os militares foram encaminhados à região para assumir o controle da situação.

A ilustração mudou para uma imagem de Jim Jones e do Templo do Povo.

— A tragédia na China assemelha-se sombriamente ao suicídio em massa de 1978, na Guiana, em que 914 integrantes do Templo do Povo de

Jonestown cometeram suicídio bebendo cianureto misturado com um refresco. Também faz lembrar do suicídio em massa de 1997 de 39 integrantes do culto Heaven's Gate, da Califórnia.

– Daremos maiores detalhes dessa terrível tragédia na China assim que estiverem disponíveis. Mas agora, vamos às outras notícias..."

Lester Ripple mastigou outro bocado do seu jantar – um tipo de pipoca ligeiramente salgada – e olhou para a televisão.

– Uau, isso é muito ruim – comentou, e então lambeu o sal de três dos seus dedos. *Um, dois, três,* contou para si mesmo. Ele tinha conhecimentos sobre a Universidade de Changsha. Uma das suas colegas de doutorado era da China e havia obtido o mestrado na Universidade de Changsha. O nome dela era Gu. Ela era bonita, recordou-se. E brilhante. Brilhante porque concordava com Ripple. Não como os outros cabeças de bagre que liam a tese dele. Todo mundo concorda que existem cinco teorias das cordas aparentemente diferentes. Isso era moleza. Era mais ou menos como perguntar se um cachorro gordo peida. Mas até agora, ninguém havia admitido a sua hipótese de que existia uma sexta teoria, aquela que ele chamava de sua teoria da linha: como dimensões paralelas infinitas, outros mundos, existem e estão ligadas ou costuradas juntas por um único elemento que reside dentro de cada ser humano. Sim, é claro, parecia um pensamento filosófico, mas estava enraizado na ciência e poderia ser provado com a matemática. E essa era a beleza impressionante da coisa. Um casamento perfeito de duas escolas aparentemente diferentes que, juntas, respondiam à pergunta: "Existe vida após a morte?" Ele ponderou a expressão *vida após a morte.* Essa poderia ser uma expressão inadequada. Após o quê? Ele pensaria sobre o assunto e encontraria outra expressão. Quem sabe *uma outra vida,* embora achasse que essa não tinha a mesma força.

Ele rabiscou uma anotação no guardanapo para se lembrar de cuidar desse detalhe secundário, depois dobrou o guardanapo três vezes e guardou-o no bolso da camisa, que já continha a tampa de uma caixa de cereais na qual tinha anotado uma equação, e a conta de luz, que parecia ter um padrão de números que compunham uma seqüência entre o número da conta, os quilowatts-hora gastos e a leitura do medidor. Coisas assim não aconteciam simplesmente sem uma razão. Não existem coincidências. Ele deveria jogar aqueles números na loteria no sábado à noite.

Ripple sorriu ante o nome que tinha escolhido para a sua teoria em homenagem à avó – a teoria da linha de Ripley. Ela havia passado a vida como costureira, fazendo e consertando roupas para as outras pessoas. Quando criança, ele a observava trabalhar durante horas seguidas, enquanto ela juntava retalhos diferentes de tecidos até formar uma peça única de roupa. A avó costumava lhe dizer que a roupa já existia, tudo era uma questão de escolher os cortes certos de tecido para compor a peça final.

A querida avó nunca soube que, enquanto costurava, ensinou-lhe o segredo do universo. Um dia, o expressou em termos muito simples. As palavras dela foram como as nuvens se abrindo. Como a Terra se movendo. Como Deus falando com ele.

– Lester – disse ela –, se você quiser chegar a algum lugar nesta vida ou na outra, precisa enfiar a linha na agulha.

Chaveta

Eli Luddington conduziu Mariah e Richard para o escritório. O aposento era luxuoso com os matizes escuros das estantes de pau-rosa brasileiro e dos armários feitos à mão que iam do chão ao teto. Acabamentos em latão e prata polidos, vidros biselados, cristais Waterford, mármores brancos puros, folheados a ouro – tudo era do mais fino que o dinheiro poderia comprar.

– Mariah, você está estonteante esta noite – comentou Eli. – Não concorda, Richard?

Richard concordou e sentou-se no sofá de couro. Ele deu uns tapinhas no espaço ao lado dele, esperando que a esposa o acompanhasse. Mas, como sempre, Mariah precisava dedicar-se um momento a favorecer Eli.

Richard ficava exasperado ao observar a esposa correr a mão pelo ombro e o braço de Eli. Mas ela nunca mudaria os seus modos – especialmente com Eli.

– Ah, Eli, é sempre um prazer estar na sua companhia – dizia ela.

Eli pegou sua mão e beijou-lhe as pontas dos dedos.

– Mariah – observou Richard num tom áspero –, temos muitos assuntos para discutir. Acho bom começarmos logo, caso você ainda queira sair para jantar.

Mariah esboçou um sorriso obviamente artificial e sentou-se.

Eli fez sinal com a mão.

– Ah, não, Richard. Se vocês fizeram reservas, eu peço desculpas. Mas mandei preparar um jantar especial para nós três. – Ele relanceou o olhar para o antigo relógio de parede com o numeral em algarismos romanos. – Seremos chamados para o jantar dentro de alguns minutos.

Eli Luddington irritava Richard. Mesmo quando ele pronunciava o nome comum de Eli, a sua boca tornava-se ácida. Imaginava como a palavra pronunciada podia produzir um gosto tão desagradável. E ainda mais profundo era o amargor na sua boca quando chamava Eli pelo seu nome próprio – o Grande Caído Belial, de onde saíram as letras *e-l-i* para formar-lhe o nome comum. Quem sabe, pensou Richard, o nome o forçasse a se recordar do trabalho que haviam feito ao longo de gerações e gerações, e que finalmente drenara-lhe toda a energia. Fosse qual fosse a razão, estava cansado de Eli, do trabalho, da missão. E em momentos secretos de solidão, a coisa em que mais pensava era como algum dia poderia se libertar, acabar com aquilo. Pensamentos assim não eram algo que pudesse compartilhar, especialmente com Eli ou com Mariah.

Exatamente como Eli havia previsto, um serviçal entrou no escritório e anunciou que o jantar estava servido.

Eli estendeu a mão e Mariah levantou-se e tomou-lhe o braço. Richard seguiu atrás. Os olhos fixos na parte das costas que o vestido que ela usava deixava exposta. Como o mel mais doce e puro, ele podia sentir-lhe o gosto da pele. Ela jamais ficaria com ele se ele desistisse do seu poder e recusasse o seu direito de origem. E ele a desejava muito. Ela era a única coisa que o impedia de deixar Eli e, no fim, o Velho. De algum modo, Eli soube que isso um dia aconteceria e, por isso, apresentou-lhe Mariah. Mariah era o cadeado com o qual Eli o mantinha preso. Portanto, não fosse pela esposa, estaria tudo acabado. Não havia mais emoção no poder, não havia mais entusiasmo na grandiosidade e na enormidade da missão que prosseguira ao longo de eras. Nada daquilo o prendia mais.

Eli escoltou Mariah ao lugar dela na mesa e depois acomodou-se à cabeceira da longa e formal mesa de jantar do século XVII que havia importado da Escócia. Mariah ficava à direita dele, e Richard sentou-se à esquerda.

Para surpresa de Richard, Eli não ergueu a taça de vinho para um brinde. Em vez disso, os primeiros dez minutos à mesa foram desagradavelmente silenciosos.

– Vocês se importariam se eu servisse apenas a entrada? – indagou Eli. – Vamos pular o aperitivo e a sopa esta noite. Eu não estava com vontade. Espero que esteja bem para os dois. Teremos a salada e os vegetais, é claro. Estou com pressa para ir direto ao prato principal – cordeiro. Pareceu tão apropriado.

– Oh, eu concordo – apressou-se a dizer Mariah. – E, de qualquer maneira, estou precisando comer menos.

Richard reprimiu um sorriso presunçoso. Ela não havia entendido o significado da sugestão de Eli de irem direto para o cordeiro. O simbolismo lhe escapara. Uma velha oração da igreja veio-lhe à mente:

Cordeiro de Deus, que tiraste os pecados do mundo,

Tende piedade de nós.

O ruído do garfo de Eli no prato fez Richard levantar os olhos.

– Agora posso lhes dizer que acabei de conquistar a Tempest Star – disse Eli. – Podemos manipulá-la da maneira que quisermos. O único objetivo dela é ser Cotten Stone.

– Muito bem feito, Eli – observou Richard. Essa era uma coisa em que ele não havia pensado, concluiu.

– Como conseguiu que ela concordasse? – quis saber Mariah.

Eli deu um tapinha na mão de Mariah.

– Eu a comprei... ou talvez fosse mais como fazer uma troca. Ela quer fama e fortuna, e vai tê-lo. Você entende como a coisa funciona, não é, Mariah?

Mariah não respondeu. Primeiro, ela olhou para Eli, depois baixou os olhos para a salada de rúcula e espetou-a com o garfo.

Eli tomou um gole do seu Cabernet Sauvignon.

– Não fiz um brinde esta noite, porque não achei que esta fosse uma ocasião para fazê-lo.

Richard mastigou um pedaço de cordeiro e imaginou se Eli iria repreendê-lo por alguma coisa ou simplesmente queixar-se em geral. Ele engoliu e virou-se para o anfitrião.

– Imaginei que estivesse contente com a vitória sobre Tempest Star. Está insatisfeito, Belial?

Eli recostou-se na cadeira e tomou nas mãos o copo de vinho, claramente reagindo ao fato de Richard tê-lo chamado de Belial.

– Por que está hostil, Richard-Rumjal? Está sugerindo que nos tratemos formalmente, ou podemos continuar em termos mais usuais e familiares?

– Eu não estava sugerindo nada.

– Então talvez eu detecte que você previu a pedra que está no meu sapato.

Richard colocou o garfo ao lado do prato.

– Do que se trata, Eli? Sempre há alguma rebarba irritando você.

– Suponho que tenha razão. Mas essa é a natureza de fazer todos os esforços para manter um plano funcionando perfeitamente, sem falhas. Uma pequena farpa poderia significar um retrocesso.

– Não está satisfeito com o modo como lidamos com o agente do Venatori? O nosso contato disse que tudo correu perfeitamente, sem rebarbas nem farpas.

– Ah!, por favor, aceite as minhas saudações por isso. Peço desculpas por não ter comentado antes. Trabalho excelente.

– Obrigado, Eli. Fico contente. Cotten Stone deve ter entendido a mensagem alta e clara. Ela se lembrará do que aconteceu a Thornton Graham, e não deixará de fazer as comparações. Não haverá dúvidas sobre com quem ela está lidando. Uma boa advertência, por assim dizer.

– Por que vocês simplesmente não acabam com ela? Vocês se livraram do agente, por que não dela? – quis saber Mariah.

Richard enxugou os lábios com o guardanapo antes de olhar para Eli em busca de aprovação. E disse para a esposa:

– Porque ela é um dos nossos... pelo menos metade dela é. O pai dela era um dos Caídos. Somos capazes de fazê-la desaparecer, mas veja, desde o princípio concordamos que nunca faríamos mal a um dos nossos ou aos seus descendentes. É assim que aumentamos o nosso número. Precisamos de um grande exército. Se cruzarmos essa linha, traindo os nossos votos, o acordo estará rompido para sempre. Não podemos nunca permitir que a nossa legião diminua em número. Melhor que isso, ou dobramos Cotten Stone ou fazemos com que retorne às origens.

– Tudo bem – disse Mariah, depois de parecer digerir as palavras de Richard. – Isso eu compreendo, mas isso me leva a fazer uma outra pergunta, Eli. O agente do Venatori está morto, e não há suspeitas de que não tenha sido por outra coisa senão de um ataque cardíaco. Por que você está agitado?

– Porque nenhum de vocês vê a cruz, a chaveta. Não tenho dúvida de que Cotten Stone vai entender a advertência. Ela vai fazer a ligação entre Thornton Graham e Thomas Wyatt, mas ela não vai levar em consideração a advertência.

– Por que não? – quis saber Richard.

– Porque vocês ainda precisam atingir o único ponto fraco dela, a brecha na couraça de Cotten Stone que a deixa de joelhos... John Tyler.

O Sanitário Masculino

– Você ainda me quer? – disse Cotten ao telefone para Ted Casselman.

– Totalmente – confirmou Ted. – Você ter aceito a minha proposta foi a melhor notícia que tive em toda a semana.

– Preciso esclarecer algumas coisas com você antes. Tudo bem?

– Diga.

Cotten deixou-se afundar no estofamento do sofá.

– Bem, eu pedi demissão. Telefonei para o *Galaxy Gazette* e disse que queria encerrar o contrato. Já coloquei tudo por escrito, mas ainda não coloquei no correio.

– Parece que você já fez tudo o que era necessário – observou Ted.

Cotten mordeu o lado esquerdo do lábio inferior.

– Não exatamente.

– Então mande a carta e deixe aquele oportunista atacar a Tempest Star no *Courier.*

– É do que eu gostaria – disse Cotten. – O *Gazette* me pagou um adiantamento para fazer a reportagem sobre as ruínas do Novo México. O problema é que não entreguei a reportagem para eles. Há uma reportagem a ser feita, mas não tem um fim ainda. Essa é uma matéria que quero fazer para a SNN, mas não posso encerrar o meu contrato a menos que devolva o dinheiro ao *Gazette.* – O estômago de Cotten se contraiu. – E eu não tenho dinheiro, portanto...

– Deixe que eu cuido disso – prometeu Ted.

– Não, não é isso o que eu quero. Eis o que proponho. Apenas me ouça com a mente aberta.

Cotten passou os cinco minutos seguintes contando a Ted os detalhes sobre as placas de cristal – uma do Peru, a outra do Novo México, a última placa que faltava. Ela contou-lhe tudo sobre os Hapsburgs, sobre Thomas Wyatt e sobre a ligação dele com o Venatori, e que estava convencida de que a morte dele não tinha sido por causas naturais.

– Essa é a matéria que quero fazer para a SNN. Ted, essa matéria vai ter uma repercussão muito maior do que a conspiração do Graal. Com a placa, acredito que estaremos diante da própria escrita de Deus, eu tenho certeza de que ela diz que Ele está enviando a mensagem para...

– Cotten, você não precisa me convencer. Eu confio em você, nos seus instintos e na sua habilidade. Além do mais, sei muito bem que vai até o fim com essa história, quer a SNN pague você, quer não. Estou certo?

Cotten equilibrou o telefone no ombro. A voz dela saiu quase num sussurro.

– Isso é muito importante para mim, Ted.

– Quanto você deve ao *Gazette*? E não precisa me pagar. Do meu ponto de vista, a SNN está lhe dando um adiantamento e financiando um dos seus maiores repórteres a fazer uma matéria para o horário nobre.

– São quase dois mil dólares. E eu preciso entregar as fotografias da placa peruana a um especialista para que faça a tradução, o que significa mais viagens. Thomas e eu pesquisamos os especialistas em quipo e descobrimos que um dos melhores do mundo está em Chicago. É por onde quero começar.

– Sem problema. Cole o selo e mande a carta. Não faz sentido você trabalhar para um tablóide inconsistente. Será bom ter você de volta à SNN.

– Não estou pronta para me mudar para Nova York ainda. Primeiro preciso resolver toda essa coisa da placa.

– Ei, menina. Você trabalha de onde for mais conveniente para você. Podemos pensar na mudança depois.

– Ted, você é o máximo. E não estou falando por falar.

– Sei, sei. Você pensa que me bajulando já vai conseguir um aumento.

Ambos riram.

– Ei, você mantém contato com o John Tyler? – quis saber Ted.

– Sim. Falei com ele logo depois da morte de Thomas e conversamos de novo ontem. Eles trasladaram o corpo de Thomas por avião para Washington, para um funeral particular. Ele não tinha parentes; então, o pessoal da embaixada e os integrantes do Venatori estarão presentes. John providenciou tudo. Conversamos durante muito tempo.

– Tem alguma coisa especial entre vocês dois, não é? É uma pena que ele seja um padre... um arcebispo, que seja!

– Mas ele é um padre. Portanto, é isso aí.

– Hã-hã, como eu disse, é uma vergonha. – Ted fez uma breve pausa, depois acrescentou. – Não vou embaraçá-la com esse assunto nunca mais. Sei que é um assunto delicado.

– Mais ou menos – admitiu Cotten.

– Muito bem, menina, mande-me um planejamento e mantenha-me informado de tudo. Vou lhe mandar algum dinheiro e quando precisar fazer uma reserva para algum vôo, me telefone. Cuido de tudo no departamento de viagens da SNN.

* * *

Depois de chegar a Chicago pelo Aeroporto O'Hare, Cotten fez a conexão de ônibus para o hotel Crowne Plaza, em Greektown. Ela tinha marcado um encontro às três horas em ponto com o doutor Gary Evans, professor do Programa de Estudos Andinos do Departamento de Antropologia da Universidade de Illinois, em Chicago.

Às 2h55, ela estava diante da secretária dele.

– Sou Cotten Stone, vim para uma entrevista com o doutor Evans. – Na mão direita, ela carregava uma pasta de couro com zíper.

A secretária pegou o telefone e discou.

– A senhorita Stone está aqui – informou, ouviu por um segundo e desligou.

– O doutor Evans a espera. Pode entrar.

Cotten empurrou suavemente a porta e entrou no escritório do doutor Evans.

– Boa tarde – Evans cumprimentou-a, levantando-se e estendendo a mão por cima da escrivaninha.

Ele parecia estar no meio da casa dos 60 anos; tinha o cabelo oleoso penteado para trás e usava um paletó aparentemente um número maior. Usava óculos de lentes grossas, como também era acentuado o sotaque do Meio-Oeste. O escritório era pequeno e abarrotado de livros, documentos e pastas empilhados em colunas apoiadas contra as paredes.

– Obrigada por me receber, doutor Evans.

– A senhorita se referiu a um determinado quipo – comentou ele, observando a pasta com curiosidade. – Sente-se, por favor.

Cotten sentou em frente a Evans.

– Desde que telefonou, não vejo a hora de conhecer o que descobriu – continuou Evans. – Especialmente porque me disse que sou o primeiro a examiná-lo.

Cotten acomodou a pasta no colo.

– Sim, o senhor é o primeiro.

– Como conseguiu encontrar o quipo? – indagou Evans. – Percebi que não queria entrar em detalhes pelo telefone.

Cotten engoliu em seco.

– É que se trata de um assunto muito complicado para ser explicado por telefone. E pode ser que eu não tenha me expressado direito. Na verdade, não tenho o quipo propriamente dito, só tenho fotografias.

Cotten abriu o zíper da pasta e tirou de dentro três fotografias ampliadas da placa, que imprimira em casa.

Espalhou-as sobre a escrivaninha de Evans. Ela observou o semblante dele – os olhos piscando rápido e as sobrancelhas cerradas enquanto puxava as fotografias para perto de si.

– O que é isto? – perguntou ele.

– Uma placa de cristal encontrada num remoto sítio arqueológico nos Andes peruanos.

Evans enfiou a mão numa gaveta, de onde tirou uma poderosa lente de aumento. Erguendo a primeira das três fotos, virou-a de diferentes ângulos enquanto a examinava cuidadosamente com a lente. Depois passou para a segunda e para a terceira.

– O que acha? – quis saber Cotten. – A parte inferior da placa se parece com a representação de um quipo, não acha? As linhas são como um cordão e os pontos são nós. É o que poderia ser, certo?

– Talvez – declarou Evans encolhendo os ombros. – Não sei nada sobre essa placa. Exatamente o que ela é? Esperava que me trouxesse um quipo de verdade. – Ele levantou os olhos para ela. – Não sei ao certo o que tem aqui, senhorita Stone, mas não acho que possa ajudá-la. Precisaria ver o quipo em si. A maneira como os fios são trançados, a cor dos fios, tudo isso é tão importante quanto os nós... ou pontos, neste caso.

– Mas não pode descobrir alguma coisa a respeito disto? Não pode ao menos trabalhar com as linhas e os pontos? – Ela percebeu que devia parecer desesperada.

– A pesquisa toma muito tempo e tenho pouco tempo livre. Além dessas fotografias, poderia me dar alguma prova de que essas imagens são de um artefato real? Poderiam ser apenas algumas gravações em vidro, pelo que posso observar.

– Mas não são. Estou lhe dizendo que era uma placa de cristal encontrada numa escavação arqueológica num sítio no Peru. Eu mesma tirei as fotos antes que a placa fosse destruída. Não soube do desastre... o doutor Carl Edelman, o acampamento inteiro...

– O massacre? É claro que li a respeito, mas não me lembro de nenhuma menção à placa de cristal.

– Porque ela foi destruída. Foi por isso que todos morreram... por causa da placa. Todos que a viram precisavam morrer.

– A senhorita a viu, e não morreu.

Cotten levantou-se e bateu várias vezes com o dedo no desenho que lembrava um quipo numa das fotos.

– O que está escrito aqui tem um significado, aqui neste quipo, que é tão importante que...

– Sinto muito, senhorita Stone.

– Por favor – insistiu ela. – O senhor me foi altamente recomendado. Eu contava que...

Evans juntou as fotografias e estendeu-as para ela.

Cotten recuou.

– Só dê mais uma olhada. Por favor, doutor Evans. Em algum momento em que não tenha nada para fazer ou quando tiver curiosidade, olhe para elas. O meu nome e telefone estão no verso.

Cotten virou-se e caminhou para fora do escritório.

* * *

Lester Ripple estava adiantado. Ele estava sempre adiantado. Deu três voltas no quarteirão antes de descer do carro e contornar o prédio a pé três vezes. Por causa do frio, os seus olhos lacrimejavam como os de um bebê chorão. O vento frio e congelante era um saco, ele pensou.

– Terceiro andar – pronunciou em voz alta, recordando-se do local no qual lhe indicaram para se apresentar. Talvez fosse um presságio. Terceiro andar. Terceiro andar. Terceiro andar.

Consultou o relógio. Ainda era cedo demais, mas não poderia mais andar lá fora. Sabia que suas bochechas deviam estar bem avermelhadas por causa do frio e os olhos gelados – Jesus, era o seu primeiro dia no emprego e estava péssimo. Podia ser demitido antes mesmo de começar. E queria muito o emprego, mesmo que não fosse no Departamento de Física, para o qual havia se candidatado em primeiro lugar. Eles queriam um matemático no Departamento de Antropologia. Vá entender. Professor assistente de pesquisa seria o seu título. Um passo para um cargo definitivo. Era uma coisa boa. As suas responsabilidades eram desenvolver e conduzir um programa de pesquisa financiada, um financiamento seguro e garantido, e publicar os resultados da pesquisa. Agora, essa última parte poderia ter problemas, pois ninguém queria publicar a sua teoria da linha. E aquilo era a chave de tudo. De maneira nenhuma desistiria disso. Mas não teria a responsabilidade de dar aulas e preferia essa opção. Mas antropologia? Estava ansioso para descobrir os detalhes mais específicos do que era esperado dele.

Ripple entrou e olhou para as escadas acima. Mesmo se tivesse de matar o tempo, não importava, ele seria pontual. Não havia tolerância em relação a atrasos.

– Droga, droga, droga – murmurou, antes mesmo de chegar ao meio do caminho para o primeiro andar. As suas axilas estavam molhadas e um fio de suor rolou abaixo do seu lábio. Nervos. Era exatamente isso, ele estava nervoso. A mensagem que tinha visto na televisão voltou-lhe à mente: "Nunca deixe que vejam você suando."

Em seguida...

– Oh, Deus – murmurou, sentindo uma contração involuntária dos intestinos. Precisava ir ao banheiro. Não poderia sentar-se diante da escrivaninha do novo chefe e ter uma câimbra intestinal – e se não conseguisse controlá-la, e se tivesse um acesso de suor, a pele se arrepiasse e não pudesse controlar?

Ripple subiu as escadas correndo, chegando finalmente ao terceiro andar. Caminhou apressado pelo corredor, rezando para que houvesse um banheiro naquele andar. Havia uma placa de bronze indicando o sanitário masculino.

No reservado, sentado no vaso sanitário, tirou uma embalagem de antidiarréico do bolso, abriu-a e mastigou as duas pastilhas para um efeito duplo. Salvo, pensou.

Finalmente, sentindo-se melhor, saiu do reservado e lavou as mãos na pia. O reservatório de toalha de papel era controlado por um detector de movimentos embutido. Até que ponto isso era bom? Agitou a mão na frente dele e fez com que uma folha de tolha de papel saísse. Depois de secar as mãos, atirou o papel no cesto de lixo.

Alguma coisa chamou a atenção dele. Ele se inclinou sobre o cesto, pensando numa maneira de pegar aquilo sem se deixar contaminar. Endireitou o corpo e agitou as mãos por três vezes em frente ao reservatório de toalhas de papel. Puxou a toalha de papel e envolveu a mão direita nela, usando-a como uma barreira entre a pele e o objeto.

Lester Ripple estendeu a mão para dentro do cesto de papel toalha e pegou as três fotografias.

Tentação

O céu estava encoberto quando o papa desceu pela Alameda dos Jardins do Vaticano. O calor reinante naquele dia de outono diminuía à medida que a noite ia se aproximando, e ele usava um casaco de couro sobre a batina branca. Passara um tempo na capela particular lamentando a perda de Thomas Wyatt.

– *In nomine Patris et Filii et Spiritus Sancti* – disse ele, fazendo o sinal-da-cruz e rezando para que Deus acolhesse a alma de Thomas Wyatt na paz eterna. O papa segurava uma Bíblia aberta no Salmo 23:4 e lia em voz alta:
– "Ainda que eu ande pelo vale da sombra da morte, não temerei mal algum..."

– Escolha adequada.

Ele parou e olhou na direção da voz. Um homem com o cabelo grisalho, praticamente da mesma cor da camisa de seda que usava, estava sentado num banco à beira do caminho. Ele levantou o colarinho do casaco preto.

– Me acompanha? – convidou o Velho, e indicou o lugar ao lado dele no banco.

– O que você quer? – indagou o papa.

– Um minuto do seu tempo. – Ele sorriu, as palavras pronunciadas com uma calma refinada.

O papa hesitou. Os modos não ameaçadores do Velho definitivamente pretendiam abalar o equilíbrio dele.

– Não temos nada a dizer um ao outro.

– Mas é claro que temos. Na verdade, temos mais coisas a dizer do que poderíamos discutir aqui. Portanto, talvez devêssemos estabelecer uma prioridade... – Ele deu alguns tapinhas no banco ao lado dele. – Mas primeiro eu insisto que se sente aqui e relaxe.

O papa sentou-se vagarosamente e fechou a Bíblia sobre o colo.

– Estou impressionado – declarou o Velho. – Você não demonstra nenhum sinal de apreensão ante a minha presença. Admirável.

– E deveria? – O papa fez um gesto abarcando os jardins. – A sua visita acontece no meu território. Talvez fosse você quem devesse estar se sentindo apreensivo.

O velho dirigiu-lhe uma piscadela condescendente antes de continuar:

– Um dos seus guerreiros caiu?

– Essa é a natureza da guerra.

– Outros tomarão o mesmo caminho?

– Já lhe perguntei o que quer – insistiu o papa.

– Basicamente, a sua rendição.

– Impossível. Isso revela a sua incapacidade de profetizar. Será que as eras seguidas de humilhação cobraram o seu preço tornando-o louco?

– Muitos me acusaram de coisas piores.

– Não tenho tempo para isso.

– Pois deveria encontrar tempo. Em breve, o sangue de muitos estará em suas mãos se permitir que a filha de Furmiel tenha acesso ao segredo.

– Explique-se melhor.

– Será que você não entende? Não pode sequer imaginar como estou magoado? Não é humilhação o que sinto, mas um grande sofrimento, além de um sentimento de perda... e ódio. Se tivesse o Paraíso arrancado sob os seus pés, você procuraria encontrar uma maneira de pagar na mesma moeda.

– Talvez devesse ter pensado nisso antes de querer se igualar ao Criador. E não, eu não sou igual a você.

– Eu *estava* em condição de igualdade com Ele. Éramos todos iguais. Todos maravilhosos. Todos dignos. Ele não gostou quando O questionei. A batalha aconteceu só por causa disso. E os que me seguiram transformaram-se numa ameaça que Ele não pôde tolerar. E não se engane. Você é como eu, porque no seu íntimo há ódio, desconfiança e escuridão. Todos os homens carregam esses sentimentos no íntimo.

– Você disse que haveria o sangue de muitos...

– O tempo está se esgotando. A mulher está chegando perto de encontrar a última placa. Não permitirei que isso aconteça.

– Foi por isso que acabou com o Thomas Wyatt? Está com medo de Cotten Stone?

– Eu detesto a capacidade que ela tem de causar problemas. Se estivéssemos nos últimos dias, isso nos obrigaria a nos mostrar. Isso faria com que muitos se voltassem contra nós.

– Mais uma vez, o que é que você quer?

– A sua intervenção.

– Se eu intervier, isso salvará a vida daqueles que mencionou?

– Por que não faz o que é melhor para todos e convence-a a parar, dar meia-volta e desistir? Ela apenas irá encontrar mais sofrimento se continuar. Acabará prejudicando a única pessoa a quem mais ama.

– E se eu fizer o que pede, o que ganharei em troca?

– Poder além de todo o poder.

– Eu já tenho poder.

– Riquezas que excedem as de qualquer rei que já viveu.

O papa fez um gesto abarcando o palácio papal.

– Olhe ao seu redor. Como chama isto?

– Você pensa pequeno. Não vê o que posso lhe proporcionar. Está além do seu âmbito de compreensão.

– Nunca pretendi ser outra coisa a não ser um homem simples.

– Então eu lhe darei a sabedoria e o intelecto que o levarão além da esfera dos maiores pensadores da nossa época, ou de qualquer época da história.

– Você conhece o segredo? Aquele que ela está buscando?

– Sim.

– Diga-me, e farei o que pede.

O velho deu uma gargalhada.

– Por que isso é tão engraçado?

– Não sou um tolo.

– Sabe o que eu acho? – disse o papa.

– Esclareça-me.

– Acho que você está desesperado. Mas devia saber que não há tentação à qual eu venha a sucumbir.

– Não farei essa oferta outra vez.

– E eu acredito que Cotten Stone está prestes a lhe dar um golpe terrível que irá atingi-lo profundamente.

– Olhe para as suas mãos. Está vendo o sangue? Pode viver com isso?

O papa levantou-se, dando as costas para o Velho.

– Afaste-se de mim, Satã – ordenou. Quando olhou de volta para repetir a ordem, o banco estava vazio.

O Hulk

Lester Ripple pegou tudo o que estava em cima da mesa de jogo em frente à televisão e formou três pilhas no pequeno corredor que conduzia ao único quarto. Precisava abrir espaço para trabalhar. Abrir espaço, abrir a mente.

Sentou-se na cadeira de escritório e espalhou as três fotografias sobre o forro de vinil da mesa à frente dele. Ao lado, ele deixou uma lente de aumento iluminada.

Desde o momento que havia encontrado as fotografias no sanitário masculino, não via a hora de chegar em casa. No primeiro dia de trabalho, certamente não queria que ninguém soubesse que tinha pego coisas do cesto de lixo do banheiro. Mas apenas um rápido relance das fotos bastou para atrair toda a sua atenção. O doutor Evans deveria considerá-lo um tolo com idéias confusas quando a sua concentração e interesse durante todo o dia giraram em torno dos pensamentos sobre as fotografias. Tudo o que Ripple conseguia pensar era em dar uma outra olhada. Ele se lembrava de que uma parte do que pareciam ser gravações em algo parecido com um bloco de vidro estava coberto com glifos e pictogramas, mas a parte de baixo foi a que mais o tinha impressionado.

Seria aquilo realmente o que parecia ser?

No fim do dia, ele saiu pelos corredores e deixou o prédio da universidade com as três fotografias bem escondidas na sua maleta. Agora, seguro no apartamento, poderia dedicar o tempo que fosse necessário para examiná-las.

Ripple inclinou-se sobre a primeira fotografia e segurou a lente de aumento acima dela. Olhou através da lente, correndo o dedo ao longo das fileiras de linhas e pontos. Sentiu o estímulo que excitou o cérebro e depois a rápida sucessão de pensamentos.

Números. Expressões matemáticas. Números, símbolos e palavras? Expressões e equações. Peças. Fragmentos. Sim, números e símbolos e palavras. Tudo ao mesmo tempo, o cérebro dele processando tudo como um supercomputador.

De repente, Ripple recostou-se na cadeira e desligou a lâmpada da lente de aumento. Estava sem fôlego, como se tivesse subido diversos lances de escada.

O Hulk. Era isso. Faria um esboço do Incrível Hulk em tinta de marcação verde e esperaria que tudo se organizasse no seu cérebro.

Lester Ripple apanhou a última edição do *The International Journal of Theoretical Physics* do fundo do sofá, depois tirou uma caneta de marcação de pena fina de cor verde de um copo feito com lata de refrigerante sobre o balcão e regressou à mesa de baralho. Ele precisou economizar um ano inteiro para pagar a assinatura, que lhe custou mais de 1.800 dólares. Mas ela tinha uma dupla finalidade. Ele lia a revista e também rabiscava e desenhava nela.

Lester escolheu uma página da revista que não continha nenhum desenho dos que já havia feito até ali e começou a desenhar. Na margem, o Hulk tomou forma, a face com uma careta, como se estivesse fazendo um esforço para levantar um peso impossível.

Rapidamente, Lester sentiu-se melhor, a confusão na sua cabeça se organizando, se ordenando e armazenando metodicamente as informações numa estrutura com um sentido definido. Ele entoou *You've Lost That Lovin' Feelin'.* A mesma canção que Tom Cruise e os companheiros pilotos cantavam em *Top Gun* numa cena que sempre foi a sua favorita. Talvez tornasse a ver o filme logo mais à noite. Era um dos filmes a que mais assistia da sua coleção de DVDs.

Ripple desenhou apenas a cabeça, o rosto e o lado esquerdo do corpo do Hulk, mas isso era o suficiente. Se fosse necessário, pararia de novo e desenharia o lado direito.

Ele retornou ao exame das fotografias e então começou a fazer anotações num pedaço de papel de um recorte que tinha caído no chão quando limpou a mesa. Logo ele descobriu que não havia espaço suficiente no papel para todas as suas postulações e todos os seus cálculos.

Ripple caminhou até a cozinha. Um pacote de blocos de papel amarelo em tamanho ofício enchia o armário embaixo da gaveta de talheres. Ele usava muito os blocos amarelos.

Havia também um cestinho plástico de lápis número 2 apontados e o seu apontador de lápis do Batman. Ele pegou três blocos e três lápis juntamente com o apontador e voltou para a mesa.

Três horas depois de começar o seu estudo, Lester Ripple levantou-se e caminhou ao redor da mesa.

Quem poderia ter escrito aquilo? Quem teria copiado a sua teoria da linha? Sim, essa era mais ampla do que a dele, escrita numa combinação de palavras codificadas e equações da mecânica quântica. Algumas partes apareciam como frases diretas, mas então misturavam-se em equações complexas todas escritas num código binário tridimensional. A parte mais difícil para decifrar aquilo foi saber quando o código era linguagem e quando eram equações matemáticas. As partes borradas pelo reflexo de luz deixavam dúvidas, e é claro que ele queria decodificar as linhas restantes, mas era impossível, uma vez que a luz do *flash* as tinha apagado. No entanto, ele estava certo de que o que quer que estivesse escrito dali por diante comprovaria a sua teoria.

E assim ali estava a sua teoria da linha, inscrita num misterioso bloco de vidro, provando que havia muitos mundos, mundos paralelos, todos gerados pela energia do pensamento, todos existindo ao mesmo tempo. A teoria da linha sustentava que todos os pensamentos são espelhados no mundo em que vivemos – e, por causa disso, ao longo de todo o universo. Todas as possibilidades já foram criadas. Todos os resultados já existem. Naquelas fotografias, alguém além de Ripple havia professado a interconexão ou enredamento comum de toda matéria, energia, alma e espírito. De maneira idêntica à teoria dele, essa explicava a ponte entre as regras do mundo quântico com a sua dualidade onda-partícula e as regras da física clássica. Ele respondeu à pergunta: "Se os elétrons podem estar em dois lugares ao mesmo tempo, por que nós não podemos?" A resposta era simples quando se permitia que a mente enxergasse o conceito de realidade de maneira diferente.

Ripple sentou-se outra vez, dando uma outra olhada nas fotografias e nas suas anotações. Então voltou à primeira fotografia e leu de novo o nome e o número de telefone escritos no verso.

Com voz grossa e sonora, ele disse:

– Senhorita Cotten Stone, aqui é o doutor Lester Ripple, do Departamento de Antropologia da Universidade de Illinois, em Chicago.

Ele praticou a apresentação mais duas vezes enquanto caminhava até a o telefone de parede na cozinha.

* * *

– Evans nem sequer as examinou, Ted – comentava Cotten pelo celular enquanto inseria a chave em estilo cartão codificado na porta do seu quarto no Crowne Plaza. – Deixei as fotos com ele, mas não acho que ele vá dedicar a elas um segundo do tempo dele. Sinto por lhe dar mais essa despesa.

– Ei, becos sem saída existem – reagiu Ted Casselman. – Você sabe que isso faz parte do nosso negócio. Quem mais você e o Wyatt tinham na lista de especialistas?

– Evans era o mais promissor. – Cotten deixou a pasta vazia no pé da cama. – Provavelmente é um desperdício de tempo e dinheiro eu ficar voando por todo o país na tentativa de encontrar alguém mais para examinar as fotos. – Cotten puxou a colcha da cama para baixo. – Além do mais, quero ir ao enterro do Thomas. Sinto que devo estar presente.

– Isso não vai mudar nada.

– Eu sei, mas é a coisa certa a fazer. Nós tínhamos realmente começado a conhecer um ao outro. Estou certa de que ele iria me dar o último adeus se a situação fosse o inverso. Tão logo isso passe, voltarei imediatamente à reportagem. Mas, por ora, preciso resolver esse assunto.

– Precisa de ajuda para a viagem? Hotéis?

– Ted, você é pior do que um pai de verdade. Sou uma mulher crescida. Sei me virar.

– Só estou cuidando de você, menina.

– Falo com você em breve – disse ela, fechando o celular.

Que desperdício de tempo, vir até aqui, pensou enquanto chutava para longe os sapatos e se deitava. Sem dúvida obteria a mesma reação dos outros especialistas em quipo. O que mais precisava agora era de um bom descanso.

O celular tocou. Cotten abriu-o e olhou para o identificador de chamadas, esperando que fosse Ted ligando de novo. Mas o código de área era 312 – Chicago.

Cristóvão Colombo

Cotten procurou entre os freqüentadores do café por alguém usando um boné de beisebol com o nome "Wile E. Coyote" bordado. Esse foi o modo que Lester Ripple encontrou para que ela pudesse reconhecê-lo. Esse poderia ser um modo fácil de encontrar alguém ali, pensou ela. Mas depois de olhar por todo o local, não encontrou nenhum boné como aquele.

Um pesado tapinha no ombro fez com que ela se virasse.

– Senhorita Stone? Eu sou Lester Ripple, do Programa de Estudos Andinos, Departamento de Antropologia da Universidade de Illinois, em Chicago. – Aquilo soou como algo ensaiado. Lester bufou, enrugando o nariz para cima, depois estendeu-lhe a mão. Ele era baixo e corpulento, com o cabelo louro brotando por baixo do boné, provavelmente com cerca de 30 anos de idade, e os olhos eram lacrimejantes. Ele segurava uma maleta surrada na mão.

– Prazer em conhecê-lo, Lester – disse Cotten, apertando a mão dele. – Sinto muito não ter entendido muito bem o que você me disse ao telefone.

Lester inclinou a cabeça várias vezes concordando.

– Eu estou sentado logo ali. – Ripple virou-se e foi abrindo caminho. – Desculpe – disse, esbarrando em praticamente todas as pessoas que ia encontrando pela frente. – Desculpe, desculpe.

Ele personificava o proverbial touro numa loja de porcelana, pensou Cotten enquanto o seguia. Até mesmo a fralda da camisa estava para fora de um lado da calça, além de ter vários passadores na parte de trás da calça sem o cinto. Um *nerd* clássico.

– Aqui – disse ele, puxando uma cadeira para ela.

Uma folha de papel que estava no assento voou para o chão. Cotten viu a palavra *reservado* escrita nela, sublinhada três vezes. Outro papel, também com a palavra reservado, estava no meio da mesa circular preso por uma xícara de café intocada.

– Faz algum tempo que cheguei aqui – explicou Lester. – Não queria que ninguém pegasse a nossa mesa enquanto usava o banheiro. – Ele pegou o papel do chão. Sentando-se à frente de Cotten, continuou: – Muito bem, você já ouviu falar de Cristóvão Colombo, certo? – Ele olhou para cima. – É claro, todo mundo conhece a história de Colombo. Mas você sabia que a mente só vê o que acredita ser possível?

Ripple olhou para ela, obviamente esperando por uma resposta.

Cotten balançou a cabeça.

– Me desculpe, mas não estou entendendo.

Ripple pressionou as mãos sobre os olhos.

– Sei, sei. Estou com um problema.

Talvez ela não devesse ter concordado em se encontrar com aquele sujeito. Ele era mais do que estranho – totalmente atrapalhado.

– Muito bem, vamos lá! – continuou ele. – Eu estudo física quântica, o que significa que estudo o mundo no nível quântico... menor do que o átomo. Aqui, neste meu mundo, as regras deste mundo não se aplicam. E vice-versa. No mundo quântico, encontramos algo chamado superposição quântica, o que significa que as partículas podem estar em dois ou mais lugares e estados ao mesmo tempo. Porque, por exemplo, os átomos não são coisas, mas apenas tendências. A física quântica só calcula possibilidades, e todas as possibilidades existem. Só quando a consciência escolhe uma possibilidade é que ela se torna realidade. – Ele começou a rabiscar num guardanapo. – Olhe.

Cotten olhou para o que Ripple estava escrevendo. Pareciam ser equações matemáticas – colchetes, números, símbolos – mas tudo aquilo poderia muito bem ser rabiscos de um louco.

– Senhor Ripple, o senhor está...

– Lester. Pode me chamar de Lester.

– Lester, você precisa conversar comigo numa linguagem mais simples se quiser que eu o entenda.

– Quer um café, café com leite, um café especial ou algo parecido? – indagou Ripple.

– Não, obrigada. Talvez mais tarde.

– Também não bebo nada disso, mas pedi alguma coisa para poder reservar a nossa mesa. É descafeinado só para o caso de precisar dar um golinho. – Ripple amassou o guardanapo, tirou o boné e depois esfregou vigorosamente o couro cabeludo, fazendo as mechas do cabelo ficarem em ângulos estranhos.

Ele ia muito além do excêntrico, pensou Cotten. Mas havia algum fundo de sinceridade e brilhantismo quase escondido pela sua extravagância.

Ele puxou outro guardanapo e desenhou tediosamente o perfil de um cubo, depois mostrou-o para ela.

– Olhe para isto. Diga-me qual é o seu ponto de vista quando olha para isto. Está olhando de cima para baixo e de baixo para cima, ou de lado?

– De cima – afirmou ela, olhando para Ripple.

– Não, não, não. Não olhe para mim, olhe para o cubo – disse ele, ofegante.

Embora a sua paciência estivesse se esgotando, Cotten olhou para o desenho. Então, sem que soubesse como, a perspectiva que tinha mudou. Ela ergueu os olhos e sorriu.

– Agora estou vendo de lado – afirmou.

– Você entendeu.

– Mas isso não passa de ilusão de ótica – disse Cotten.

– Isso! – Ripple bateu com as palmas da mão na mesa. – Não precisei mudar nada no desenho... todas as possibilidades já existiam. Foi a sua consciência que definiu a realidade da perspectiva... do que você viu. É assim que o mundo é de verdade. Possibilidades, ou como você disse: ilusão. A realidade é uma ilusão. A ilusão é realidade, mas apenas quando você a percebe e torna-se um participante.

Cotten recostou-se na cadeira. Ela tinha um pequeno palpite do que ele queria dizer, ainda que estivesse confuso.

– Sei que é difícil para você admitir e acreditar nisso. Portanto, voltemos a Colombo. Diz a história que quando os navios de Colombo se aproximaram das ilhas do Caribe, os nativos que viviam ali não conseguiam vê-los. Por quê? Porque não podiam imaginá-los, não tinham a menor concepção de um navio de meia tonelada e três mastros. O xamã deles olhou para o mar e viu as ondas produzidas pelo casco dos navios, então compreendeu que havia alguma coisa ali. Mas a mente dele não era capaz de ver os navios. Depois de muita prática de contemplar o horizonte, os navios finalmente tomaram forma. Ele pôde vê-los. E depois que o xamã os descreveu para os outros e eles se concentraram, eles também conseguiram ver.

– Essa não é uma história verdadeira – protestou Cotten.

Ripple deu de ombros.

– Todos os físicos quânticos entendem esses princípios, mas há um pequeno buraco no que eles podem explicar. Eu lhe disse que no mundo quântico os átomos podem existir em mais de um lugar ao mesmo tempo. E existe uma série de documentos a respeito. Não se trata da história de Colombo. Mas existe uma interrupção entre o mundo quântico e o que vemos a olho nu. Por que esta mesa não pode estar em dois ou três ou mil lugares ao mesmo tempo, como as partículas são capazes de fazer no mundo quântico?

Ripple esfregou a cabeça de novo.

– Não faço a menor idéia – disse Cotten, ficando cada vez mais interessada.

– Eu descobri a resposta. Faz parte da minha teoria da linha. – Ripple tirou um envelope pardo da maleta. Abriu o fecho e tirou as três fotografias. – E isso é o que está escrito no objeto dessas fotografias que você diz ter tirado. Todas as minhas equações e explicações encontram-se aqui neste código. – Ele apontou para uma das fotos. – Você disse que vieram de uma escavação arqueológica no Peru. Como isso é possível?

– Não sei como é possível, mas foi lá que a placa foi encontrada. Eu estava presente quando ela foi retirada da terra. – Cotten fez uma pausa, depois cruzou as mãos no colo. – Tudo o que você me disse parece muito interessante, Lester, mas não estou certa se acredito que seja isso o que estivesse escrito na placa. Tenho motivos para acreditar que a inscrição é muito mais do que algum tipo de física da Nova Era.

Ripple contraiu o rosto e o olho direito vagou descontroladamente.

– Mas *é* isso o que está escrito nela! Está escrito num código binário tridimensional. Muito sofisticado. Em parte está na forma de equações e o resto em texto.

– Então me diga o que a parte em linguagem diz.

– Certo – respondeu Ripple. – Diz que todas as possibilidades já existem e coisas do gênero.

– Só isso?

– Em grande parte. Não pude ver as duas últimas linhas por causa do brilho do *flash* da câmera.

Outro desperdício de tempo, pensou Cotten.

– Tenho certeza de que você vai encontrar alguém na comunidade científica para ouvir o que tem a dizer – concluiu ela.

Ripple passou a mão na cabeça.

– Posso ficar com as fotografias? – indagou ele.

– Claro. Tenho cópias. Obrigada pelo seu tempo, Lester. Preciso sair correndo. Tenho de fechar a conta do hotel e pegar um avião para Washington.

– Ah! trabalho do governo, suponho – disse ele, o rosto contraído demonstrando toda a sua decepção.

– Um funeral – informou ela.

– Sinto muito.

Cotten levantou-se para sair.

– O que queria que a inscrição lhe dissesse? – indagou Ripple.

– Queria que me dissesse como impedir o Armagedom.

Sig-Sauer

Richard Hapsburg dirigia o carro alugado pela Massachusetts Avenue, aproximando-se do Observatory Circle. Ele estava três carros atrás do alvo – o passageiro no assento de trás de um Volvo S-80 cinza. Richard já estava irritado porque tinha perdido uma oportunidade anterior de fazer um disparo – hesitando e depois perdendo os poucos segundos em que o alvo esteve exposto. Se estragasse tudo, Eli iria querer os seus testículos numa bandeja.

A pistola SIG-Sauer P-226 descansava sobre o assento do passageiro ao lado dele. Richard não era nenhum atirador de elite, e essa tarefa lhe tinha sido dada contra a sua vontade. Ele disse a Eli que devia contratar um assassino pago, mas a idéia foi rejeitada. Sem dúvida nenhuma, Eli não queria ninguém de fora, para evitar possíveis vazamentos. E Richard estava certo de que Eli o estava testando mais uma vez.

Richard continuou seguindo o Volvo pela 14th Street e US-1. Não poderia se aproximar do lado do S-80 e atirar enquanto estivessem em movimento. Como poderia dirigir, fazer pontaria e atirar com precisão?

Richard não estava preocupado com que alguém anotasse o número das placas do veículo e depois investigasse na locadora para chegar até ele. Ele tinha apresentado documentos falsos quando retirou o carro e prendeu placas igualmente falsificadas sobre as originais. O problema não era ser pego, mas, sim, conseguir dar um bom tiro para matar.

Em todo o trajeto pela I-395 e George Washington Parkway, Richard repensou todo o plano. Haveria mais uma oportunidade – o Aeroporto Reagan.

Ele acelerou, ultrapassando dois automóveis até ficar logo atrás do Volvo. Podia ver a cabeça do alvo através da janela de trás. Apenas alguns metros separavam os dois veículos.

O Volvo pegou a saída para a área de desembarque de passageiros, onde encostavam ônibus e táxis. Richard seguiu logo atrás dele. Ele abaixou o vidro do carro e apoiou a semi-automática na abertura sob um exemplar da revista *Sports Illustrated*.

O motorista desceu e deu a volta no carro. Em seguida, abriu a porta de trás do S-80.

Quando o alvo apareceu, Richard puxou o gatilho.

* * *

Cotten Stone abriu caminho através do saguão da área de desembarque lotado do Aeroporto Nacional de Washington Ronald Reagan. Com a sacola de viagem ao lado, estava cansada até os ossos por causa do vôo e desanimada com a viagem a Chicago – depois dos encontros com o doutor Evans e com o estranho, mas intrigante, Lester Ripple. A dor pela morte de Thomas permanecia no seu íntimo enquanto se preparava para comparecer ao funeral dele. Ela sabia melhor do que ninguém que os Caídos estavam enviando uma mensagem para ela se afastar, desistir. Mas não tinha a intenção de fazer isso. Thomas não teria permitido. E ela não deixaria que a morte dele fosse em vão.

Cotten havia feito uma reserva no Georgetown Inn. Logo depois do funeral, entraria em contato com Ted e continuaria o seu trabalho. De maneira nenhuma o desapontaria. Ele correra um risco enorme ao levá-la de volta para a SNN. A carreira de ambos estava em jogo.

Quando a multidão escasseou no fim do saguão, Cotten fez uma parada e procurou pelo monsenhor Duchamp, que havia prometido ir pegá-la. De repente ela parou quando os seus olhos deram com um homem alto parado a alguns metros à frente dela. Ele usava *jeans*, um suéter preto de gola alta e um pesado casaco de camurça. O sorriso dele se irradiava por entre a multidão. Num instante ela reconheceu aqueles olhos.

– John! – sussurrou ela e correu para ele. Deixando cair a bagagem e atirando os braços ao redor do pescoço dele, ela o abraçou com força. – Não posso acreditar que você esteja aqui.

John Tyler abraçou-a enquanto os demais passageiros que chegavam desviavam-se deles.

Cotten recuou.

– Desculpe. Alguém pode pensar mal... eu me atirando nos braços de um arcebispo. – Ela rolou os olhos para o teto. – Por que será que eu faço isso?

John abraçou-a de novo e sussurrou.

– Olá, Cotten Stone.

– Olá, John Tyler – disse Cotten. Eles continuaram presos no abraço por um instante. Como ela se sentia em casa quando estava com a cabeça no ombro dele – quando ele estava assim tão perto! O longínquo traço da loção pós-barba dele misturado com o odor da pele despertava-lhe um manancial de lembranças.

Finalmente, Cotten soltou-se e recuou. Enxugou as lágrimas.

– Estou muito feliz por você ter vindo.

– Eu também – disse ele, pegando a maleta dela e o *laptop*. – Vamos. Tenho um carro esperando. – Ele seguiu na frente em direção às portas de saída.

Do lado de fora, John fez sinal para um Volvo S-80 cinza-metálico estacionado junto ao meio-fio. Quando eles se aproximaram, Cotten reconheceu o homem parado ao lado do carro.

– Olá, senhorita Stone – cumprimentou o monsenhor Philip Duchamp, segurando a porta aberta.

– Estamos bem longe do Novo México, monsenhor Duchamp – disse Cotten, enquanto se acomodava no assento de trás. – Que bom vê-lo novamente!

– Eu digo o mesmo – disse Duchamp. – Excelência. – Ele inclinou a cabeça para John, que se acomodou ao lado de Cotten.

Um instante depois, o S-80 se afastava em meio ao trânsito.

* * *

Richard manobrou para dentro do Shopping Center e estacionou o carro no meio do estacionamento lotado. O coração ainda batia descontroladamente no peito. Ele havia errado o tiro contra Tyler mas não fazia idéia de onde a bala perdida tinha ido parar. Não viu ninguém cair. Ele atirou, mas o silenciador da arma e o ruído do terminal abafaram completamente o ruído do disparo. Ninguém nem ao menos se encolheu. Ele jogou a arma e a revista de esportes sobre o assento e pisou no acelerador, saindo em disparada do terminal do aeroporto.

Mas havia perdido a oportunidade.

Eli não ficaria satisfeito.

Richard saiu do carro e removeu as placas falsas, atirando-as num latão de lixo vizinho. Quando voltou ao veículo, reclinou-se no assento e ligou o rádio. Depois de sintonizar numa estação de música clássica, ajustou o volume e depois relaxou no assento, fechando os olhos. Ele não tinha nascido para isso.

Richard Hapsburg já tinha tido o suficiente.

Grade de Energia

Lester Ripple embolou todas as folhas de papel do bloco amarelo que se espalhavam desordenadamente sobre a mesa de baralho.

– Tudo inútil – murmurou, atirando a bola de papel no chão.

Não conseguia. Simplesmente não conseguia compreender o que Cotten Stone queria dizer com aquilo de impedir o Armagedom. O que será que ela poderia pensar que havia naquela placa, ou fosse lá o que fosse? O código gravado ali era a teoria dele em todos os detalhes, e muito mais. O que aquilo teria a ver com ela? Ela não passava de uma repórter idiota de televisão, pelo amor de Deus.

Lester baixou os olhos para as fotografias e limpou o nariz com o antebraço. O corrimento não requeria um tecido; ele não tinha um resfriado nem uma infecção. Aquele muco era claro. Só alergias. Não era diferente de esfregar os olhos para tirar a remela.

Ele segurou a lente de aumento sobre a parte de cada foto onde o texto obscurecido pelo brilho não era visível.

– Armagedom – disse ele. Será que ela realmente queria dizer a última grande guerra, ou estaria se referindo a alguma batalha pessoal? Deveria ter pedido para ela explicar melhor.

– Não consigo entender isso – disse ele. – Não consigo descobrir.

Lester Ripple inspirou com sofreguidão pelo nariz e soprou o ar. Queria descansar a mente. As suas mais incríveis iluminações vinham nessas ocasiões

– ocasiões em que ele se abria para o universo e deixava toda aquela energia entrar. Foi desse modo que havia descoberto originalmente as bases da sua teoria da linha. Ele deixaria a sua mente pura e receptiva. Mas, como a avó o ensinara, devia agradecer primeiro ao Criador por ter lhe dado a sabedoria que buscava. Se, em vez disso, ele rezasse pedindo sabedoria, antes de mais nada o seu cérebro teria de admitir que não tinha sabedoria... O que sempre funcionava era agradecer ao Criador por tudo o que ele já tinha.

Viva como se isso fosse verdade, e será, diria a sua avó. Veja o que você quer e isso virá até você.

Lester sabia que as respostas estavam todas na mente dele. O segredo era como as veria. Como acontecia com o desenho do cubo que tinha mostrado a Cotten Stone. Tudo o que importava era o ponto de vista.

Quando a luz fluiu para dentro dele, Lester Ripple sentiu paz. A corrida em que o seu cérebro estava sempre envolvido perdeu a intensidade e se esvaíra. Bom. Isso era muito bom. Como poderia explicar essa experiência a alguém? Era como se ele existisse numa grade de energia que se conectava com tudo no universo e talvez além.

* * *

Cotten olhou através da janela enquanto o Volvo se dirigia para o Georgetown Inn.

– Você mal vai ter tempo para descansar um pouco antes do funeral – disse John. – E deve estar exausta.

– Mentalmente. Fisicamente. Chame como quiser. Mas em duas horas tudo isso terá passado, e eu voltarei ao hotel para descansar.

John pegou a mão de Cotten.

– Você é uma mulher corajosa. Confie em mim quando lhe digo que Deus nunca vai exigir de você mais do que pode dar.

Cotten inclinou-se para perto de John e descansou a cabeça no ombro dele.

– Não sei o que faria sem você – suspirou.

Eles seguiram em silêncio por algum tempo antes de John falar.

– Estive pensando. Chauncey Wyatt, o avô de Thomas, foi responsável pelo roubo da placa do Vaticano nos anos 1800. Sabemos que o bilhete que ele deixou é uma espécie de pista sobre onde escondeu a relíquia.

Cotten ergueu a cabeça.

– Ele me contou sobre o avô e o bilhete, mas não conseguimos encontrar um significado para o que dizia. Falamos sobre a possibilidade de ir à Inglaterra atrás de alguns parentes distantes.

– Eu estava pensando mais ou menos nisso – disse John. – Pedi para a representação do Venatori em Londres fazer algumas investigações. Eles encontraram uma tia-avó dele.

– Então é por aí que precisamos prosseguir imediatamente...

Duchamp pisou nos freios bruscamente, atirando Cotten e John para a frente. O Volvo cantou os pneus até parar, mas não antes que um baque e o ruído de algo grande se esmagando contra o capô do carro e de encontro ao pára-brisa.

– Mas que diabos é isso! – exclamou Cotten, olhando através do vidro sujo de sangue.

Sedução

Cotten sentou-se na grama à margem da avenida enquanto a polícia desviava o trânsito do local do acidente. Presumia que só podiam estar todos ali por tanto tempo por uma fatalidade. Duchamp estava visivelmente abalado e Cotten gostaria de poder confortá-lo. Ele saltou do carro imediatamente depois de parar, no que foi seguido por John e Cotten. A imagem ainda era nítida na mente de Cotten.

O corpo desfigurado e ensangüentado de uma mulher jazia esparramado sobre o calçamento. E como se isso não bastasse, o filhinho dela era apenas um amontoado de carne alguns passos adiante – ambos mortos.

Agora os corpos estavam cobertos por lonas amarelas, pelo que Cotten estava agradecida. Os semblantes da mãe e do filho permaneciam vívidos na mente dela. Cotten olhou para as mãos. Embora tivesse tentado limpá-las no vestido e depois sobre a grama, as manchas avermelhadas não tinham saído de todo. A blusa dela estava úmida, tingida de vermelho na frente e um borrão de sangue cobria-lhe a testa. O bebê não tinha morrido instantaneamente, como a mãe, e Cotten tinha tentado deter o sangramento da cabeça da criança, mas não conseguiu salvá-la.

Ela precisava parar de pensar nisso. Mas podia ouvir Duchamp ainda falando com um dos policiais.

– Não sei de onde eles surgiram. Nunca vi essa mulher – repetia ele vezes seguidas a qualquer um que quisesse ouvir.

Cotten observou quando John pousou a mão sobre o ombro de Duchamp e conduziu-o para a margem da avenida onde ela estava sentada. Cotten levantou-se.

– Acho que a polícia tem tudo de que precisa para continuar a investigação – declarou John.

O rosto de Duchamp estava pálido – bochechas e lábios descorados.

– O senhor não teve culpa – observou Cotten.

Duchamp balançou a cabeça.

– Quem sabe se eu estivesse prestando mais atenção... se ao menos a tivesse visto... manobrado a tempo de desviar...

– Pare de se torturar – interrompeu John. – Este acidente é outro dos suicídios. A mulher saltou na frente do carro. Não existe outra explicação. Um dos policiais disse que encontraram o carro dela estacionado numa faixa de emergência mais adiante na avenida. Chaves, bolsa, sacola de fraldas do bebê, ela deixou tudo lá. Não pretendia voltar. Foi um caso pensado.

– Mas, John, o bebê – interveio Cotten. – Por que ela precisava matar o bebê também?

– Isso tudo faz parte da estratégia *deles*. Quanto mais horrível, melhor – respondeu John. – E não pense que não fomos o alvo. Eles estão tentando chamar a sua atenção para a gravidade da situação. Como fizeram no caso do Wyatt.

Cotten prendeu o cabelo atrás das orelhas.

– Precisamos parar com isso. Precisamos encontrar a última placa.

* * *

– Não pretendo voltar – declarou Richard ao celular.

Mariah atirou a bolsa sobre a cama. Estava pronta para ir jantar na casa de Eli e agora Richard agia como um idiota.

– Do que você está falando? Não conseguiu cuidar do Tyler?

– Eu tentei, mas não deu certo. Não posso continuar com isso. Não agüento mais este inferno.

Mariah caminhava de um lado para o outro ao redor da cama com o telefone sem fio.

– Richard, escute o que vou lhe dizer. Você está cansado e aborrecido. Não pode tomar decisões nessa situação. Não está pensando direito. Pegue o primeiro avião e volte para casa. Vou conversar com o Eli. Inferno, ele vai arranjar outra maneira de acabar com o Tyler.

A linha permaneceu silenciosa. Mariah mordeu o lábio inferior com tanta força que tirou sangue. Se Richard caísse, ela cairia com ele, e ela não estava disposta a permitir isso. Fora longe demais para retroceder.

– Ainda está aí? – Richard indagou.

– Estou.

– Eu amo você, Mariah. Venha comigo. Ficaremos juntos... vamos a algum lugar, qualquer lugar no mundo... longe do Eli. Podemos começar uma família, se você quiser.

– Richard, o que está acontecendo com você? Por acaso ouviu o que acabou de dizer? Não parece o mesmo homem que estava no Novo México. Você me dá pena.

– O Novo México foi a minha última vitória. Aquele tipo de poder perdeu a influência sobre mim. Não ganhei nada com ele. Não tenho mais tesão. E perdi a crença no...

– Bobagem. Você nasceu para isso. Está no seu sangue. Vamos continuar todos juntos e venceremos. Você não pode simplesmente decidir que não quer participar mais. Não é assim que funciona.

– Funcionou para Furmiel, o pai de Cotten Stone.

– E olhe o que aconteceu com ele. Ficou tão desesperado que acabou se matando.

– Mariah, você vem comigo?

Ela desligou o telefone sem responder. Tinha 35 minutos para chegar à casa de Eli Luddington e agora precisava trocar de roupa. O terninho era deslumbrante mas, nessa noite, precisava usar um vestido.

* * *

– Ele cometeu um grande erro – disse Eli a Mariah, ele sentado à cabeceira da mesa de jantar e ela à direita dele. Jantavam sozinhos.

Mariah sentiu uma vertigem. Se Eli tivesse falado com Richard, ela estava perdida.

– Você falou com Richard?

– Ele não atende ao celular.

Um breve adiamento, pensou ela. Se conseguisse impedir que eles se falassem por tempo suficiente, e evitar que Eli perdesse a paciência, talvez fosse capaz de trazer o marido de volta.

– Talvez a bateria esteja descarregada. Isso acontece – comentou ela.

– Richard tem um carregador no carro *além* do carregador normal. Ele está me evitando.

Mariah colocou a colher de sopa na mesa.

– Tenho certeza de que ele vai ligar logo. Ele tem estado muito tenso ultimamente. Deixe-me conversar com ele. Dê uma folga a ele, Eli. Confie em mim para resolver as coisas com o Richard, como você sempre faz. Lembre-se, esse é o meu trabalho.

– O seu marido não está feliz.

Mariah encolheu-se. A promessa que tinha feito a Eli, a única que foi preciso fazer em troca do que ela considerava o seu *renascimento,* era manter Richard leal e solidamente envolvido com a missão.

– Fiz tudo o que podia. Acontece que o Richard é do tipo cismado e melancólico.

– Você o mantém satisfeito em casa?

– O que quer dizer com isso? – indagou ela.

– Ele não sente falta de sexo?

Mariah afastou o prato de sopa.

– Está tudo ótimo. Você sabe como o Richard se sente a meu respeito. E ele morre de ciúme de você. – *Primeira etapa.* – E deveria ter ciúme mesmo. Você é um homem tão poderoso e atraente! Que mulher não se sentiria atraída por você?

As profundas rugas de raiva do rosto de Eli se suavizaram.

– Gosto quando você me bajula.

Mariah estendeu a mão para alcançar a dele e a acariciou.

– Não é bajulação, e você sabe disso.

Eli bebericou o vinho.

– Vamos esperar que Richard ligue o quanto antes e tenha uma explicação razoável e boas notícias.

Mariah sentiu o apetite esvair-se. Eli serviria seis pratos e, se ela demonstrasse preocupação, ele perceberia na hora.

– O Richard não é tão forte quanto você. Ele tem pontos fracos.

– Foi exatamente por isso que você entrou em cena.

– Eu nunca consegui admirar o Richard tanto quanto admiro você. – Ela baixou os olhos, fingindo estar embaraçada pela confissão que estava prestes a fazer. – Se não fosse pelo Richard... – Ela olhou para Eli, forçando seus olhos a derramarem lágrimas. – Só estou com o Richard porque você quer. Você sabe quem eu realmente desejo, não sabe?

Eli engoliu o resto do vinho.

– Você nunca disse algo parecido antes.

– Achei que não fosse apropriado. Mas mostrei-lhe mais de mil vezes pela maneira como toco você e como deixo que me toque. Nunca percebeu como eu reajo a você? Como pode ser tão cego? Até mesmo o Richard percebe.

Eli serviu-se de mais vinho e recostou-se na cadeira, parecendo examiná-la.

O estômago de Mariah se contraiu a ponto de doer. Felizmente ele não podia ver através dela. *Segunda etapa.* Mariah escorregou a mão por baixo da mesa até repousá-la sobre a coxa dele. Primeiro ela testou a situação, sem esboçar movimento. Como ele não deu sinais de objeção, ela acariciou-lhe a perna suavemente.

Sorrindo, ela disse:

– Poderíamos ter o melhor de ambos os mundos. Richard não precisa saber. Eu continuo mantendo a minha promessa com você... servindo-o em mais de uma maneira.

Eli simplesmente continuou olhando para ela. Ela percebia que ele pesava o que acabara de propor. Era um bom sinal. Um dos nós do estômago de Mariah se desfez.

– E não foi por isso que você me convidou para jantar enquanto o Richard está fora? Porque quer ficar comigo assim como eu quero ficar com você?

Mariah retirou a mão, levantou-se e aproximou-se de Eli, parando muito próximo a ele.

– Termine o seu vinho – sugeriu, movendo a mão livre dele por baixo do vestido de modo a acomodá-la entre as pernas. – E depois de ter dado o último gole, quero que vá lá em cima e me experimente. Depois sussurre no meu ouvido o que acha de mim.

Mariah deu um passo para trás, abrindo o zíper das costas do vestido de modo que um ombro caísse, expondo as costas dela e uma visão lateral do seio desnudo. *Terceira etapa.* Enquanto saía da sala, deixou o vestido cair ao chão.

Violet

– O Venatori deve ter um belo orçamento para arcar com suítes no Cadogan – comentou Cotten com John quando ele foi visitá-la no quarto depois de se acomodar. – Esta deve custar uma fortuna.

Ela e John haviam chegado a Londres três dias depois do funeral de Thomas Wyatt.

– Gostou do quarto?

Cotten girou em volta.

– Como não gostaria? Isto é definitivamente um luxo. Mas não sei por que eles gastariam tudo isso comigo. E não digo isso para ferir os seus sentimentos, mas por que gastar tudo isso com você e não com um dos chefões do Venatori?

Os olhos de John prenderam-se aos dela.

– E foi o que fizeram.

– O que quer dizer? – Ela fez uma pausa e entendeu o que ele quis dizer. – Certo, então você tem um longo título... a pessoa mais importante que tem a ver com a arqueologia sagrada, mas não a pessoa mais importante do Venatori.

– A sua inocência sempre foi uma parte essencial do seu charme – disse ele com um sorriso. – Prelado da Comissão Pontifícia para a Arqueologia Sagrada era o meu cargo. Agora é mais como o meu disfarce.

– Disfarce? – Ela deu um passo para trás. – Você faz isso soar como algo secreto...

– E precisa ser dessa maneira. Não é segredo que o Venatori existe, mas ninguém consegue identificar a sua hierarquia. Isso dificulta sempre a possibilidade de que a sua liderança seja um alvo. Eu me reporto apenas ao papa. Não faço parte de uma hierarquia nem tenho um título.

– E o Thomas sabia disso?

– Não. Os agentes de campo não conhecem a minha posição, embora Thomas possa ter suspeitado, com base na intimidade que mantenho com o Santo Padre. Embora conversássemos com freqüência, Thomas na verdade se reportava a alguém, que se reportava a outro alguém.

– Parece a CIA – comentou ela. – Então quando você foi promovido... imagino que essa seja a palavra certa... a arcebispo, você se tornou o chefe do Venatori?

– Isso mesmo, essa é a explicação mais simples. O Venatori tem uma identificação mundial e bem conhecida entre as agências de segurança, mas ninguém de fora da organização realmente sabe como ele funciona mesmo. Isso está estritamente sob o meu comando, juntamente com o pontífice. – John fez sinal para uma das diversas mesas de carvalho dispostas ao longo da elegante suíte do hotel. Depois que ambos se sentaram, ele disse: – Encontraremos um meio de parar com esses suicídios, Cotten, e de resolver o mistério da placa. A única meta do Venatori é derrotar o nosso inimigo... o seu inimigo.

– Tudo está acontecendo rápido demais. Há milhões de perguntas. O que está acontecendo ao nosso redor é o começo do Armagedom? O que eu devo impedir? Não tenho certeza do que deva fazer.

– O melhor lugar para começar é o início. Neste caso, é o avô de Thomas, Chauncey Wyatt. – John tirou um papel do bolso do casaco e desdobrou-o. – Já começamos a nossa busca ao vir a Londres. Fiz uma lista de coisas no avião enquanto você dormia. Em primeiro lugar, o Venatori descobriu que Thomas tinha uma parente distante. O nome dela é Violet Crutchfield. Ela mora no interior, perto de Londres. Ela será a nossa primeira parada.

– Segundo, conseguimos duas coisas com relação ao bilhete deixado por Chauncey Wyatt depois de roubar a placa... em especial sobre a referência a enfiar a linha na agulha. Existe uma referência bíblica no Evangelho de Mateus sobre ser mais fácil um camelo passar pelo buraco de uma agulha do que um homem rico entrar no reino de Deus. E existe a velha história sobre a existência de um portão em Jerusalém chamado o Buraco da Agulha, porque um camelo só podia passar por ele depois de parar e ter toda a sua bagagem descarregada. Acredita-se que o paralelo seja que só é possível chegar a Deus de joelhos e sem a sua bagagem. Infelizmente, não existe nenhum registro arqueológico ou documental desse tal portão. Mas se não encontrarmos alguma coisa aqui, pode ser que precisemos direcionar a nossa busca numa outra direção.

Cotten concordou enquanto se via voando para a Terra Santa e tentando encontrar um portão mítico na cidade.

– Eis aqui outra coisa para você pensar a respeito – disse John. – Existe algo chamado enfiar a linha na agulha que tem a ver com a nossa visão e a nossa percepção profunda... o motivo pelo qual Deus nos deu dois olhos em vez de um.

Cotten dirigiu-lhe um sorriso largo.

– Vai ser algum tipo de experimento, senhor Mago?

– Na verdade, sim. – John levantou-se. – Primeiro, precisamos encontrar um pedaço de linha.

– Eu trouxe uma caixinha de costura. Isso ajuda?

– Perfeito. Veja se tem um carretel de linha.

Cotten procurou na maleta, aparecendo com uma caixinha plástica.

– Que tal este? – indagou ela, tirando um carretel em miniatura de linha preta.

– Excelente. – John o pegou e segurou a extremidade da linha sob o queixo. Então desenrolou o suficiente para segurar o carretel com o braço estendido e cortou a linha. Devolvendo o carretel a Cotten, acrescentou: – Agora, você faz o mesmo.

Cotten observou-o com curiosidade.

– Tudo bem.

Ela repetiu o que John havia feito antes.

– Olhe diretamente à frente – pediu ele. – Quantos fios você vê?

– Dois.

– Mas você sabe que existe apenas um, certo? Agora feche o olho esquerdo. Quantos fios?

– Um.

– Mude de olho.

– Ainda um.

– Isso acontece porque temos dois olhos e isso nos dá a percepção em profundidade. Olhe de novo com os dois olhos e concentre-se num único ponto do fio.

Cotten obedeceu.

– Os fios se juntam e formam um único fio – respondeu ela.

– Esse é o seu ponto focal e o que quer dizer enfiar a linha na agulha.

Cotten experimentou uma sensação de *déjà-vu*, recordando-se da linha que desenhava o cubo mostrado por Ripple na cafeteria de Chicago.

– John – ela sussurrou, voltando à cadeira e sentando-se. – Acho que estou começando a compreender um pouco o que está acontecendo. Você acredita que possamos estar em dois lugares ao mesmo tempo, como a linha, dependendo apenas de onde nos concentramos, de onde escolhemos estar? – A idéia tomou conta dos pensamentos dela. – No Peru, aprendi uma técnica de meditação, que ainda estou tentando dominar.

John sentou-se à frente dela do outro lado da mesa.

– Foi algo que o xamã lhe ensinou? Aquele homem de quem você me falou?

Cotten ainda tentava organizar os pensamentos dispersos.

– Da última vez que pratiquei o que Yachaq chamou de luz líquida, senti como se estivesse em dois lugares... vi a mim mesma em pé em duas praias. E acreditei que podia passar de uma para a outra. – Cotten correu os dedos pelo cabelo. – E então em Chicago, conheci um homenzinho estranho que viu as fotografias da placa que levei à Universidade de Illinois. Ele é um físico e me disse que o que estava inscrito na placa tinha a ver com a mecânica quântica. Ele disse que o que estava escrito em código binário sobre a placa era idêntico à teoria que desenvolveu. Ele se referia a uma teoria da linha, e tentou me fazer entender como as partículas podem existir em mais de um lugar ao mesmo tempo no mundo quântico. Ele disse que tinha provado que o mesmo se aplica no mundo ao nosso redor. Lester Ripple disse que todas as possibilidades e resultados já existem... muito parecido com o que Yachaq me ensinou no Peru. O conceito é que há muitos caminhos ou linhas. Onde você se concentra é onde você escolhe viver a sua vida. Faz sentido o que estou dizendo?

– Muito. É o que chamamos livre-arbítrio.

* * *

Na manhã seguinte, depois do café, Cotten e John embarcaram no trem para a viagem de uma hora até Hanborough Station, próximo a Oxford.

Depois de chegar, eles caminharam durante quinze minutos da estação para a casa de campo pertencente a Violet Crutchfield, a tia-avó de Thomas Wyatt.

– Winston Churchill está sepultado próximo daqui – comentou John enquanto eles passavam pela placa da Bladon Church. – Eis uma dessas lendas urbanas inúteis. Dizem que as pessoas aqui costumavam enterrar os suicidas no meio da rua com uma estaca atravessada no corpo.

– Que coisa horrível! – exclamou Cotten, olhando por trás do ombro para a placa.

– Depois, no início de 1800, as pessoas começaram a considerar isso um costume bárbaro, e então foi aprovada uma lei que permitia que os suicidas fossem enterrados no cemitério normal no terreno da igreja, mas...

– Sempre tem um *mas*.

– Mas... eles só podiam ser enterrados entre as nove horas da noite e a meia-noite, e é claro, sem os ritos da Igreja.

Cotten disse:

– Mas essa era a Igreja da Inglaterra, não a Igreja Católica. Os suicidas não podem ser enterrados nos cemitérios católicos, certo?

– Isso mesmo – confirmou John.

– Olhe. – Cotten apontou para uma construção de pedra de dois andares do outro lado de um campo. Numa placa ao lado de um portão liase: *Crutchfield.*

– Deve ser aí.

– Deve ser – disse John.

Duas chaminés brotavam do teto do edifício coberto por trepadeiras, que era rodeado por jardins invadidos por uma mistura tanto de flores silvestres como de ervas daninhas e arbustos. De uma das chaminés saía uma espiral de fumaça.

– Deve haver alguém em casa – comentou Cotten.

Eles seguiram por um caminho de lajes de pedras e pararam na frente da desgastada porta de madeira. John bateu com a aldrava de bronze.

– Ó de casa – ele chamou.

Eles esperaram durante alguns instantes antes de bater de novo. Um momento depois, a porta se abriu com um rangido.

– Bom dia – cumprimentou John.

De pé na soleira da porta encontrava-se uma mulher idosa e frágil, ligeiramente encurvada pela idade. O cabelo dela era tão ralo que o couro cabeludo cor-de-rosa aparecia por baixo.

– Senhora Crutchfield? – indagou Cotten. – Violet?

A mulher fixou John através das grossas lentes bifocais.

– Esta é a sua mulher? – indagou ela.

– Como assim? – estranhou John.

Ela afastou-se para o lado e acenou com a bengala, fazendo sinal para que entrassem.

– Vamos até a sala de visitas onde está mais quente – indicou. – Querem que eu pegue uma pneumonia?

Cotten olhou de relance para John enquanto entravam na velha casa.

– Agora, sentem-se aí e se aqueçam. – A mulher deu uns tapinhas nas costas de um assento em frente à lareira.

Cotten e John esperaram até que ela se acomodasse numa cadeira de balanço antes de se sentarem.

A sala de visitas era a realização do sonho de qualquer antiquário. Estava cheia de móveis escuros, muitas peças cobertas com mantas. Em cima de cada mesa viam-se vasos, chaleiras, estatuetas, fotografias emolduradas e abajures. Uma tapeçaria pendia ao lado de um antigo piano.

– A senhora é Violet Crutchfield? – perguntou John.

A mulher pareceu sobressaltada.

– Mas é claro que sou. O que há de errado com você, Alistair? Perdeu o juízo? – Ela indicou Cotten com um movimento de cabeça. – A panela para ferver água está na cozinha.

– Cozinha? – estranhou Cotten.

– Pegue a panela para ferver a água e coloque-a no fogo. Hoje eu só preciso que você lave os lençóis. Pode ir.

Cotten olhou para John.

– Senhora Crutchfield, não sou Alistair. O meu nome é John Tyler e esta é Cotten Stone.

Por alguns momentos, Violet balançou-se na cadeira com os olhos fechados. Depois olhou para Cotten e disse:

– Cotten. Hum. Que tipo de nome para uma moça bonita.

– Viemos para lhe fazer algumas perguntas – informou John.

– Precisam trazer mais um pouco de lenha – disse Violet. – Preciso dela empilhada aqui. – Ela apontou a bengala como uma arma para a lareira. – E você não tem cuidado do jardim. – Ficou quieta por um minuto. Como se tivesse acabado de vê-los pela primeira vez, perguntou: – Quem você disse que é?

– John Tyler – respondeu ele.

Violet balançou-se.

– Poderia fazer a gentileza de colocar mais uma acha de lenha no fogo para mim, John Tyler? Estes ossos velhos se esfriam com facilidade.

– Com o maior prazer. – Ele se aproximou da lareira de pedra. Essa parecia funcionar como o único aquecimento da casa. Com a ajuda do atiçador, ergueu uma acha de lenha de carvalho.

De repente, John parou imobilizado. Acrescentou vagarosamente a acha de lenha à lareira enquanto olhava para o revestimento que protegia os tijolos refratários de onde o calor se irradiava para a sala.

No centro exato do fundo da lareira via-se o selo do Venatori.

A Lista

Ouviu-se uma rápida batida na porta da casa de campo antes que Cotten e John ouvissem o ruído da fechadura seguido de um rangido langoroso da porta se abrindo.

– Olá, senhora Crutchfield. É Dorothy. Acabei de entrar.

Uma mulher de meia-idade entrou na sala de visitas e deixou a mochila de lona no chão antes de desenrolar o cachecol do pescoço.

– Temos companhia? – indagou Dorothy, olhando para Cotten e John.

Violet Crutchfield olhou para os dois hóspedes. A expressão confusa levou Cotten a acreditar que a velha não se lembrava de ter conversado com eles.

– Olá – disse Cotten, levantando-se e se apresentando. John também se levantou e se apresentou.

– Prazer em conhecê-los – disse Dorothy. – Sou a governanta da senhora Crutchfield. Esse era o trabalho da minha mãe antes de mim. – Ela voltou a atenção para a velha e falou bem mais alto. – E como estamos hoje, senhora Crutchfield?

– Com frio. O ar está muito úmido – disse Violet. – Você poria mais uma acha de lenha no fogo para mim, querida?

Dorothy olhou para a lareira.

– Daqui a pouco. O fogo precisa queimar alguns carvões antes. Assim como está vai mantê-la aquecida. – Ela pegou uma das mantas da poltrona mais próxima e a colocou sobre as pernas de Violet. Então disse: – Os senhores são amigos da senhora Crutchfield?

– Lamento – disse Cotten. – Devíamos ter explicado. Sou repórter da televisão. Estamos fazendo uma pesquisa histórica sobre os médicos e a medicina britânica nos anos 1800. Um dos parentes da senhora Crutchfield era um médico londrino... Chauncey Wyatt. Esperávamos encontrar algumas informações sobre o doutor Wyatt... sabe, velhos apontamentos, diários, fotografias, esse tipo de coisa que nos daria uma idéia de como os médicos viviam e trabalhavam durante aquele período e as dificuldades que encontravam.

– Verdade? – disse Dorothy. – Bem, o nome de solteira da nossa senhora Crutchfield é Wyatt. Ela se casou com Neville Crutchfield.

– Ela mora sozinha? – perguntou Cotten.

Dorothy mantinha-se de costas para Violet para que ela não pudesse escutar.

– Ah, sim, desde que o senhor Crutchfield faleceu, 33 anos atrás. Ela era estéril. Não teve um filho para cuidar dela. Ela sobreviveu aos irmãos também. Mas a maior parte do tempo ela não se lembra muito. Ela passa bem, no entanto, para quem tem 94 anos de idade.

Violet balançou-se para a frente.

– Quem são os seus amigos, Dorothy? Não seja mal-educada. Precisa apresentá-los.

– Percebem o que eu quero dizer? – Dorothy arqueou as sobrancelhas, depois encarou Violet. – Eles vieram por causa da sua família. Um doutor Chauncey Wyatt. Reconhece o nome?

Um sorriso largo abriu o semblante de Violet como se as lembranças represadas lhe irrompessem à mente.

– Tenho um ferrótipo dele em algum lugar. No sótão, provavelmente. Esta era a casa dele quando se aposentou. – Violet deu uma risada. – Isso foi antes de eu nascer, é claro. Ele morreu aqui.

– Provavelmente ela está lembrando corretamente – comentou Dorothy em voz baixa. – Às vezes, é impressionante como se lembra com clareza das coisas do passado. E eu sei que é verdade que a casa pertence à família há gerações.

– Você acha que ela tem esse ferrótipo, essa fotografia antiga, ou alguma coisa a mais que tenha pertencido ao doutor Wyatt? – indagou John.

– O sótão está cheio de velharias. Ela não permite que ninguém o arrume ou limpe. Alega que o simples fato de tirar a poeira das prateleiras apagaria a memória da família.

– Puf! – exclamou Violet, parecendo entreouvir o que falavam. – Eles simplesmente desapareceriam, como se nunca tivessem vivido.

* * *

O sótão era frio e empoeirado. Cotten espirrou e levantou a gola do casaco. O calor da lareira lá embaixo não chegava ali.

– Se eu fosse um caçador de fantasmas, este é primeiro lugar que eu investigaria – disse Cotten.

– O frio aqui já diz tudo – comentou Dorothy. – Não acho que iria querer limpar este lugar mesmo que a senhora Crutchfield pedisse. – Dorothy colocou as mãos nos quadris. – Sinto muito que a iluminação seja tão fraca. Os senhores vão precisar se virar. Estarei lá embaixo na cozinha, preparando o almoço da senhora Crutchfield. Devo esperar que nos acompanhem?

– Obrigada – disse Cotten – mas temos pouco tempo.

– Você viu o fundo da lareira? – indagou John assim que a governanta saiu. – Tem o selo do Venatori. Sou capaz de apostar que pertencia a Chauncey Wyatt.

Cotten disse:

– Preciso olhar de perto antes de sairmos.

– Veja este lugar – disse John, correndo os olhos por tudo o que havia no sótão. – Há quantas gerações estes objetos estão armazenados aqui?

– Muito mais do que temos tempo de examinar.

Eles passaram a hora seguinte vasculhando caixas e arquivos de pastas, escrivaninhas e prateleiras. Havia uma porção de baús e caixas com conteúdos referentes ao nome Wyatt, mas nada em relação a Chauncey. Finalmente, Cotten abriu um empoeirado baú de madeira e couro. Logo em cima havia um diário com o nome de Chauncey Wyatt na capa.

– Sorte grande – comentou Cotten. Ela folheou o achado. – São os registros dos pacientes de Chauncey e os apontamentos sobre eles. – Deteve-se numa página. – Aqui um paciente está sendo tratado de catarro. Alguma idéia do que seja isso?

– Não – disse John deixando de lado a sua busca e juntando-se a ela. – Vejamos o que mais há no baú. – Ele ergueu uma caixa de música de madeira com uma fechadura de bronze e um puxador de porcelana. Tentou abri-la, mas a fechadura estava emperrada.

Cotten encontrou um par de castiçais e uma bandeja de prata quadrada de cerca de treze centímetros de lado e alças torcidas de prata.

– O que é isto? – quis saber ela, levantando-a. No centro da bandeja viam-se as inicias CHW em alto-relevo.

– Acho que é uma bandeja para cartões de visita – arriscou John. – Sempre que vinha alguém para uma consulta, deixava o cartão de visita numa bandeja dessas na recepção. Eu gostaria de saber qual era o nome do meio de Chauncey.

Ele abriu espaço no chão, pegou tudo o que havia no baú e organizou os itens de modo a ver cada um deles.

– O que haveria de importante neste artigo de jornal? – indagou Cotten, pegando um artigo amarelado. Tentando ver na fraca luz da lâmpada acima deles, ela leu enquanto sentava-se numa cadeira velha com espaldar de bastões torneados e que não oferecia muita segurança. – John, escute só. Aqui diz que há um rumor de que dois excelentes médicos de Londres estavam trabalhando fervorosamente num projeto da cura da asma. Mas acredita-se que esses dois cavalheiros estejam também conduzindo um projeto ainda mais impressionante.

– Qual era o projeto? – quis saber John.

– Refere-se a uma entrevista com o doutor Erasmus Wilson, um companheiro maçom, que afirmava estarem trabalhando juntos em algo que deixaria os londrinos orgulhosos, e que logo anunciariam os resultados.

John tirou um caderninho de anotações do bolso do paletó.

– Erasmus Wilson – disse ele enquanto tomava nota do nome. – Tudo bem. Quem mais temos aí?

Cotten disse:

– Parece apenas um monte de tranqueira, a não ser pelo álbum de recortes, uma caixa de fotografias e talvez isto. – Ela pegou uma folha de papel desgastada. No meio do cabeçalho, escrito à mão, lia-se: *CONTEÚDO TOTAL*. Abaixo do título via-se anotada uma lista começando por quatro edições da Bíblia. As palavras *Inglês, Francês, Latim* e *Italiano* apareciam ao lado da anotação. Também na lista incluía-se uma edição do Almanaque de Joseph Whitaker para o ano de 1878; uma fotografia da rainha Vitória e um recorte de um cartum da revista *Punch* mostrando a rainha trocando presentes bem-humorados com o primeiro-ministro Benjamin Disraeli; uma escala móvel de pesos e medidas; um guia ferroviário; quatro cachimbos escavados à mão – dois de urze branca e dois esculpidos em marfim; a lista telefônica do centro comercial de Londres; um mapa de ruas; e uma edição do *Daily Telegraph*.

– Que tipo de coisa poderia ser uma lista dessas? – indagou John. – Faz alguma idéia?

– Não, mas tem uma observação escrita aqui embaixo.

John fez sinal para que lesse em voz alta.

– "O segredo está protegido pela palavra de Deus."

Suicídio

– Ted, venha depressa!

Ted Casselman levantou os olhos da escrivaninha para a mulher parada na porta do escritório dele. A expressão de medo no semblante dela era inconfundível.

– O que foi? – quis saber ele.

– No banheiro masculino – disse ela. – Um dos nossos técnicos acabou de atirar em si mesmo.

– Está falando sério? – perguntou ele, saindo rápido de trás da escrivaninha para acompanhá-la. Ele ia logo atrás dela quando atravessaram correndo o corredor do departamento de edição de vídeo da Satellite New Network.

Um funcionário uniformizado da segurança da SNN bloqueava a entrada. Ao ver o diretor de reportagem, ele disse.

– Por aqui, senhor Casselman.

Ted passou pelo segurança e entrou no banheiro masculino. Num canto distante, um jovem jazia caído no chão, o azulejo da parede atrás dele banhado em sangue. Uma pistola automática descansava na mão inerte.

Ted correu para o corpo e apalpou o pescoço do homem em busca de alguma pulsação. O ferimento na cabeça era grande e ele não se surpreendeu em não encontrar sinal de vida.

– Já chamaram a polícia? – perguntou ele ao segurança.

– Já, senhor. Eles estão a caminho.

Ted afastou-se, inclinando-se contra a fileira de pias ao lado. Ele balançou a cabeça.

– O que está acontecendo? – sussurrou para si mesmo.

Ainda naquela manhã, o vizinho ao lado da casa dele morrera aparentemente de uma overdose de medicamentos receitados. Em seu caminho para a estação de trem, ele deparara com dois terríveis acidentes de trânsito, ambos envolvendo aparentemente apenas um veículo. Um bateu direto num poste de luz e o outro numa árvore. Cada um deles resultou em várias vítimas fatais. Na estação de trem, uma mulher se atirou nos trilhos na frente do vagão que se aproximava e morreu na hora. Durante o percurso de metrô em Manhattan, houve um aparente assassinato-suicídio dois vagões à frente do dele. Agora isso – alguém do pessoal da SNN.

Ted voltou para o corredor saindo do banheiro masculino. Várias pessoas se aglomeravam. Algumas choravam. Todo mundo parecia totalmente transtornado. Ele teria de pensar em fornecer tratamento especializado a essas pessoas em crise imediatamente.

– Todos vocês, por favor, voltem às suas mesas. Houve um trágico acidente aqui, mas não há nada que possamos fazer. Precisamos retomar a nossa rotina normal da melhor maneira possível.

– Há notícias de suicídios acontecendo em toda a cidade – informou um jovem da equipe.

– Sim – concordou Casselman – ouvi as mesmas notícias. Não sei até que ponto essas histórias são verdadeiras, mas certamente explicam o que vi esta manhã quando vim para cá. Por que você não cuida disso e me traz algum material para o noticiário do meio-dia? Enquanto isso, vamos todos tentar superar isso juntos.

Ted seguiu para o escritório dele. De todos os lados, ouvia suspiros preocupados e soluços de pesar em cada mesa por que passava. O que significava tudo isso? Será que o mundo todo havia perdido o juízo? Ele esfregou o centro do peito, onde sentia uma pressão.

Ted abriu a gaveta da escrivaninha de onde tirou um frasco de analgésico. Jogando um comprimido na boca, engoliu-o com o café frio de uma xícara sobre a mesa. Já estava à base de um analgésico por dia, juntamente com o medicamento para baixar o colesterol. O médico o havia aconselhado a ingerir um comprimido analgésico a mais toda vez que sentisse a pressão no peito.

No saguão do lado de fora do escritório dele o ambiente era de comoção e Ted viu o segurança da SNN conduzindo a polícia e os investigadores criminais para o banheiro masculino. Pensou em ir até lá e acompanhá-los mas sabia que não poderia fazer nada pelo técnico morto. Considerando a maneira como estava o seu peito, pensou que deveria evitar tensões adicionais.

A assistente dele, uma jovem estagiária de jornalismo da Universidade de Nova York, entrou no escritório.

– Senhor Casselman, um dos nossos produtores disse que o senhor iria gostar de ver isto. – Ela colocou um jornal sobre a escrivaninha dele antes de sair, fechando a porta atrás de si.

Ted olhou para a capa do *National Courier*. Uma foto de Cotten Stone abraçando John Tyler foi tudo o que viu. Na legenda, lia-se: "Cotten Stone, repórter cercada de problemas e dificuldades, aprende religião com o arcebispo John Tyler." Mais abaixo na mesma página via-se uma foto de Cotten sentada à margem de uma avenida, as mãos no rosto enquanto John a consolava. A legenda embaixo da foto dizia: "Stone e Tyler envolveram-se num acidente enquanto seguiam juntos para o hotel."

Ted pegou o jornal e leu rapidamente o artigo.

– Que monte de merda – ele disse. – Cotten vai ficar furiosa quando vir isto.

Enquanto jogava o jornal de volta na escrivaninha e pegava o telefone para ligar para Cotten, Ted viu mais policiais passarem pelo seu escritório. Depois de um momento de espera para que a ligação internacional fosse completada, ele ouviu a voz dela.

– Oi, menina – disse ele. – Odeio ligar para você com más notícias, mas...

Atropelamento Anônimo

– Desculpe por ter dormido durante toda a viagem de volta – disse Cotten quando ela e John saíram do metrô na Warren Street Station, a última parte da viagem a Hanborough. – Não consegui manter os olhos abertos por nem mais um minuto.

– É para isso que servem os ombros – comentou John.

– Não consigo acreditar que Dorothy tenha nos emprestado o álbum de recortes e todos os outros objetos. Poderemos analisar tudo isso de perto quando chegarmos ao hotel. Eu só queria ter uma pista do que significa essa lista de Chauncey.

John fez sinal para um táxi, mas não teve sorte, e eles continuaram a pé para o Cadogan.

O celular de Cotten tocou. Ela o tirou da bolsa e conferiu o identificador de chamadas.

– É o Ted. – Abriu o celular enquanto John se afastava para fazer sinal para outro táxi.

Assim que ele se afastou, um BMW preto afastou-se do meio-fio a um quarteirão do outro lado da rua e acelerou na direção dele.

– Oi, menina – disse Ted. – Odeio ligar para você com más notícias, mas...

O BMW que se aproximava fez um desvio brusco, atravessou duas faixas de tráfego e seguiu na direção de John.

Ele deu um salto para trás, mas foi tarde demais.

O impacto ergueu John do chão e atirou-o na direção de Cotten. Ela ouviu o impacto chocante e o ronco do motor quando o carro se afastou a toda velocidade.

– John! – gritou Cotten quando ele despencou sobre a calçada. Ela caiu de joelhos. Ele estava com o rosto para baixo, os olhos fechados. Rapidamente ela apertou o botão de encerrar a conversa no telefone celular e discou o número do serviço de resgate de emergência, que traria a polícia e uma ambulância.

– Eu não sei – disse ela quando lhe pediram a localização. – Me ajude! – gritou, oferecendo o celular a um homem inclinado sobre o corpo de John. – Diga a eles onde estamos. Por favor.

O estranho pegou o telefone e deu a localização para o operador da emergência.

John não se mexia.

Cotten deitou-se no chão ao lado dele, apoiando a face no cimento de modo a ver o rosto dele. Uma multidão havia formado um círculo ao redor deles, vozes soando abafadas. Mas trechos do que diziam chegavam aos ouvidos dela.

– Ele está morto? – alguém perguntava.

A voz de uma criança soou estridente.

– Oh! olhe, mamãe, tem sangue ali.

Cotten bloqueou a voz dos espectadores, construindo um casulo apertado e seguro ao redor dos dois, que os isolava do mundo. Ela olhou para o rosto de John, desejando que ele abrisse os olhos para que pudesse vê-los de novo – de um azul-escuro diferente de todos os olhos do mundo.

– John – sussurrou Cotten, pousando a mão atrás da cabeça dele, como se isso pudesse confortá-lo. – Volte para mim.

* * *

Ted ouviu Cotten gritar o nome de John, então a ligação foi interrompida abruptamente. Ele sentou-se atordoado, olhando para o telefone como se fosse a primeira vez que via um telefone. Já ia apertar o botão de rediscagem mas, antes que pudesse fazê-lo, a porta do escritório abriu-se outra vez.

– Os policiais querem falar com o senhor – disse a jovem estagiária.

– Já vou – disse, desligando o telefone.

De repente, Ted sentiu-se nervoso e pouco à vontade. Massageou a nuca e rolou a cabeça de um lado para outro. Alguma coisa estava errada. O estômago dele azedou, e o amargor subiu até a sua boca. Sentia-se tonto, como se fosse desmaiar. *Como será que está esse maldito termostato?*, imaginou. Sentia-se gelado. Ted recostou-se na cadeira e fechou os olhos. Aquilo passaria num minuto ou dois. Bastava descansar um pouquinho e logo estaria bom. Sentiu a pressão aumentando no peito.

Em poucos minutos, Ted abriu os olhos. Ele se levantou, foi para as duas janelas que davam para o saguão e girou os longos bastões de plástico para fechar as minipersianas. Voltando para a escrivaninha, ele se sentou e abriu a gaveta de baixo. De um pequeno espaço atrás das pastas, ele puxou uma arma e colocou-a no colo.

Visitante Noturno

– Hoje, num espantoso pronunciamento, o Vaticano declarou acreditar que a onda de suicídios que vem assolando o mundo inteiro seja causada por possessões demoníacas – informou o repórter da SNN em edição extraordinária.

Acima do ombro do repórter, via-se uma imagem projetada do papa em pé na frente de uma barreira de microfones, lendo uma declaração. O salão em que se encontrava estava apinhado de repórteres e de altas autoridades da Igreja e de diversos governos estrangeiros.

– O papa convocou todos os padres católicos para que comecem a executar o antigo ritual de exorcismo em qualquer pessoa que dê sinais de possível possessão e tendências suicidas. Enquanto o pânico generalizado toma conta de muitas comunidades e cidades em todos os Estados Unidos, na Europa e outras partes do mundo, milhares de pessoas acorrem às igrejas, templos, mesquitas e outras casas de adoração, esperando encontrar respostas para a onda de suicídios causada por perturbação mental.

* * *

O papa deixou-se cair na cadeira ao lado da cama. A comoção da cobertura noticiosa finalmente havia terminado. Ele estava sozinho, incapaz de afastar da mente a loucura que se infiltrava em cada canto do mundo ao redor dele.

Sentia-se velho e fraco. Pela primeira vez no seu papado, duvidou se seria capaz de continuar. O peso daquele fardo era demais para os seus ombros – e a sua mente. Tudo desmoronava ao redor dele. A desolação que pairava sobre o mundo estava se tornando insuportável. O que faria?

– Desconcertante, não é?

O papa levantou os olhos para ver quem tinha falado.

O Velho estava sentado no sofá no lado oposto do quarto, a sua forma parcialmente oculta nas sombras.

– O que você quer? – perguntou o papa.

– As coisas estão ficando pretas. Talvez agora fosse um bom momento para reconsiderar a minha oferta e fazer o que pedi. Afinal de contas, salvar a si mesmo deveria ser a sua principal prioridade.

– Você ainda não venceu.

– Ah, mas estou muito perto disso.

– Você será derrotado no final. Nós vamos expulsá-lo. Tenho mais de quatrocentos mil padres em todo o mundo e ordenei que começassem a realizar exorcismos imediatamente.

O Velho deu uma risada.

– Está desperdiçando o seu tempo. As minhas hostes são superiores às suas na ordem de um milhão para um. Gosto de pensar nas minhas hostes não como algo hostil... mas no sentido de que tenho simpatizantes, que me hospedam. E quem vai atender aos budistas e muçulmanos, aos hindus e judeus? Eles todos estão morrendo pelas próprias mãos como se diz. Meu velho e querido amigo, isso está acima de você e da sua Igreja. As minhas legiões podem conseguir milhares de almas de uma só vez, de todas as denominações e crenças, ao contrário do seu trivial exército de padres. Você não passa de um mero ponto sobre a face da Terra.

Os olhos do papa se estreitaram, e o ódio se alojou no coração dele, algo que ele nunca tinha experimentado antes.

– Mas nós ainda temos uma arma contra vocês. – Ele fuzilou o Velho com o olhar. – Cotten Stone.

Achocolatado

Lester Ripple abriu os olhos e fixou-os no teto do quarto. Ele havia colado estrelinhas e planetas de plástico que brilhavam no escuro por todo o forro do teto, e na escuridão do quarto elas sempre lhe davam a sensação de flutuar em meio ao sistema solar. Enquanto admirava os corpos celestes esmaecidos, em tom pastel, percebeu que de todas as suas imersões na grade de energia, a que tinha acabado de vivenciar fora a mais satisfatória e estimulante.

Para Lester, não era incomum visualizar as muitas linhas conduzindo a diferentes caminhos. Ele tinha até mesmo atravessado para outras linhas diferentes de vez em quando só para sentir o ímpeto de energia que isso provocava. Mas nessa noite, a energia tinha sido quase inebriante. A excitação fluíra pelo seu corpo quando percebeu que não era a única pessoa no mundo que conhecia o segredo da teia quântica. Alguém o descobriu antes dele e o registrou milhares de anos atrás sobre a superfície da relíquia das fotografias de Cotten Stone.

Mas o que estava oculto pelo brilho do *flash* da câmera? O que seria que ela estava tão desesperada para descobrir? E o que aquilo teria a ver com o conceito de impedir o Armagedom?

De repente, Lester teve uma idéia. Cada uma das fotos tinha sido tirada de um ângulo ligeiramente diferente. Uma pequena parte da inscrição oculta pelo brilho era revelada em cada uma delas. Mas em conjunto, a declaração não podia ser lida. Quem sabe um pouco de refinamento eletrônico não poderia ser útil o bastante para ajudá-lo a descobrir a resposta de que ela precisava?

Lester levantou-se e foi até a cozinha. Acendeu a luz e abriu a geladeira. Pegando uma lata de achocolatado, ele agitou-a vigorosamente e abriu o lacre. Engolindo a bebida em vários goles longos, ele passou para a mesa de jogo e examinou as fotos uma vez mais. *Está na hora de um pouquinho de magia,* pensou.

Ele pegou as fotos e foi até o seu computador, que ficava numa escrivaninha ao lado do televisor. Junto ao computador havia um *scanner* plano que às vezes ele usava para escanear as capas de suas revistas de quadrinhos favoritas. Ligou o computador e enxugou o nariz num guardanapo de papel enquanto esperava o equipamento inicializar. Depois que estava tudo em ordem, ele abriu o programa PhotoShop para escanear e transferir a imagem. Depois de completado o processo com uma foto, ele repetiu o mesmo procedimento com as duas outras fotos.

Lester aproximou a cadeira do monitor e examinou a versão digital da imagem número um. Ele clicou três vezes no comando de ampliar a imagem. Um, dois, três. Aproximando a área da placa que estava obstruída pelo brilho, tentou reconstituir o quipo oculto. Não teve sorte.

Em seguida, ele clicou sobre o menu de imagem e usou um comando para converter a imagem escaneada de colorida para tons de cinza. De repente, a parte da imagem oculta pelo brilho revelou uma minúscula parte do quipo que até então estava oculta. A primeira parte da linha não era uma equação, mas uma linguagem, disso ele tinha certeza. Ele tomou nota do que conseguiu ler num bloco de papel amarelo e depois clicou no controle de níveis. Ajustando as curvas de tons claros, escuros e médios, ele foi capaz de recuperar mais alguns pedaços do código binário. Depois de tomar nota do que foi revelado, ele clicou na segunda imagem digital e aproximou a parte encoberta pelo brilho.

Nessa foto, a placa estava num ângulo ligeiramente diferente. Até mesmo sem processá-la, ele viu uma pequena parte das linhas que não estavam claras na primeira foto. Passando pelas mesmas etapas de conversão para tons de cinza e ajuste dos níveis, ele conseguiu fazer mais algumas anotações.

Lester assoou o nariz outra vez antes de começar a trabalhar na terceira foto. Esta revelava a maior parte do código. Realizando o procedimento de refinamento uma vez mais, ele foi capaz de refazer um pouco mais da mensagem. Ele tomou nota do que ela dizia, depois pegou o bloco de papel amarelo e as fotos e voltou para a mesa de baralho. Deixando as fotos sobre a superfície, sentou-se e refletiu sobre as anotações. Estando tão acostumado a pensar em termos das teorias da física e da mecânica quântica, ele precisou fazer um grande esforço para compreender a mensagem simples revelada pelo código.

Depois de reorganizar os pedaços e trechos das suas anotações, a mensagem se materializou.

Lester Ripple riu, orgulhoso de si mesmo por ter conseguido resolver o quebra-cabeça. Afinal de contas, ele era um solucionador de problemas. Levantou-se e voltou à geladeira, pegando a última lata de achocolatado.

Ergueu-a num brinde.

– Então você quer impedir o Armagedom? – disse ele. – Bem, senhorita Stone, pois se prepare para ter uma grande surpresa.

Fundo Genético

Sentado na sua poltrona, Eli Luddington discou um número no telefone sem fio. Tempest Star atendeu.

– Acho que precisamos mudar nossos planos – disse, bebericando um Rémy Martin Louis XIII.

– Por quê? Eu lhe consegui a primeira página com a fotografia da Stone pendurada naquele padre. Está em todos os balcões de supermercados. Você sabe quantas pessoas vão ler? Mesmo que não comprem o jornal, elas vão ler a legenda enquanto esperam na fila. Tanto Stone quando Tyler estão acabados.

– Bem, um deles está fora do jogo.

Mariah entrou na sala usando o roupão de Eli. Ela se sentou aos pés dele, as costas contra as pernas dele.

Eli colocou o telefone no viva-voz e deixou-o sobre a mesinha ao lado dele. Abriu os joelhos de modo que ela pudesse se recostar enquanto brincava com os seus cabelos.

– O que quer dizer com isso? – indagou Star.

– Parece que o arcebispo Tyler foi atropelado em Londres por um motorista que fugiu sem prestar socorro.

– Mas que desgraça!

– Isso deve ser entendido como um sinal. E agora estou pensando que é uma boa coisa. Eu sei que Cotten Stone está chegando perto de encontrar a placa. Temos dificultado as coisas para ela, fizemos esforços enormes para desacreditá-la... e a sua cobertura foi definitivamente brilhante... mas no final, devemos encarar o fato de que ela vai encontrar a relíquia. Fizemos praticamente tudo ao nosso alcance para retardar esse momento. Se a vigiarmos de perto, podemos ser capazes de roubá-la, conforme fizemos com as outras. Mas estou começando a imaginar se não devemos mudar as nossas táticas. Dessa vez, precisamos estar presentes quando ela a encontrar. Na verdade, devemos permitir que a encontre.

Mariah arqueou delicadamente o pescoço, acomodando a cabeça entre as pernas de Eli.

– Ora vamos – ela sussurrou, virando-se e ajoelhando-se. – Acendi velas por todo o *spa*. – Ela pegou uma das mãos dele e o puxou para a frente.

Eli resistiu e Mariah suspirou. Ela escorregou a mão para dentro do roupão, acariciando provocantemente o próprio seio. A outra mão acariciava o ventre, e depois passou para a parte interna das coxas.

A voz de Eli soou áspera enquanto ele observava Mariah e falava com Star.

– Precisamos dar rédeas à Stone, como se faz com um cavalo. Dê-lhe bastante corda para que chegue até o topo, então a derrubaremos lá de cima. E devemos nos assegurar de que o mundo inteiro esteja vendo. O mundo vai assistir ao fracasso dela e só o que nos restará a fazer será ceifar a alma de todos.

Mariah levantou-se deixando o roupão se abrir. Ela se inclinou para sussurrar no ouvido dele.

– Vou indo para começar sem você. – Então encaminhou-se para fora da sala.

– Escute, Tempest, aconteceu uma coisa aqui que requer a minha atenção. Ligo pra você mais tarde.

– Espero que sim, porque não sei se entendi direito o que você quer que eu faça.

Eli desligou. Ele sorriu para si mesmo. Mariah Hapsburg pensava que o estava manipulando. O que ela não entendia era que o plano tortuoso que ela tinha em mente era todo em favor dele. Ela pensava que poderia atrair Richard para casa com um filho. É claro, Richard pensaria que o feto era dele. E havia outra coisa que Mariah não sabia. O marido já tinha procurado Eli, com o rabo entre as pernas. Como sempre. E Eli havia dado mais uma tarefa a Richard – uma última tarefa, então ele teria acabado com Rumjal. Pois Eli já havia começado o processo de preencher o lugar de Richard nas fileiras com alguém muito mais forte. Alguém que tinha os genes de Eli.

Sala de Espera

Cotten estava sentada na sala de espera do centro cirúrgico do hospital. Próximo a ela, ao lado da porta, permanecia de pé um agente do Venatori.

– Gostaria de tomar um café? – perguntou uma enfermeira.

– Não, obrigada.

– Alguma notícia sobre o meu filho? – perguntou à enfermeira uma mulher sentada numa cadeira estofada bege.

– O médico virá procurá-la assim que a cirurgia terminar – informou a enfermeira.

– Poderia verificar? – pediu a mulher, o lábio inferior e a voz trêmulos. – Por favor.

– Sim, senhora – disse a enfermeira.

A mulher tirou um lenço de papel da caixa no chão ao lado dela quando a enfermeira saiu. Parecia suja e profundamente perturbada – o cabelo caindo em mechas espessas, algumas na frente dos olhos vermelhos e inchados.

– O seu filho está em cirurgia? – quis saber Cotten.

A mulher concordou com a cabeça.

– Tem apenas 10 anos.

– Lamento – disse Cotten. – Espero que esteja indo tudo bem com ele.

– Ele quebrou o pescoço – informou a mulher. – Saltou de uma árvore. Sem motivo. Apenas saltou. Ele não poderia querer se ferir de propósito... poderia? Quero dizer, com todos esses suicídios. Está acontecendo uma coisa horrível. Você ouviu do que o papa chamou isso? Possessões demoníacas. Pode acreditar numa coisa dessas?

Cotten disse:

– Lá embaixo, no pronto-socorro, todo mundo só fala nisso.

Um homem com avental de cirurgião e uma máscara pendendo sob o queixo entrou na sala.

– Quem está aqui com o arcebispo Tyler?

– Eu – adiantou-se Cotten, levantando-se.

O médico estendeu-lhe a mão.

– Tenho boas notícias. O arcebispo sofreu um traumatismo craniano, uma concussão, mas nenhuma fratura na cabeça. Vamos mantê-o sob observação... para ter certeza de que não há hemorragia e assim por diante. E ele sofreu uma fratura exposta no rádio esquerdo.

– Exposta?

– A extremidade fraturada do osso atravessou a pele. Esses tipos de fraturas são suscetíveis a infecção, porque o osso não é protegido por tecido macio ou pele. Precisamos fazer a assepsia do local da lesão e imobilizar a fratura. Se houver infecção, esse será todo um outro conjunto de problemas, e poderá ser difícil que o osso se recupere.

– Mas ele vai ficar bom? – quis saber Cotten.

– Ele deverá permanecer internado por vários dias para que possamos acompanhar a evolução do quadro. Vamos mantê-lo numa unidade de terapia intensiva para assegurar que fique bem hidratado e vamos lhe dar uma boa dose de antibióticos. Mas, sim, ele vai sentir alguma dor, mas deve se recuperar bem. Prescrevi um forte analgésico para quando for necessário. Ele tem diversas costelas machucadas e outras contusões.

– Muito obrigada.

– Vou verificar o estado dele mais tarde. Espero que isso não tenha estragado as férias de vocês.

Cotten não sabia ao certo o que responder.

– Na verdade, trata-se de uma viagem de negócios – disse ela. – Quando posso vê-lo?

– No momento ele está em recuperação. Ele deve ir para o quarto dentro de mais ou menos uma hora.

– Muito obrigada mesmo.

Quando o médico se afastou, Cotten voltou a olhar para a mulher cujo filho estava em cirurgia.

– Espero que receba boas notícias também. Tenho certeza disso.

Cotten saiu da sala de espera e dirigiu-se até o estacionamento, onde poderia receber um sinal melhor no celular. Abrindo-o, ela rolou a lista de contatos até o nome de Ted Casselman e pressionou o botão.

Duas Londres

Céu significa estar em comunhão com Deus.
– CONFÚCIO

Enquanto a noite descia sobre a cidade, Cotten pôs o celular no ouvido e escutou o telefone do escritório de Ted Casselman na SNN tocar. Estava frio ali fora do saguão do hospital, então ela se virou para ficar de costas para o vento. Quem sabe Ted estivesse almoçando, pensou, consultando o relógio para calcular a diferença de horário.

Justo quando esperava ouvir a mensagem da secretária eletrônica, uma voz estranha atendeu.

– Escritório de Ted Casselman.

– Olá. Aqui é Cotten Stone. O Ted está?

– Ah! Olá, senhorita Stone. Não, ele, hum... não, ele não está. – A jovem estacou e gaguejou.

– Quem está falando? – quis saber Cotten.

– Sou a assistente do senhor Casselman. O senhor Casselman está, hum... sinto muito, é tudo tão horrível.

– O que há de errado? – insistiu Cotten, sentindo a primeira agulhada de medo contraindo o seu estômago. – Aconteceu alguma coisa?

– Sim – a jovem respondeu, com a voz trêmula.

Cotten prendeu a respiração.

– Um suicídio nesta manhã. Aqui mesmo na SNN. Estamos todos arrasados.

Cotten girou ao redor de si mesma, e um ar frio atingiu o seu rosto e picou os seus olhos.

– Ted? – ela sussurrou.

– Ah, não, o senhor Casselman está bem. Ele está no saguão conversando com um investigador. Mas eu sei que ele queria lhe falar... espere, ele está chegando.

Cotten finalmente pôde respirar. No instante em que ela pensou que Ted havia morrido, um nó invisível apertara a sua garganta.

– Cotten, eu estava tentando falar com você – Ted atendeu.

– Sinto muito por ter desligado o telefone daquela maneira. John foi atropelado por um motorista que fugiu esta tarde no momento em que eu atendia à sua ligação. Ele ficou bem machucado, mas vai se safar desta. No entanto, sei que não foi só um atropelamento anônimo. Foi deliberado. Como no caso de Thornton. Como aconteceu com Wyatt. Eles querem atingir a mim.

– Lamento muito, Cotten. Há alguma coisa que eu possa fazer pelo John? Por você? Parece que as coisas todas estão fugindo ao controle.

– Eu acho que não pode fazer nada. – Cotten apertou a gola do casaco bem fechada contra o pescoço. – A sua assistente disse que houve um suicídio na SNN. O que aconteceu?

– Um jovem técnico atirou em si mesmo no banheiro masculino.

– Você está certo, o mundo está fora de controle – disse Cotten. – Bem, como se eu precisasse de mais notícias ruins, por causa de quais más notícias você tinha me ligado antes?

– Não parece mais importante agora, considerando tudo o que aconteceu. – Ted suspirou. – A Tempest Star pôs a sua foto na primeira página do *National Courier*. Você com o John, no aeroporto, se abraçando. As fotos não são o problema, mas as legendas. E há uma outra foto, com você nas margens de uma avenida, chorando, e John consolando-a. Ela tentou criar um quadro de vocês dois namorando.

Cotten balançou a cabeça.

– Impressionante. Acho que eles chegaram a ela também. Estão cobrindo todos os ângulos, Ted. Querem me assustar, fazer-me sentir culpada, deixar-me lamentando a perda de pessoas queridas, me difamar. Chame como quiser. Nada os detém.

– Cotten, preciso lhe dizer uma coisa, mas quero lhe fazer uma pergunta antes. Você concorda com o que estão comentando sobre todos esses suicídios? São mesmo o que o Vaticano está chamando de possessões demoníacas?

Cotten pressionou o telefone contra o ouvido e caminhou com a cabeça baixa.

– Demônios, possessões... eu não sei. Mas o que eu sei é que é um esforço orquestrado para criar lesões corporais e pânico e para reivindicar almas. Esse é o trabalho *deles*, Ted. Disso estou certa. Estou...

– Cotten, hoje, não muito tempo depois de o corpo do técnico ser encontrado, algo aconteceu comigo. Foi como se alguém tivesse entrado nos meus pensamentos. Não como aquelas pessoas malucas dizem que ouvem vozes dentro da cabeça dizendo-lhes para fazer alguma coisa. Aqueles eram os *meus* pensamentos. É difícil de explicar. Cheguei ao ponto de pegar uma arma da minha gaveta e pensar em usá-la em mim mesmo.

– Meus Deus, Ted!

– Foi muito absurdo. No princípio eu me senti mal, senti uma espécie de tontura e um deslocamento, como se não estivesse ligado a mim mesmo... ou algo parecido. Pensei que tivesse algo a ver com o meu problema cardíaco. Fiquei tão assoberbado com o sentimento de desespero me dominando que realmente comecei a chorar. O mundo estava todo confuso e parecia não haver esperança para o futuro. Eu me culpei pelo suicídio do técnico. Por que não percebi os sinais de alerta? Fiquei pensando que era o responsável pelo pessoal e que não havia desculpas pelo fato de eu não ter percebido o desespero do rapaz. Seria preciso pagar um preço por isso. Imaginei como voltaria a encarar a família e os amigos dele... a minha família e os meus amigos... depois de tamanha negligência. Fiquei mergulhado em vergonha, desgraça, desonra, culpa, desesperança e remorso. Estava pensando que não havia um outro meio para eu me redimir. E, Cotten, compreendi que nem sabia o nome do rapaz morto. O que dizer de Ted

Casselman depois disso? Existir nesta vida mais um momento sequer seria uma desgraça.

– Então alguma coisa me tirou daquilo. Não sei o que foi, mas as palavras que eu disse para você uma vez ressoaram na minha cabeça. Que o suicídio é algo que não se deve nem ao menos considerar. O suicídio é para os covardes. Compreendi então que precisava enfrentar aqueles pensamentos que enchiam a minha cabeça... que eles pertenciam a outra pessoa ou a *alguma outra coisa,* não a mim. A minha mente se tornou um campo de batalha enquanto eu afastava aquela coisa de mim. E eu lutei. Mas não foi fácil.

– Ted, não que você não seja forte nem que não tenha lutado, mas você precisa compreender que se você não puxou o gatilho é porque eles desistiram de você para que pudesse me contar como acontece. Eles querem que eu saiba como é fácil para eles controlar quem quer que seja... e devolver uma vida se isso servir ao propósito deles. Eles querem que eu compreenda que podem pegar você, podem pegar o John. Da próxima vez, eles não vão deixar... você não vai voltar.

Ted demorou um instante para responder.

– Essa é mais uma razão pela qual quero colocar você no ar e apresentar uma reportagem especial para expor esses suicídios pelo que eles são. Deixar todo mundo saber como isso pode facilmente acontecer a qualquer pessoa. Usá-los contra o mal que está causando tudo isso. Você é a pessoa mais indicada para fazer isso. Você sabe em primeira mão contra o que nós estamos lutando.

– Mas eu não tenho nada a oferecer. Você sabe como isso soa para a maioria das pessoas? Diabos e demônios... essa coisa de que são feitos os filmes de terror e os romances de conspiração. Não posso simplesmente chegar na frente da televisão e falar dessa porcaria para todo mundo. – Cotten hesitou. Havia mais do que isso. Durante toda a tarde ela havia refletido sobre o atentado contra a vida de John. E agora havia o quase-suicídio de Ted. – Não sei se quero continuar com tudo isso. Por minha causa, você e John estão em perigo. Se eu desistir, recuar, então talvez todos os suicídios acabem, e você e John estejam seguros. Não poderei continuar se você e John...

– Isso não vai acabar nunca se não fizermos alguma coisa... antes que *você* faça alguma coisa. Você sabe disso. Se você não ficar no caminho deles, eles vencerão. Você é a única pessoa capaz de fazer isso. E não temos tempo para esperar. – A voz de Ted estava rouca. – O que aconteceu comigo hoje está acontecendo a centenas ou milhares de pessoas inocentes todos os dias. Alguma coisa... não me interessa como a chame... se apoderou dos meus pensamentos, Cotten. Você precisa fazer alguma coisa contra isso imediatamente. Se salvar uma vida, já valeu a pena. Vou tomar todas as providências. Você pode voltar a Nova York dentro de dois dias?

Cotten sentia-se entorpecida. Ted estava certo – ela precisava fazer aquele pesadelo parar. Mas o preço talvez fosse maior do que ela poderia pagar.

– Não sei se poderei sair de Londres tão depressa. John e eu precisamos ficar aqui, pelo menos por mais algum tempo. Além disso, os médicos dizem que ele precisa ficar no hospital por mais uns dois dias.

– Então faremos tudo dos nossos estúdios em Londres. Comece a preparar a sua reportagem. Voltarei a falar com você sobre os detalhes.

– Farei o melhor possível – prometeu Cotten.

– Cotten?

– Sim, Ted?

– Finalmente, estou começando a entender.

* * *

– Vou esperar do lado de fora – afirmou o agente do Venatori quando Cotten entrou no quarto de John. Depois de dar uma olhada nele, ela foi até a janela, que dava para o sul de Hampstead no centro de Londres. Era meia-noite quando o vento começou a soprar e nuvens baixas rolavam diante da janela. Ela observou a cidade com a Catedral de São Paulo, o Big Ben e as flechas das torres de Westminster à distância.

Cotten fez um esforço para compreender o que estava acontecendo ao redor dela. E também com as pessoas que conhecia e amava. A referência à filha de um anjo simplesmente não significava nada, não passando de uma frase em código de milhares de anos atrás, ou será que falava dela mesma? E se Edelman entendeu tudo errado ao interpretar os glifos obscuros? Será que um programa de televisão ajudaria a salvar vidas ou apenas criaria mais mortes?

Ela olhou para John, dormindo profundamente. Ela faria qualquer coisa para protegê-lo. E eles sabiam disso. Os Caídos tinham tentado tirá-lo dela mais uma vez. Primeiro, tentando desgraçar a ambos aos olhos da Igreja e do mundo com as fotos no tablóide da Tempest Star. Depois, tentaram matá-lo para enviar-lhe uma mensagem.

Cotten sentou-se ao lado da cama de John, estendeu a mão e tocou-lhe a face, olhando para ele. Eles queriam que ela tivesse medo de perdê-lo. Enquanto observava John, ouvindo a sua respiração ruidosa, ela percebeu que talvez ela tivesse entendido tudo às avessas. Por que eles a queriam tão temerosa? A revelação ocorreu instantaneamente. Significava que ela tinha a capacidade de detê-los. Eles a temiam. Eram eles que estavam aterrorizados. Ela devia estar bem perto de descobrir o que eles queriam que fosse ignorado para sempre. O segredo para detê-los, impedir o Armagedom. Essa nova linha de pensamento a fortaleceu.

Um pouco antes, o pessoal do hospital havia trazido uma cama de armar, e Cotten decidiu que era hora de tentar descansar. Deitando-se, ela fechou os olhos e relaxou a respiração, clareando a mente. Estava exausta, mas não tinha sono. Em vez disso, voltaria para a luz líquida. Lembrando o que Yachaq havia lhe ensinado, ela começou a mergulhar. Talvez dentro da luz conseguisse encontrar uma orientação.

Cotten permitiu que a luz viesse e a penetrasse. Ela fluiu por toda a superfície do seu corpo. Ela a recebeu no centro do seu ser, onde ela girou na forma de luz pura. Ela sentiu a intensidade enquanto visualizava a energia girando no centro dela.

Não deixe a luz ir embora, ela se lembrou de Yachaq dizendo com a voz suave. *Libere a sua mente para que ela se mova sem esforço, não se detendo em nenhum pensamento, viajando através do espaço e do tempo em absoluto silêncio. Exista apenas neste momento perfeito.*

Cotten bloqueou todos os pensamentos, concentrando-se apenas na pureza da luz.

Ela ouviu o vento do lado de fora da janela e o ruído do motor do elevador lá embaixo no saguão. Ouviu os sussurros da sala das enfermeiras enquanto duas pessoas discutiam as últimas notícias sobre os suicídios em massa. Um retinir nervoso de copos e panelas vinha da cafeteria em algum lugar do hospital. Na rua lá embaixo, uma mulher pediu a um motorista de táxi que a levasse para fora da cidade. Havia medo na voz dela.

Então Cotten ouviu o ruído do sangue correndo na água quente quando uma mulher em algum lugar na vizinhança sentou-se na banheira e abriu os pulsos, e o estalido de uma cadeira caindo depois que foi chutada de baixo de um homem que tinha acabado de se enforcar pendurado num cano no teto do porão de um prédio no quarteirão vizinho. A corda na qual o corpo se pendurava rangia sob o efeito do peso.

As pessoas estavam morrendo por toda parte. Os sons das suas mortes cresciam como o zumbido agudo de um sistema de som quando o volume é aumentado em excesso.

Cotten tremeu de medo, sentindo o corpo frio e suado. Era como se estivesse sendo rasgada, puxada para milhares de direções por aqueles que imploravam pela ajuda dela. Os gritos dessas pessoas enchiam o quarto escuro, a mente dela, tentando extinguir a luz líquida.

Ela fez um esforço colossal para manter a luz à vista e não perder a visão que Yachaq ensinara. A resposta devia estar dentro da luz. Não havia outro lugar para procurar.

Se Ripple e Yachaq estivessem certos, que todas as possibilidades e resultados já existissem, então ela escolheria existir num mundo diferente – um mundo melhor.

Com a concentração, ela cortou os ruídos e os pensamentos que os acompanhavam, afastando-se para longe, tornando-se ela própria uma luz, uma luz que vibrava com o resto do universo. Ligada a toda energia.

De repente, ela viu um parque totalmente arborizado do lado de fora do hospital, logo depois das portas elétricas corrediças da entrada da frente. Ao contrário do interior do saguão do hospital, o parque era iluminado, animado e cheio de pessoas indo e vindo. Não se ouviam pedidos de socorro, nem gemidos de dor, nem gritos de morte. Era o meio-dia de um dia ensolarado.

Quando as portas se abriram com o ruído característico, ela caminhou sobre a grama. O ar estava fresco, mas guardava o calor do meio-dia. Ela olhou ao redor para as pessoas que caminhavam nas calçadas. Não havia a menor evidência de urgência ou preocupação, tristeza ou emergência. Algumas pessoas até mesmo sorriram e a cumprimentaram quando passou.

Assim como as duas praias que tinha visto dentro da luz líquida no apartamento da Flórida, Cotten sabia que estava vendo duas Londres. Uma era um lugar sombrio sendo comido vivo pelo mal e pela morte, e então havia esse, um lugar cheio de vida, esperança e promessa.

Ela sabia que a luz líquida permitia que visse um caminho diferente, outra vida existente – outra possibilidade. Ela tinha visto *e* assumido, tinha escolhido testemunhar esse mundo belo e perfeito, e participar dele. Ela passara de uma linha de Lester Ripple para outra, de um dos caminhos de Yachaq na floresta para outro diferente.

De muitas maneiras, Yachaq e Ripple haviam ensinado a ela a mesma coisa: todas as possibilidades existem ao mesmo tempo. Nós escolhemos que caminho trilhar.

Cotten ficou em pé na grama e inspirou o ar fresco. Ela queria simplesmente caminhar pelo campo aberto para uma vida cheia de paz e contentamento.

Mas, subitamente, ela compreendeu que havia um único problema do qual não poderia se afastar. Ninguém ali precisava da sua ajuda. Ela não poderia dar as costas para aqueles que estavam precisando.

Lentamente, ela se virou e voltou através das portas de correr.

Nível Quântico

O quarto do hospital estava silencioso a não ser pelo ruído ocasional do aparelho automático de pressão sangüínea que se inflava e desinflava no braço de John.

Cotten empurrou a cadeira para perto da cama, logo adiante do fim da grade de proteção. Ela descansou a cabeça nos lençóis frios. A luz líquida tinha acabado de drenar o pouco de energia que ainda havia nela. *Pratique,* Yachaq havia lhe dito. Seria cada vez mais fácil. Cotten fechou os olhos e adormeceu.

* * *

Quando a enfermeira chegou para verificar o estado de John, a porta se abriu com um ruído e a luz do corredor entrou no quarto, despertando Cotten.

– Como ele está? – indagou depois que a enfermeira concluiu as suas tarefas.

– Está tudo bem. – A enfermeira fez uma pausa, depois perguntou: – Ele é muito especial para você, não é?

– Em vários sentidos – respondeu Cotten sem hesitação.

Quando a enfermeira saiu, Cotten recostou-se na cadeira e olhou para o relógio de pulso. Era meia-noite – seis da tarde em Chicago. O número do telefone de Lester Ripple estava armazenado na memória do celular dela. Ela não tinha prestado atenção suficiente ao que o homenzinho estranho tentou lhe dizer na cafeteria, mas agora estava se tornando evidente que Ripple estava explicando o que poderia muito bem ser a luz líquida.

Cotten parou junto à janela e abriu o celular. Verificou e descobriu que o aparelho estava com sinal suficiente. Depois de encontrar o número de Ripple, ela o discou. Era sábado, então quem sabe ele estaria em casa e não na universidade.

– Ripple falando – foi a resposta depois do terceiro toque.

O som era como se ele estivesse falando de boca cheia.

– Alô, Lester. Aqui é Cotten Stone. Nós nos encontramos alguns dias atrás... sobre as fotografias. Estou interrompendo o seu jantar?

– Sim, sim, sim. Não. Quero dizer, sim, eu me lembro de você, mas não, estou apenas beliscando. Ora essa...

Cotten imaginou-o com um prato de papelão cheio de alguma coisa não necessária segundo a pirâmide nutricional do governo.

– Preciso de um favor. Você poderia explicar de novo a sua teoria, a sua teoria da linha? Mas lembre-se, sou o tipo de ignorante no assunto, portanto explique com os termos mais simples que conseguir.

Cotten ouviu Lester engolir uma bebida e depois arrotar.

– Ela é muito difícil de entender, e quase impossível de explicar. Veja, as regras mudam no nível das partículas. As partículas não se comportam da mesma maneira que os objetos maiores. Essa é a primeira coisa que você precisa admitir. As leis que governam a nossa vida diária não se aplicam ao mundo quântico. – As palavras de Ripple saíam cada vez mais depressa à medida que ele falava.

– Certo, Lester, acho que consegui acompanhar o seu raciocínio.

– Alguma vez você atirou uma pedra num lago e observou as ondulações se irradiando? A luz se desloca dessa maneira... bem, mais ou menos... em ondulações, em ondas. Hum. Hum. Hum. A maneira mais fácil para você entender é imaginar-se atirando duas pedras na água ao mesmo tempo mas em lugares diferentes. As ondulações se espalham até que finalmente se chocam. Então, ou elas se anulam ou se amplificam. Entendeu agora?

– Entendi – respondeu Cotten.

– Eu pulei todos os pormenores científicos mais exatos, portanto você precisa confiar em mim. Estou simplificando para que você possa entender.

– Tudo bem.

– Finja que você tem uma metralhadora e uma parede na sua frente com dois orifícios, e então uma segunda parede atrás da primeira que detecta onde cada bala atinge. Se você atirar algumas rajadas naqueles orifícios, depois verificar na segunda parede, que tipo de padrão acha que vai encontrar? Onde a maioria das balas atinge?

– Acho que elas vão se agrupar em dois pontos alinhados com os orifícios que atravessaram.

– Sim, sim, sim – disse Lester, parecendo entusiasmado por ela ter chegado à conclusão certa. – Mas as ondulações ou ondas não farão isso, farão? Se as ondas de luz atravessassem os orifícios, como ondulações na água, ela se moveriam para a frente, se espalhariam e interfeririam uma na outra. Então, se pudéssemos ver onde elas cairiam na segunda parede, veríamos um padrão de onda, um padrão de interferência, não dois grupos como os das balas. Certo?

– Acho que acompanhei até aqui.

Lester limpou a garganta.

– Isso é bom. Você vai gostar do que vem agora. Adeus, regras. Então, você sabe que a luz se desloca em ondas e que o padrão dela pareceria como se a luz atravessasse dois orifícios, ou fendas, numa parede. Mas se atirarmos fótons isolados, um de cada vez, não esperaremos ver um padrão de onda, esperaremos ver o padrão das balas.

– Isso faz sentido – disse Cotten, esfregando a testa. Mas ainda não podia imaginar onde Lester Ripple pretendia chegar com aquilo.

– Aha! Esperaríamos que um único fóton atravessasse um orifício ou o outro, assim como uma bala. Ele não poderia atravessar dois orifícios de uma só vez. Mas sabe de uma coisa? Tchan, tchan, tchan. Se verificarmos a parede de detecção depois que milhões de fótons forem atirados individualmente, não temos dois grupos como balas, temos uma onda padrão de interferência. É como se um único fóton atravessasse ambos os orifícios ao mesmo tempo. Cada fóton esteve em dois lugares ao mesmo tempo. Está começando a perceber?

Cotten sentiu um comichão ao respirar. Dois lugares ao mesmo tempo. Ela entendia aquilo com certeza. Duas Londres. Duas praias.

– Sim – disse Cotten. – Acho que compreendo, sim.

– Há mais do que isso. E se pudéssemos arrumar um tipo de aparelho que registrasse qual orifício um fóton atravessou? Imagine só. Quando fazemos isso, o fóton se comporta como duas balas. Elas só atravessam um orifício, nunca ambos ao mesmo tempo, e o seu padrão sobre a parede de detecção é um padrão de grupo. É como se elas soubessem que estamos observando, elas fazem o que a gente espera... só atravessam um orifício. Elas não atravessam ambos os orifícios se estão sendo observadas. Todo mundo fica confuso ao pensar como isso acontece no nível quântico e não no nosso mundo cotidiano. Mas eu descobri como as coisas grandes podem se comportar como as partículas no quantum. Eu posso provar que objetos grandes, como bolas de boliche, cadeiras, até mesmo pessoas, podem mover-se para outras linhas, que você pode passar... você pode escolher qual orifício quer atravessar, em qual mundo quer existir. E não estou me referindo apenas a mover a sua consciência, estou falando sobre a *senhorita*. Todos vocês.

– Espere um pouco, Lester. – Cotten estava respirando com dificuldade enquanto se reclinava sobre a vidraça da janela. Ripple tinha a explicação científica, e ela tinha a explicação espiritual. *Então o que é a realidade? Onde ela existe? No único lugar em que ela pode... na sua mente, onde você cria, observa e participa da sua própria realidade. A parte da observação que Ripple estava explicando era a consciência. Tudo acaba no livre-arbítrio, assim como John tinha dito.* Quando John acordasse, ela lhe contaria tudo isso. Esse era o segredo da placa, ela tinha certeza. Era por isso que parte da mensagem sobre a placa estava em linguagem e a outra em equações. Equações da física. A teoria da linha de Rippley. Uma antiga citação bíblica que ela ouvira na antiga Escola Dominical ressoava em sua cabeça: *O Reino de Deus está dentro de você.*

– Senhorita Stone, ainda está aí? – indagou Rippley.

– Sim – disse Cotten com a voz fraca.

– Tem mais uma coisa que deveria saber.

– O que é, Lester?

– Eu descobri o que havia na parte da placa oculta pelo reflexo da luz.

Cotten prendeu a respiração.

– A senhorita queria que ela dissesse como impedir o Armagedom. Entendeu tudo errado. Ela diz que o Armagedom precisa acontecer.

Cartão do Gabinete

No dia em que John recebeu alta – com o braço ainda engessado e na tipóia – Cotten sentou-se em frente a ele na mesa de carvalho no quarto dela no Cadogan Hotel. Entre eles sobre a mesa estavam espalhados os itens do sótão de Violet.

– Tem certeza de que está disposto a fazer isto? – indagou ela.

– Nunca estive melhor – respondeu ele com um sorriso fraco. – E digamos que não temos todo o tempo do mundo.

– Se ficar cansado, basta dizer, certo?

Ele inclinou a cabeça, concordando.

– Sim, doutora Stone.

Ela pegou o bilhete de Chauncey e leu a última anotação na base: "O segredo está protegido pela palavra de Deus." Erguendo os olhos, ela disse: – Talvez seja uma pista de onde ele escondeu a placa, ou talvez o propósito de todos estes objetos na lista. Não parece haver ligação nenhuma entre todas essas coisas. Talvez ele tivesse algum tipo de fetiche, e esta fosse a lista de objetos que ele gostaria de acrescentar à coleção dele. Nós realmente precisamos saber o que estava acontecendo em Londres em 1878.

– Mas, como você disse, a lista não segue uma linha ou tema – observou John. – Se fosse toda de Bíblias ou de cachimbos de madeira, faria mais sentido. – Ele olhou para a lista de novo antes de abrir o álbum de recortes embolorado. – Esta coisa parece que vai se desfazer em milhões de pedaços.

Cotten observou enquanto, com todo o cuidado, ele abriu o livro. A velha encadernação estalou quando foi aberta talvez pela primeira vez em mais de uma centena de anos. Ela se levantou e postou-se ao lado de John, observando por cima do ombro dele enquanto ele virava cuidadosamente uma página, depois a seguinte. As páginas estavam cheias de anotações, cartas, recortes de jornal e desenhos. A maioria dos desenhos fora feita com tinta e representava várias partes da anatomia humana, incluindo órgãos internos. Havia também ilustrações de insetos, flores e animais pequenos.

– Ele era mesmo um artista – comentou Cotten.

– Parece que ele tinha interesses variados... botânicos e médicos – observou John. – Mas o que ele estava procurando em 1878? Por que precisava de todas aquelas coisas da lista?

– Eis aí um artigo sobre Chauncey e o amigo dele, Erasmus Wilson. Lembra-se daquele outro artigo que encontramos no sótão? – O recorte estava dobrado no meio e Cotten ajudou John a abrir o papel quebradiço para ler o conteúdo do texto.

John leu em voz alta.

– O dermatologista londrino, doutor Erasmus Wilson, e o especialista em pulmão, doutor Chauncey Wyatt, desenvolveram um novo medicamento que alegam ser capaz de reduzir os sintomas da asma, a doença debilitante que na verdade afeta a ambos.

– Então Chauncey, além de médico, era também cientista – concluiu Cotten.

– E um filantropo. Lembra-se do projeto misterioso também mencionado no outro artigo? É a isso que eles devem estar se referindo. Diz aqui que ele e Wilson doaram mais de vinte mil libras para trazer um antigo obelisco egípcio de Alexandria para Londres.

– Como é bom ter dinheiro! – comentou Cotten. Ela estendeu a mão para uma caixa amarrada com um pedaço de fio torcido e desfez o nó. Abrindo-a, retirou cuidadosamente um punhado de fotografias emcaixadas em molduras de cartão. Na frente de cada cartão, o fotógrafo havia colocado as suas credenciais juntamente com um trabalho decorativo nas margens. Cada uma exibia uma imagem apagada em sépia de um momento de 130 anos antes. A primeira foto mostrava um cavalheiro distinto com uma barba comprida e escura e óculos de armação de arame posando nos degraus de um prédio grande. Cotten virou-a do outro lado. Numa caligrafia semelhante à da lista do sótão estava escrito *Westminster Hospital, 1875.*

– Este deve ser Chauncey – observou ela. Depois de examiná-la, passou-a para John.

A seguinte mostrava o mesmo homem em pé sobre o que Cotten imaginou tratar-se de uma dúzia de corpos estendidos no chão, cada um coberto com um lençol. No verso estava escrito *Epidemia de Cólera.*

O cartão seguinte mostrava o homem na frente de outro prédio grande. Ao lado dele via-se um grande cão de caça russo. No verso estava escrito *Christ's Hospital, Newgate com Rex.*

A última das fotografias era um ferrótipo mostrando o homem em pé no meio de um grande grupo de homens e mulheres vestidos a rigor – cartolas, fraques e vestidos longos. Um cavalo branco se destacava num dos lados da imagem. Sentada no alto estava uma mulher que Cotten reconheceu com Alexandrina Victoria, a rainha da Inglaterra.

– Impressionante – comentou Cotten. Parecia ser um certo tipo de cerimônia. Atrás do grupo via-se um enorme monumento de pedra. – Este deve ser o obelisco egípcio que Chauncey e Wilson financiaram – observou Cotten. – Parece que esta é uma fotografia da época em que eles o inauguraram. Deve ter sido um grande momento. A rainha Vitória compareceu.

Cotten estava prestes a passar a fotografia para John quando percebeu que ainda não tinha analisado o verso para ver a inscrição. Havia uma nota colada no verso. Quando olhou para a caligrafia então familiar, ela soltou uma exclamação.

John ergueu os olhos do álbum.

– O que foi?

Ela olhou para ele com os olhos arregalados.

– Lembra-se do que dizia o bilhete de Chauncey? Aquele deixado no Vaticano?

– Lembro. "Para entrar no Reino do Céu é preciso enfiar a linha na agulha."

– John, esta é uma fotografia de Chauncey Wyatt na inauguração da *Agulha de Cleópatra*, em 1878.

Civilizações Perdidas

Deus não tem religião.

– MOHANDAS GANDHI

– Está numa cápsula do tempo – disse Cotten, rolando a página da Internet na tela do *laptop*. – Chauncey deve ter escondido a placa na cápsula com os outros itens da lista.

Ela fez uma busca no *Google* sobre a *Agulha de Cleópatra* e descobriu que o monumento fora erigido em 1878 nas margens do rio Tâmisa. Uma cápsula do tempo fora selada dentro das fundações do monumento, contendo os itens reunidos pelos patrocinadores do projeto, os médicos londrinos Erasmus Wilson e Chauncey Wyatt.

– O conteúdo da cápsula combina com a lista de Chauncey quase item por item – observou John, lendo o que estava escrito na tela enquanto permanecia em pé atrás de Cotten.

– Não há menção à placa – lembrou Cotten –, mas não deveria haver mesmo. Ela foi roubada por Chauncey. O bilhete diz que para entrar no Reino do Céu é preciso enfiar a linha na agulha. Ele deixou pistas bem claras. Ela deve estar ali.

– Acho que nós a encontramos.

Cotten fez sinal de silêncio.

– Você acha que estivemos errados durante todo esse tempo, pensando que devíamos impedir o Armagedom? Será que Lester Ripple está certo quanto ao que diz a inscrição na placa, que o Armagedom deve acontecer? Será isso parte do segredo?

– Tenho pensado muito sobre isso – respondeu John. – Acho que Ripple está certo. Não se pode deter o Apocalipse. Para que Deus salve o mundo das legiões de Satã deve acontecer uma batalha final, e Ele vencerá. Quando os discípulos pediram a Jesus para ensiná-los a rezar, Ele ensinou a eles o pai-nosso. Parte dele diz: "Venha o teu reino. Seja feita a tua vontade, assim na terra como no céu." Antes de surgir na Terra o reino celestial de Deus, primeiro o mal precisa ser erradicado. Não há mal no céu.

– E quanto à capacidade de cada um de nós criar o nosso mundo, ou de existir em dois lugares? Assim como as minhas duas Londres, deve haver milhões de Londres, mas a única que quero para a minha realidade é a Londres em paz. Para que isso aconteça, preciso viver realmente a vida de paz na imagem de Deus para que ela se torne a minha realidade.

– Cotten, acredito que isso seja maior do que apenas um ponto de vista religioso. Esse conceito de viver a vida que você quer é a base da espiritualidade. Infelizmente, as religiões, incluindo a minha, tendem a separar as pessoas em grupos. Mas o conceito de espiritualidade é um sistema de crenças e um estilo de vida em que qualquer um pode vivenciar em qualquer lugar.

Cotten concordou.

– As Escrituras nos ensinam que haverá uma batalha final que alguns chamam de Armagedom. E pouco antes desse acontecimento, haverá o que é chamado de tempo do julgamento. Deus não quer que precisemos passar por todo o sofrimento... o sofrimento causado diretamente por Satã. E não importa como você chame Deus... Alá, Shang Ti, Krishna, Theos, a Luz, Om, o Criador, o que quer que seja. Ele quer que saibamos que Ele tomou as providências para que nós, por opção, por meio do livre-arbítrio que Ele nos deu, possamos escolher outro caminho, outra vida. Ele ensinou Noé a escapar do Dilúvio. Por que Ele não nos diria como escapar do Fim dos Dias?

– Então isso explica o que aconteceu às pessoas que viveram na cidade perdida do Peru, ou àqueles que estavam nas ruínas do Novo México, e todas aquelas civilizações antigas que receberam a placa e depois parece que desapareceram da noite para o dia. Elas interpretaram o segredo e se mudaram.

– Por que não? Que outra explicação pode haver?

– Então, quando encontrarmos a placa, ela dirá que podemos fazer o mesmo se crermos nisso, quisermos isso e existirmos nisso. A realidade é o que escolhemos ser. A mesma coisa que a teoria da linha quântica de Ripple. É isso que devemos compartilhar com o mundo. Foi isso que Chauncey quis dizer que pertencia ao mundo todo.

John tomou uma das mãos de Cotten.

– Sim, e sob a liderança da filha de um anjo.

* * *

Um vento gelado soprava na margem do rio Tâmisa, trazendo com ele o som distante de sirenes ecoando por toda a cidade enquanto os veículos de emergência atendiam um número cada vez maior de suicidas. Cotten enfiou as mãos nos bolsos do sobretudo enquanto permanecia em pé ao lado de John nos jardins do Victoria Embankment, o aterro da margem norte do rio Tâmisa. Ambos olharam para o alto, admirando o obelisco egípcio conhecido como a *Agulha de Cleópatra*.

A plataforma sobre a qual o monumento repousava estava localizada próximo à margem do rio entre as pontes de Westminster e de Waterloo. A tarde caía e um punhado de londrinos caminhava pelas calçadas dos jardins do aterro.

– Há dois obeliscos, você sabe – lembrou John, abrindo o guia turístico de Londres. – Um aqui e outro, irmão gêmeo deste, no Central Park, em Nova York. Espero que tenhamos escolhido o certo.

– Este é o único ligado a Chauncey Wyatt... tem de ser o verdadeiro.

Cotten andou em volta do monumento. Cada um dos quatro lados da base era adornado com uma grande placa de bronze. A superfície do obelisco exibia hieróglifos esculpidos e a parte de baixo era envolvida por um cinturão de deuses egípcios alados. Cotten leu o que estava escrito em cada placa; juntas, elas contavam a história do monumento desde quando ele e o seu gêmeo foram extraídos da pedreira pelo faraó Tutmés III, por volta de 1500 a.C. Ambos os obeliscos foram mudados dois séculos depois para a frente do Templo de César, em Alexandria. A Agulha de Cleópatra fora levada a Londres por Wilson e Wyatt e dada de presente à nação britânica em 1878 ao passo que o gêmeo, patrocinado por outro grupo, foi para Nova York.

Completando a jornada ao redor da base, de volta ao ponto de partida, Cotten disse:

– Descobriu mais alguma coisa no seu guia de viagem?

– Acho que você vai achar isto interessante – disse John. – Uma das razões pelas quais este obelisco é tão bem preservado é que ele permaneceu enterrado sob a areia do deserto por mais de seiscentos anos depois de ter sido derrubado por um terremoto. Na verdade, por causa disso, ele foi chamado de...

– De quê? – indagou Cotten, olhando fixamente para John.

– Você não vai acreditar nisto.

– Estou preparada – disse, meio que esperando uma resposta tola.

– Ele foi chamado de "o caído".

Considerando aquilo como um presságio, Cotten andou em volta do obelisco, arrastando os dedos ao longo do pedestal enquanto olhava para o alto da *Agulha*. De repente, o seu rosto se iluminou com uma expressão maravilhada.

– Então é isso! – concluiu ela. A seguir, com um olhar de satisfação, Cotten pegou o telefone celular do bolso, passou por vários nomes e pressionou o botão de falar. Um instante depois, ela disse: – Ted, acho que descobri. Está pronto para fazer isso?

A Transmissão

– Ainda não tivemos permissão para abrir a cápsula do tempo – informou Cotten ao telefone. – Precisamos segurar a transmissão até pormos a mão na placa. E a emissora não vai aprovar o que eu tenho a dizer sem ela.

– Tudo o que a SNN precisa saber é que você vai apresentar uma reportagem sobre os suicídios.

Cotten suspirou.

– Ted, você pode ser forçado a se demitir se fizer isso. Vamos esperar até termos o artefato.

– Não podemos – respondeu Ted. – Não há um segundo a desperdiçar. A taxa de suicídios está aumentando constantemente.

– As autoridades só precisam de mais um dia ou dois para que a burocracia nos permita abrir as fundações do monumento e tirar a cápsula.

– As pessoas precisam se prender a alguma coisa, nem que seja numa corda fina, Cotten. Você pode lhes dar isso. Diga-lhes o que está acontecendo de modo que compreendam... e dê-lhes uma esperança. Vamos cobrir a remoção da cápsula quando chegar o momento... uma transmissão ao vivo, diretamente da *Agulha de Cleópatra*.

– Mas e se a placa não estiver lá?

– Você sabe que estará. Tem de estar.

– Ted, você é aquele que tem me advertido o tempo todo para...

– Agora é diferente. O fóssil inventado foi uma armação para arruinar você. Isso é diferente. Deus encaminhou você para isso.Você é a escolhida, menina. A única pessoa capaz disso.

* * *

Cotten esperou pela chamada do chefe da produção. Dentro de instantes, ela estaria ao vivo pela SNN. Ted havia providenciado para que tudo acontecesse em apenas dois dias. Cotten olhou ao redor do estúdio, observando as dezenas de integrantes da equipe trabalhando nos probleminhas de última hora antes de ir para o ar. John estava sentado numa cadeira nas sombras atrás das câmeras, dois agentes do Venatori ao lado dele. Ele lhe fez sinal de positivo com o polegar.

O gerente de produção levantou cinco dedos, depois contou e apontou para Cotten.

– Bem-vindos a esta reportagem especial sobre a crescente taxa de suicídios em todo o mundo. Eu sou Cotten Stone, transmitindo para a Satellite News Network.

– Entra o título da matéria — ordenou o diretor britânico na sala de edição sobre o fundo do palco. Ao lado dele, o diretor técnico acionou a chave do gerador de caracteres no aparelho de vídeo digital para colocar no ar.

Acima do ombro de Cotten no monitor, surgiram as palavras "Crise Global: Suicídios" em letras vermelhas que pareciam ensangüentadas.

– Estamos transmitindo dos estúdios da SNN em Londres, onde ainda hoje a esposa do primeiro-ministro se matou tomando uma dose excessiva de analgésicos.

– Mostre a esposa do primeiro-ministro – indicou o diretor. – Já. – Ele apontou para o monitor de imagem número três.

Uma fotografia recente da esposa do primeiro-ministro acenando aos presentes numa cerimônia de inauguração de uma escola apareceu atrás de Cotten, dissolvendo-se para dar lugar a uma imagem fotográfica de um carro funerário estacionado na frente da residência do primeiro-ministro.

– Hoje à noite, vamos apresentar uma análise mais profunda sobre a escalada de suicídios sem precedentes que vem ocorrendo na Grã-Bretanha, nos Estados Unidos e em praticamente em todos os outros países do planeta.

– Gerador de caracteres, pronto? – O diretor estalou os dedos. – Já!

O operador do gerador de caracteres começou a mostrar uma série de gráficos eletrônicos representando a escalada do aumento das taxas de suicídio mundiais.

– Apesar da International Psychiatric Foundation e outras organizações médicas negarem que haja alguma correlação entre o aumento das taxas de suicídio e uma possível ligação com possessões demoníacas, estamos diante do fato de que os números não mentem. – Cotten fez uma pausa enquanto uma série de estatísticas, indicando cada país, se desenrolava na tela.

– O Vaticano anunciou que está autorizando os padres de todo o mundo a dar início à difícil tarefa de realizar exorcismos em pessoas que apresentem tendências suicidas. O anúncio partiu do próprio pontífice numa entrevista coletiva à imprensa no Palácio de Estado do Vaticano, onde há uma profunda preocupação de que nós, como civilização, estejamos correndo um risco terrível de sermos influenciados pelo mal em todo o mundo.

– Rolo B, pronto? – Com um estalo dos dedos, o diretor apontou para o monitor que indicava "no ar". – Já!

Uma colagem de filmagens mostrando os serviços de emergência atendendo as vítimas em diversos países estrangeiros entrou em cena no lugar de Cotten.

– Ao que parece – ela continuou – esse fenômeno não mostra preconceito ou discriminação. As vítimas dos suicídios em todas as partes variam de pessoas muito ricas e famosas, como a rainha da Inglaterra e os familiares no Reino Unido, até sem-tetos que vivem nas sombras das grandes cidades.

– Rolo de ilustrações C – sem-tetos de Moscou. – O diretor fez sinal para a bancada de monitores de pré-exibição e o diretor técnico posicionou o dedo sobre o botão. – Já!

Numa sala alguns andares abaixo da sala de controles, um relé eletrônico entrou em funcionamento e as imagens foram exibidas ao vivo.

– Algo demoníaco está tomando conta do nosso território, das nossas cidades, do nosso mundo. Ele nos tira os nossos entes queridos e amigos. Rouba-lhes a vida e a alma. – Cotten fez uma pausa.

– Vim aqui esta noite para falar a respeito de algo que, acredito, seja uma mensagem do nosso Criador, uma mensagem escrita pela mão do Deus Todo-poderoso. E espero mostrar a todos vocês que dias melhores virão.

– Mas que merda! – exclamou o diretor. – O que ela está fazendo?

Do outro lado do Atlântico, no centro de controle da SNN em Nova York, o vice-presidente de transmissões disse:

– Casselman, que merda está acontecendo?

Ted Casselman observava a imensa bancada de monitores quando sentiu a pressão aumentando no peito. Se aquilo não provocasse um ataque cardíaco violento, então nada provocaria.

– Eu não sei, senhor – disse ele. – Tenho certeza de que ela voltará ao roteiro. – Ele gostaria de estar com os comprimidos que havia deixado na pasta.

Cotten continuou.

– Escolhi este momento para dizer a todos os telespectadores que pode haver uma resposta ao que está acontecendo ao nosso redor. Acredito que escondido secretamente em algum lugar desta cidade encontra-se a última das doze placas de cristal. Cada uma dessas placas foi entregue a grandes líderes espirituais do mundo muitos milhares de anos atrás.

– Minha nossa! – o diretor técnico sussurrou no sistema de intercomunicação.

– Mas de que diabo ela está falando? – o vice-presidente de Nova York exclamou, olhando para o gerador de caracteres com o texto.

Cotten olhou diretamente nas lentes da câmera.

– O propósito de cada placa era transmitir uma mensagem do Criador que não só previa a primeira purificação universal da Terra na época de Noé, mas também continha uma mensagem adicional dirigida a um mundo distante no futuro. O futuro é agora. E também o Fim dos Tempos. Estamos vivendo o Armagedom. Não podemos detê-lo, pois se o fizermos, então eles vencerão. O mal que está varrendo o nosso mundo deve ser afastado pela mão de Deus. A última batalha precisa acontecer para que o bem triunfe sobre o mal. São os seres malignos que querem impedir o

Armagedom, porque essa é a única maneira de eles triunfarem. E eu acredito que a inscrição da última placa seja o segredo para sobreviver à batalha final, a segunda purificação, assim como Noé sobreviveu ao Dilúvio.

– É isso aí! – disse o diretor no Reino Unido. – Estejam prontos para cortar. Entram os comerciais do primeiro bloco.

– Tirem essa piranha daí! – berrou o vice-presidente em Nova York. – Vão para os comerciais.

– Esperem! – Ted Casselman olhava para a parede de monitores.

– O que quer dizer com esperem? – indignou-se o vice-presidente. – Ela está no mundo da fantasia com essa bobagem de Armagedom. Eu bem lhe disse que colocá-la de novo no ar seria um grande erro. Agora você acredita em mim?

Cotten apressou-se. Sabia que estavam prestes a cortá-la e precisava terminar antes que o fizessem.

– Cada placa transmite uma mensagem, revela um segredo. Esta nos diz para ver e escolher um caminho na vida que nos leve a um mundo melhor. Uma escolha que precede uma limpeza assim como a que os nossos ancestrais viveram, o Dilúvio que acabou com todo o mal do mundo. Eu acredito que nós também podemos escapar da última purificação, escapar dos horrores dos últimos dias que irão eliminar o mal do mundo. A placa de cristal nos dirá como fazer isso.

– Olhe! – disse Casselman, apontando para as entradas das outras emissoras.

O vice-presidente acompanhou os olhos de Ted e olhou para as fileiras de monitores que exibiam as outras programações internacionais.

– Meu Deus, o que está acontecendo?

CNN, BBC, NBC, ABC, CBS e Fox, juntamente com as redes de televisão da China, Brasil, Índia, África do Sul e dezenas de outras estavam sistematicamente mudando para a transmissão ao vivo da SNN. Até mesmo a Al-Jazeera exibia Cotten Stone com legendas em árabe na parte inferior da tela.

– Estão retransmitindo a nossa programação – atestou Ted.

– A mensagem foi compreendida pelas poderosas civilizações dos atlantes, dos druidas que construíram Stonehenge, das pessoas que construíram os moais na ilha de Páscoa, da civilização maia no sul da América, dos malis na África Ocidental, dos anasazis... todas desapareceram da noite para o dia sem deixar vestígios. Eles desapareceram porque prestaram atenção na mensagem das suas placas e escolheram um caminho para uma nova vida. Um caminho que também podemos escolher. Tudo o que precisamos fazer é acreditar. Não importa se você é hindu, judeu, budista, cristão, muçulmano. Não podemos mais nos trancar em celas de grupos religiosos organizados que dirigem o seu foco de interesse para o mensageiro e não para a mensagem. Todos nós estamos ligados uns aos outros e a cada ser vivo. Somos um só e devemos deter o mal ao nosso redor.

O vice-presidente de Nova York afundou na cadeira enquanto observava todas as organizações noticiosas internacionais mudarem para a transmissão dele. Ele sussurrou:

– Nunca vi uma coisa dessas na vida.

O diretor londrino falou ao microfone preso à cabeça:

– O mundo inteiro está nos assistindo. Ninguém toque em nenhum maldito botão ou vou arrancar o seu coração pessoalmente.

Dois Aterros

O Reino de Deus está dentro de vós.

– LUCAS 17:21

A reação à transmissão da SNN foi fenomenal e, com a notícia de que haveria uma transmissão ao vivo do obelisco, milhares de pessoas acorreram a Londres.

Para evitar congestionamentos de tráfego, e para maior segurança, Cotten chegaria de barco: um pequeno barco usado comumente no rio para grupos de turistas fora alugado e escondido fora dali até o último momento. Quando a noite chegou, um carro dirigido por um agente do Venatori chegou junto à entrada dos fundos do Cadogan Hotel e transportou Cotten e John por ruas transversais até um píer a cerca de oitocentos metros do monumento. Quando a equipe da SNN avisou pelo rádio que já se encontrava no local, Cotten e John subiram a bordo do barco para a curta travessia até o monumento.

Quando eles fizeram a curva do rio Tâmisa e passaram sob a ponte de Waterloo, Cotten prendeu o fôlego. Lá adiante dela estava o obelisco, iluminado por uma parede de holofotes da mídia. Aquilo lhe lembrou um foguete espacial iluminado pouco antes de um lançamento noturno. A *Agulha de Cleópatra* estava apontada como uma flecha, diretamente para o céu. Aquilo era mais do que adequado, pensou ela.

Mas o que fez Cotten prender a respiração foram as multidões de pessoas reunidas nos jardins do Victoria Embankment. John advertira que, assim que a notícia fosse divulgada, ela poderia esperar uma multidão de observadores e curiosos. Mas diante dela, numa parede de rostos e corpos que pareciam se estender interminavelmente em todas as direções, havia milhares de pessoas. Savoy Place, Strand, Fleet Street, Whitehall – todo um mar de corpos se comprimia por todos esses locais de Londres. Quando ela olhou por cima do ombro para Waterloo, percebeu que o trânsito fora substituído por pessoas que se inclinavam sobre as balaustradas para conseguir vê-la. Até mesmo rio abaixo, a ponte Westminster estava lotada de pessoas que interrompiam o trânsito da cidade. Do outro lado do rio em frente à *Agulha*, os Jardins do Jubileu e as margens do Tâmisa em ambas as direções estavam cobertos de multidões de observadores, assim como os tetos e janelas dos prédios alinhados nas ruas além do Aterro – todos esperando Cotten Stone.

Quando o barco se aproximou dos degraus que conduziam da margem do rio para o aterro até a *Agulha de Cleópatra*, uma barreira de luzes de câmeras avançou para Cotten, e um rugido ensurdecedor encheu o ar.

Os agentes da polícia tinham mantido os degraus de concreto à beira da água livres para a passagem dela e haviam providenciado um isolamento por cordas que circundava o obelisco. Com John segurando o braço dela para ajudá-la a manter o equilíbrio, Cotten escalou os degraus molhados para chegar até o patamar da base da *Agulha*.

Um *flash* de cima fez Cotten erguer os olhos. Tempest Star e Bennie tinham cruzado as cordas para conseguir uma fotografia mais próxima dela. Um policial reagiu, obrigando-os a recuar.

Avançando sobre o patamar, um repórter segurava um microfone. Ela ficou satisfeita ao ver que o microfone exibia o logo da Satellite News Network na extremidade.

Cotten segurou o microfone próximo aos lábios e disse:

– Olá.

O que aconteceu em seguida fez com que um forte tremor percorresse todo o corpo dela. A voz dela encheu o ar de todas as direções, ecoando ao longo do rio e através de cidade. Parecia que quase todos os presentes tinham um rádio portátil ou telefone celular que estava recebendo a transmissão simultânea do evento por todas as emissoras.

Cotten respirou fundo, impressionada por ouvir o som voltar para ela vindo de milhares de minúsculos alto-falantes alinhados nas ruas, calçadas e passagens nas imediações do rio em Londres.

Quando os cumprimentos da multidão cessaram, Cotten disse:

– Não posso acreditar que haja tanta gente. – Isso fez com que a multidão se agitasse novamente em aplausos. Mas ela sabia que não se tratava de um aplauso de alegria, mas de apreensão. A maioria estava ali por desespero. O peso da responsabilidade sobre ela era imenso enquanto ela ouvia pedidos de ajuda e orações por perdão vindo de todos os cantos.

– Eu compreendo por que todos vieram aqui esta noite, e por que muitos mais estão ouvindo e assistindo em outros lugares. Espero que esta noite possamos acabar com o sofrimento, a escuridão, o mal que se move entre nós.

Os aplausos rugiram outra vez enquanto a voz de Cotten reverberava ao longo de parques e veredas do Aterro.

Um tremor de pânico descarregou eletricidade ao longo dos braços dela. E se a placa não estivesse dentro da cápsula do tempo? O que aconteceria com todas aquelas pessoas?

* * *

Eli Luddington assistia à transmissão da SNN na imensa tela de plasma na biblioteca do escritório. Ao lado dele, Mariah achava-se em pé com a mão sobre o ombro dele. Ela se sentia tão satisfeita, tão completa! Eli a informara de que logo ela veria os sinais da nova vida dentro dela. Ela fora escolhida por ele para continuar o legado dele com um filho que lhe seguiria os passos. Naquele exato momento, ele se desenvolvia dentro dela. Ela era uma privilegiada e abençoada, disse ele. Poucos recebiam a honra de ser o receptáculo para a geração seguinte dos grandes Nefilins. Para ela, não importava mais se Richard voltaria ou não. Ela mudara de idéia. O plano dela se desmanchara pela grande visão de Eli. Ela tocou o próprio abdome. Aquele era o filho de Eli e com ele vinha a sorte inesperada de benefícios milagrosos.

– Este será um final muito adequado para o nosso tormento constante – comentou Eli enquanto as câmeras fecharam o ângulo sobre Cotten Stone cumprimentando a multidão com o padre ao lado dela. – Ela irá assistir aquele que é mais importante para ela ser abatido no mesmo instante em que ela cai na maior desgraça. O sangue de milhões cairá sobre ela esta noite, mas o sangue de John Tyler ficará como uma nódoa nas mãos dela para sempre.

Ele sorriu para Mariah.

– A vingança tem o sabor mais doce.

* * *

O estrondo dos aplausos abalou as fundações da plataforma por baixo da *Agulha de Cleópatra*. Quando ele cessou, Cotten fez sinal afirmativo com um movimento de cabeça para os dois técnicos da prefeitura de Londres que os haviam acompanhado no barco pelo rio. Os homens subiram pelo lance íngreme de degraus e pararam diante de uma das quatro grandes placas de metal montadas sobre a base do obelisco. Usando grandes chaves de fenda, eles soltaram os parafusos de bronze que prendiam os quatro cantos da placa e a afastaram para o lado.

A remoção da placa expôs uma cavidade quadrada. Uma dúzia de repórteres de televisão se adiantou. Com grande cuidado, os técnicos retiraram uma arca de madeira.

* * *

Richard Hapsburg abriu caminho em meio à multidão até conseguir chegar a poucos metros da *Agulha*. Ele viu Cotten Stone em pé ao lado de John Tyler observando os técnicos removerem a cápsula do tempo. Uma pontada de vergonha fez com que ele se arrepiasse. Ele voltara para Eli, pedindo mais uma chance. Por mais que quisesse, não conseguia sustentar o mesmo tipo de coragem que o pai de Cotten, Furmiel, exibira. Richard sentiu o peso da pistola no bolso da jaqueta. Ele evitou o perímetro dos holofotes, esgueirando-se para a frente até se encontrar na margem do rio e ali nada o separava de John Tyler.

* * *

Cotten observava os técnicos carregarem com extremo cuidado a arca entre eles quando desciam os degraus. Ela imaginou o que Chauncey Wyatt pensaria se estivesse presente para testemunhar a execução da sua tarefa secreta. Naquela noite, naquele ponto à margem do rio Tâmisa, a missão dos Sombras de Fantasmas finalmente terminaria. Chauncey poderia descansar em paz, concluiu ela.

Os funcionários deixaram a arca aos pés dela e Cotten esperou enquanto John fazia o sinal-da-cruz e a abençoava. Cotten sentiu o coração se acelerar de excitação enquanto compreendia que estava realizando o destino dela naquela noite à margem do histórico rio. Ela olhou ao redor, tentando guardar para si o momento mágico. Quando os seus olhos caíram na distante margem do rio, toda a sua empolgação esfriou, substituída pelo pavor e pelo medo. Na distância, uma sombra apareceu sobre a água, avançando na direção da *Agulha*.

– Oh, meu Deus! – exclamou ela, antes de perceber que ainda estava com o microfone nos lábios.

John voltou-se para ela.

– O que foi?

Cotten olhou na direção oposta ao longo do Aterro e viu a sombra rolando sobre a água. Ela vinha de ambas as direções contra eles.

* * *

Richard enfiou a mão por dentro da jaqueta e segurou a pistola. Ela parecia fria e pesada. Ele se lembrou de como fora estranho segurá-la quando atirara no carro em Washington. Nessa noite seria mais fácil. Ele finalmente cedera e aceitara a vida como ela era. *Ah, como eu fui fraco nos últimos dias, pensando que poderia implorar o perdão de Deus. Como Furmiel.* Richard quase caíra de joelhos antes de recuperar a razão. Afinal de contas, por que deveria demonstrar compaixão?

* * *

– Abra a arca! – gritou Cotten.

– O que aconteceu, Cotten? – indagou John.

– Eles estão vindo. – Ela apontou para o rio. – Não temos mais tempo.

John olhou na direção do rio.

– É apenas a neblina do rio – observou um dos técnicos. – Não há nada com o que se preocupar, dona. Acontece o tempo todo.

– Abra logo esta arca! – gritou ela, a voz tornando-se rouca.

Um dos técnicos rompeu o trinco e ergueu a tampa, que se abriu com um rangido.

Cotten agachou-se e vasculhou o conteúdo. Papéis, mapas, livros, documentos, cachimbos, fotografias.

– Santo Deus, onde ela está? – *E se não estiver aqui?*, ela pensou. *E se eu estiver errada e o mundo todo observando?*

Cotten olhou de novo para o rio atrás de si, esperando que a neblina tivesse se dissipado. Mas ela havia aumentado furiosamente, bloqueando a visão das pontes. Ela não conseguia mais ver a margem oposta do rio. Olhando em todas as direções ao redor do Aterro, ela observava as multidões de espectadores desaparecendo na neblina cada vez mais densa. Ela não seria capaz de salvar ninguém. Até mesmo se encontrasse a placa, e confirmasse tudo aquilo que acreditava que confirmaria, não haveria mais tempo. Como poderia ensinar a todas aquelas pessoas sobre a luz líquida em questão de segundos?

* * *

Lester Ripple estava deitado na cama, olhando para as estrelas de plástico que brilhavam no escuro. Fechou os olhos e pensou em Cotten Stone, imaginando o que ela estaria fazendo naquela noite. Será que ela tinha realmente compreendido o que havia tentado ensiná-la? Do seu jeito, ela parecia estar mais em contato com a grade de energia do que ele jamais conseguira. Ela parecia possuir algo especial. Algo diferente. Talvez um dia eles pudessem voltar a se encontrar na cafeteria e tomar um café com leite. Ela parecia intrigada com a ciência de um modo geral. Ela estava com um problema e ele a ajudara a resolvê-lo. O mínimo que ela poderia fazer era tomar um café com leite com ele, ainda que ele não bebesse café. Afinal de contas, ele era um solucionador de problemas. Resolver, resolver, resolver.

* * *

Ela afastou os livros, incluindo quatro Bíblias. Chauncey escrevera no bilhete que a placa estava protegida pela palavra de Deus. Cotten recomeçou a procurar dentro da arca, mas então de repente retornou às Bíblias. Então era isso! O segredo estava protegido pela palavra de Deus. A Bíblia!

– Qual delas, qual delas – disse ela, abrindo a primeira, depois atirando para o lado. Pegou a maior – a Bíblia encadernada em couro – e puxou-a de baixo dos outros itens da cápsula. Ela era pesada, pesada demais. Cotten colocou o livro sob o brilho das luzes das câmeras.

Foi então que ouviu a multidão começar a reagir à neblina. Aninhando o grande volume sobre o peito, ela olhou ao longo do Aterro e presenciou o que mais temia – o que rezara para que não acontecesse.

Como estrelas faiscantes na semi-obscuridade da noite, os vaga-lumes começaram a chegar.

Primeiro foram alguns poucos, depois centenas. Logo o Aterro tornou-se iluminado pelo seu brilho.

Eles surgiam da neblina e giravam ao redor da *Agulha*, espalhando-se pelo Aterro e pelo rio, atirando-se às milhares de pessoas.

O pânico se instalou entre a multidão.

De algum modo, Cotten também sabia que eles estavam pairando não só ao longo das margens do rio, mas também em todas as cidades e capitais onde milhões de pessoas ouviam e assistiam.

* * *

Richard acomodou a arma no bolso. Ele sentiu a umidade da neblina quando ela se espalhou para fora da água. Ele ouviu o zumbido dos seus irmãos se aproximando. E se a Stone estivesse certa? E se aquele fosse o começo do fim para ele e a sua espécie? Ele estava cansado. Exausto. Talvez na verdade fosse até melhor que viesse o fim. Ele não se importava mais. Mariah o deixara. Eli não o respeitava.

Richard ergueu a automática e apontou para o padre. Seria um tiro certeiro, sem nenhum obstáculo para impedi-lo. O dedo segurou o gatilho.

– Aperte – ele sussurrou.

Mas não o fez.

Pela primeira vez, ele compreendeu a enormidade da transgressão que cometera tantas eras antes. E talvez agora ele compreendesse o significado da danação eterna.

Richard virou-se de novo para o rio e, com leve movimento do punho, atirou a arma nas águas escuras e revoltas do Tâmisa. Ele caiu de joelhos.

* * *

Cotten desatou os fios que mantinham a Bíblia fechada. O livro se abriu. Lá, escondida numa cavidade recortada, encontrava-se a placa de cristal.

Ela a agarrou com as duas mãos e levantou-se.

O zumbido do enxame aumentou até tornar-se um rugido. Como uma fornalha em chamas, o calor dos demônios chamuscava a pele dela. O cheiro de enxofre enchia-lhe as narinas. Ela ouvia os gritos das pessoas sucumbindo ao ataque furioso.

– Oh, Deus, me ajude. – As palavras dela ecoaram pelo Aterro e ao longo do rio atrás dela. – Ajude-me a ver, a escutar.

Ela sabia que havia pouco tempo antes que tomassem as almas de todos os presentes. Os crentes tinham vindo para ver a placa, para testemunhar a escrita de Deus. Quando a segurou na mão, ela olhou para a inscrição. As palavras estavam escritas em enoquiano – a língua dos anjos, a língua do céu.

A língua que ela herdara.

Correndo os olhos pelas palavras, deteve o olhar sobre a referência à purificação final.

– Cotten? – chamou John.

Rapidamente ela traduziu o texto na cabeça.

– Ripple estava certo. – Ela se voltou para John. – Ela diz que o Armagedom precisa acontecer.

À medida que lia, ela percebeu que Edelman tinha interpretado erroneamente os glifos antigos sobre a placa peruana. Em enoquiano, tudo ficou claro para ela. E na parte inferior da placa, a parte que ninguém compreendera, viam-se colchetes, símbolos e números – a teoria da linha de Lester Ripple, a prova científica dele de que *o Reino de Deus está dentro de cada um*. De repente, tudo fez sentido. Mas ela não tinha tempo para explicar às pessoas ali reunidas diante dela ou aos milhões assistindo ao redor do mundo.

Cotten ergueu os olhos.

– John, não diz aqui que a segunda purificação será conduzida pela filha de um anjo. Diz aqui que a filha de um anjo irá conduzi-los.

Ela percebeu que até mesmo Chauncey tinha entendido tudo errado. A mensagem na placa não era dirigida ao mundo, mas dirigida a ela. O último segredo não era apenas uma referência sobre ela, era uma mensagem de Deus *para* ela.

De repente, ela entendeu que tinha o poder para derrotar os demônios. Sempre tivera esse poder.

Ela compreendeu.

Ela não precisava ensinar a ninguém sobre a luz líquida. Precisava criar a realidade – a consciência dela existiria no mundo novo e a consciência dela levaria todas aquelas pessoas para lá. A escolha do mundo que seria sua realidade dependia do seu livre-arbítrio.

Ela os conduziria para longe da dor, do sofrimento e da escuridão.

Cotten segurou a placa firmemente e levantou-a para o alto. A massa de pessoas reagiu com um pedido de socorro.

A luz ofuscante dos vaga-lumes projetava-se na superfície de cristal e refletia-se de volta para o aterro com as cores do arco-íris. O reflexo projetou-se contra o brilho dos vaga-lumes com uma força poderosa que pareceu deter o seu avanço por um momento.

Naquele instante, Cotten tornou-se totalmente imersa na luz líquida. Ela bloqueou o rugido e o calor paralisante dos demônios. Os sentidos dela tornaram-se agudamente conscientes do que se produzia diante dela e de repente visualizou dois aterros. O primeiro estava cheio de milhares de almas estendendo as mãos para ela em desespero, prendendo-se ao seu último momento de vida. O segundo era uma cena de tranqüilidade e calma enquanto as folhagens coloridas pelo outono ondulavam na brisa revigorante. As imensas multidões também estavam lá, mas cada semblante expressava uma expressão de contentamento, felicidade e paz. As ondulações no rio refulgiam à luz clara do Sol como diamantes sob o céu azul. O ar estava fresco e doce. A cidade cintilava. Essa era a realidade que ela escolhia para si mesma, e incluiria a todos – todos quantos viessem – na realidade dela.

Ela devia abrir o caminho e levar com ela todos os que acreditassem. Ciente de que aquele era o momento – não haveria outro – ela segurou a placa de cristal e passou para o segundo aterro.

Lago Alligator

Há duas maneiras de viver a vida. Uma é como se nada fosse um milagre. A outra é como se tudo fosse um milagre.

– ALBERT EINSTEIN

Cotten olhou para as águas através da janela. Estar no chalé de Thomas Wyatt trazia-lhe muita paz. A superfície do lago em constante mudança, como se fosse um ser vivo, a hipnotizava. Tudo ali acalmava-lhe a alma.

O lugar perfeito para tomar a maior decisão da vida dela.

Ela saiu para a varanda e tomou um gole do chá quente da caneca pesada que segurava. O inverno invadira as florestas do remoto Norte da Flórida com um ar frio revigorante. Cotten não se importava. A aspereza do frio era boa – limpa e fresca.

Ela escutou o som de pneus rangendo sobre os pedregulhos da estrada de acesso quando um carro se aproximou pela floresta de pinheiros. Cotten caminhou até a extremidade da varanda e viu o Mercedes sedã estacionar embaixo de um dos muitos carvalhos gigantescos que se espalhavam por todos os trinta hectares daquela área quase inacessível e bravia. O monsenhor Philip Duchamp abriu a porta do motorista e saltou. Ele acenou-lhe de maneira amigável antes de abrir a porta lateral.

John Tyler saiu do carro e acenou para ela também.

– O lugar é este? – ele perguntou enquanto se aproximavam da varanda.

– É aqui mesmo – disse Cotten sorrindo. Ela o abraçou assim que ele entrou na varanda. Antes de dar um passo para trás, ela o beijou suavemente na face. – Então agora é Vossa Eminência, o cardeal John Tyler. – Ela fez uma reverência e abriu um sorriso largo.

– Só estou subindo mais um pouco na hierarquia corporativa – defendeu-se John.

– E monsenhor – disse Cotten. – Como sempre, é bom vê-lo. – Ela fez sinal para a porta. – Cavalheiros, é um prazer recebê-los. O que posso lhes oferecer? Um chocolate quente ou chá verde?

– Um chocolate quente cairia bem – respondeu Duchamp.

– Também acho – disse John enquanto ele o monsenhor escolhiam duas cadeiras ao redor da mesa da cozinha.

Duchamp pegou um jornal de cima da mesa e leu o cabeçalho:

– "Assinados Acordos de Paz Internacional". – Ele sorriu antes de continuar em voz alta. – Os tratados estão sendo redigidos e confirmados em todo o mundo enquanto os líderes mundiais escolhem novos caminhos para a paz. – Ele olhou para Cotten e depois para John. – Quem diria que esse dia chegaria?

– Se alguém ainda duvidasse de milagres – observou John – eis aí uma prova.

Cotten colocou duas canecas fumegantes de chocolate sobre a mesa e sentou-se de frente para os dois homens.

– Ainda estou impressionada com o que aconteceu, Cotten – disse Duchamp.

Ela bebeu um gole do chá verde antes de falar.

– Nunca percebi que estava em treinamento desde o dia em que cheguei no Peru até o momento em que estive no Aterro Victoria. Naquele instante, as palavras de Yachaq me ocorreram. Ele me disse que há muitos caminhos na floresta que levam a destinos diferentes, todos os caminhos da vida se abrem diante de nós a cada dia, a cada minuto... nós simplesmente escolhemos por qual iremos seguir. Ele me ensinou a ver com novos olhos. Quando estava na base da *Agulha de Cleópatra*, eu soube o que precisava fazer. Precisava escolher um novo caminho para todos aqueles que estivessem prontos. Eu escolhi que eles fizessem parte da minha realidade neste lugar.

– Mais ou menos como mudar de faixa numa via expressa – comentou Duchamp – e conseguir que todos atrás de você mudem para a sua faixa também?

– Exatamente – confirmou Cotten com um movimento da cabeça. – Agora todo mundo tem uma nova oportunidade de escolher novos rumos na vida, mas sem a ameaça imediata do mal que devorava almas inocentes bem diante dos nossos olhos.

– Não significa que será sempre um mar de rosas à frente. O mal continua existindo – lembrou John. – Mas não importa se chamamos isso de poder da intenção, a lei da atração, luz líquida ou o que quer que seja... tudo o que precisamos entender é que todas as possibilidades já existem, e todo mundo tem a capacidade de fazer o que Cotten fez. Fazer boas escolhas, seguir por caminhos certos e a recompensa final será o Reino do Céu.

Duchamp deixou o jornal sobre a mesa.

– Imagino que a grande pergunta seja: e agora, o que vai acontecer?

– E é por isso que estamos aqui hoje – disse John.

– O que quer dizer com isso? – indagou Duchamp.

– No mundo que deixamos para trás, Satã e o exército dele encontraram uma situação segura para lançar raízes – comentou John. – Há ainda muitos que foram deixados para trás e que merecem ser poupados.

– E temos um tempo limitado para fazer isso – disse Cotten. – A mensagem de Deus declarava que haverá uma purificação final para eliminar o mal para todo o sempre.

John descansou a caneca no braço da cadeira.

– O segredo deve ser oferecido àqueles deixados para trás antes que ocorra o Fim dos Tempos.

De repente, Duchamp pareceu compreender quando olhou para Cotten.

– Então, você fica aqui, onde a paz pode durar mil anos, ou volta para ajudar aqueles que estão diante do iminente Fim dos Tempos? – Ele hesitou, tamborilando com a ponta dos dedos sobre a mesa em aparente preocupação.

Cotten disse:

– John, você gostaria de dar uma caminhada?

– Eu adoraria. – Ele se levantou e olhou para o monsenhor. – Vamos nos ausentar por pouco tempo.

Com um olhar compreensivo, Duchamp pegou o jornal.

– Demore o tempo que for necessário, Vossa Eminência.

Cotten e John saíram para a varanda e desceram para o píer que se estendia sobre o lago na frente do chalé. Eles caminharam até o fim da plataforma e pararam em silêncio, olhando para a praia distante. A água escura batia de encontro às estacas do píer e uma brisa enrugava a superfície o bastante apenas para que um pequeno bote amarrado na estaca da extremidade oscilasse suavemente.

– Eu decidi retornar – falou Cotten.

– Eu sabia que isso aconteceria. E eu vou com você.

– Não – disse ela, virando-se para John e tocando-lhe a face com a palma da mão. – Você pode ficar aqui. Eu *devo* ir, mas você não precisa. Tantos aqui precisam da sua fé, da sua orientação, da sua sabedoria. Você pode ensinar muito a eles.

– Entendo, Cotten, mas você não é a única a quem Deus fala. Recebo uma mensagem ou duas dele de vez em quando. As pessoas deste mundo já compreendem. Olhe para as manchetes do jornal de hoje – disse John. – E Duchamp pode cuidar do que for necessário aqui.

– Eu sei que ele pode. É que se alguma coisa acontecer a você por minha causa...

O vento soprou o cabelo sobre o rosto de Cotten. John o afastou para trás e prendeu atrás da orelha dela.

– Você quer mesmo regressar sem mim? – insistiu ele, pegando-lhe a mão.

Ela sorriu.

– Não.

– Então está combinado.

Ela abaixou o olhar para a água. Tinha mais uma coisa para dizer a ele, mas não sabia se teria coragem. *Simplesmente diga, Cotten,* pensou. *Simplesmente olhe para ele e diga.*

Mas ela nem precisou olhar para cima. John pôs a mão sob o queixo dela e levantou-lhe o rosto.

– O que está errado? – indagou ele.

Cotten abriu a boca mas não conseguiu pronunciar as palavras.

John inclinou a cabeça para o lado como se fosse perguntar novamente o que estava errado.

– John – ela começou, depois fez uma pausa antes de falar de novo. – Quando você foi atropelado em Londres, tive medo de que o perderia para sempre, e me senti muito mal e com raiva de mim mesma.

– Aquilo não foi sua culpa.

– Bem, eu sempre sinto como se fosse por minha culpa, mas não é disso que estou falando. Há uma outra razão para eu ter me sentido assim. Por causa de algo que eu não fiz... não disse. – Ela hesitou, mas enfim falou. – Quero que saiba que eu amo você.

Ele a tomou nos braços.

– Eu sei. Sempre soube. E você sabe que eu a amo também.

Eles permaneceram abraçados por muito tempo antes de finalmente se separar e olhar para o horizonte distante.

– Devemos? – indagou Cotten.

– Sim, devemos – respondeu John.

Ela fechou os olhos e começou a sua imersão na luz líquida.

* * *

Dentro do chalé, monsenhor Philip Duchamp levantou os olhos do jornal. O final da tarde trazia uma escuridão sobre o lago, as sombras cada vez mais intensas ocultando a praia na margem distante. Ele mal podia ver o bote ondulando preguiçosamente na sua amarra na extremidade do píer vazio. Duchamp admirou por um momento a serenidade da cena antes de retornar à leitura.